19호

19호

遠征女の復讐

조광우 장편소설

아르테미스

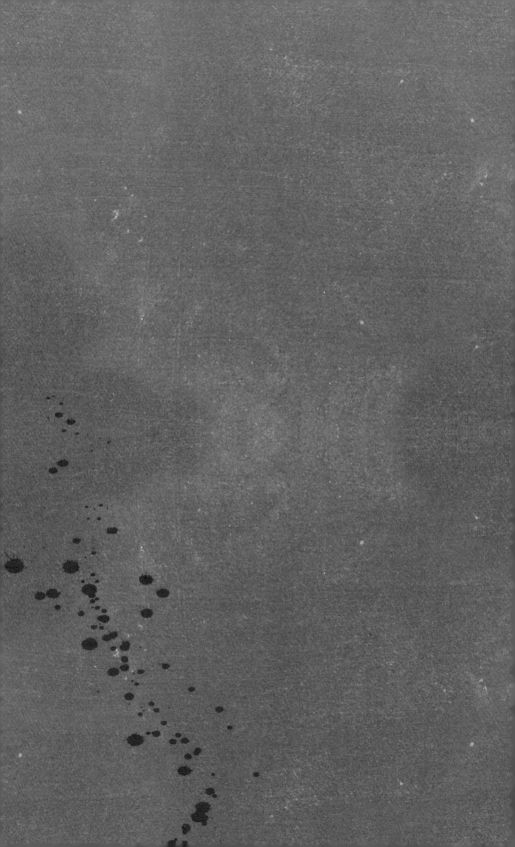

차
례

1부

황홀의 치마 밑

1.

 도쿄 미나토구 번잡하지 않은 사쿠라다거리의 한 호텔 화장실에서 한국인 여성 송소희가 면도날로 손목을 그어 자살했다. 발견 당시 그녀는 물이 없는 욕조에 나신으로 등을 기댄 채 비스듬히 앉아 있었고 고개를 숙인 상태였다. 늘어뜨린 손목에서 흘러내린 피가 그녀의 하체를 빨갛게 물들이고 있었다.

 신고를 받고 출동한 경찰은 그녀의 핸드백에서 A4용지 2장 분량의 유서를 발견했다. 떨리는 손으로 써내려간 조금 큰 글씨의 눈물자국이 남아 있는 유서에는 아버지의 딸로 태어난 것이 미안하다는 내용이 적혀 있었다. 아버지의 사업 실패로 학업을 중단할 수밖에 없었지만 아버지를 원망해본 적 없고, 빚쟁이에 쫓기는 아버지와 입에 풀칠하기 위해 식당일을 시작한 엄마를 보며 가슴이 찢어졌고, 자식 된 도리로 보고 있을 수만은 없어서 돈 많이 버는 일을 찾아 나서게 된 것이 오늘의 비극을 불렀다는 간단한 사연도 적혀 있었다.

 내 손으로 벌하지 못하는 것이 한이지만 나와 같은 피해자가 더는 발생하지 않게 하기 위해 이 길을 선택합니다. 일본경찰은 '원정녀 몰래카메라'를 찍어 인터넷에 유포한 사토시를 신속히 검거해서 문제의 영상이 더는 세상에 떠돌지 않게 해주길 바랍니다.

그러나 사건을 맡은 경찰은 소희의 유서를 숨겨버렸고 그것의 존재 자체를 비밀에 부쳤다. '사토시'라는 가해자 이름을 분명하게 적시했음에도 원정녀 몰카에 대한 수사의지를 보이기는커녕 언급조차 하지 않았고 유가족에게도 유서 같은 건 없었다고 발뺌함으로써 오히려 사건을 축소·은폐했다.

일본 언론들도 불법체류 외국인여성의 자살에 큰 관심이 없었고 지역방송과 지역신문에서만 아주 작은 기사로 살짝 다루었을 뿐이었다. 경찰은 현장상황을 묻는 지역방송 기자 질문에, 피가 빠져나가 창백한 그녀의 얼굴이 믿을 수 없을 만큼 아름다웠다는 발언을 해서 빈축을 샀다.

소희는 일본에 불법체류 중인 호스티스로 밝혀졌다. 그녀가 몸담고 있던 업소 또한 사쿠라다거리에 있었다. 15층 진홍색 빌딩 지하에 있는 클럽형 룸살롱 캬바쿠라로, 도쿄 엘리트 남성들이 즐겨 찾는 곳으로 알려졌다. 그곳에는 소희 외에도 이미정이라는 한국여성 한 명이 더 일하고 있었다.

소희와 미정은 미모도 뛰어나지만 일본어가 유창하고 박학해서 고객들이 대화상대로 선호했다. 그녀들은 술만 따르는 것이 아니라 고객의 고민을 오래 경청한 후 아픈 마음을 보듬고 다독일 줄 알았다.

격무에 시달리고 상사들의 닦달에 시달리는 도시의 남성들은 하루 한 명의 예약손님만 받아서 여유롭게 술을 함께 마시며 인생을

논하고 청춘을 이야기하는 그녀들과의 대화가 즐거웠다. 때때로 업무적 고민을 들어주고 조언을 해주거나 해결책까지 제시하는 그녀들의 지혜에는 감탄하지 않을 수 없었다. 매일 만나고 싶었지만 예약대기자가 많아서 VIP고객이 아니고는 예약신청조차 할 수 없었고 그래서 그녀들과 자리를 함께한다는 것만으로도 뭇 남성들의 부러움을 샀다. 그러나 그것은 함께 일하는 일본여성들의 시기심을 불러 일으키기도 했다.

－한국 년들 때문에 우리 일본여자들은 완전 싸구려 취급이잖아. 일본남자들은 일본의 식민지였던 저급민족 년들의 어디가 좋아서 사족을 못 쓰고 침을 질질 흘리는지 몰라.

－남자들은 천박하고 저속한 걸 좋아해서 그래. 잠자리에서 노예처럼 다루려는 거지.

－저년들을 모두 한국으로 쫓아버릴 방법이 없을까?

－저년들에게 불법취업을 알선하고 관리하는 게 다이치라지? 그 역적 같은 놈을 고발해버릴까?

일본여성들은 자기들끼리 모여앉아서 미정과 소희를 향해 눈을 흘기며 힐난했고 깎아내리고 깔아뭉개며 질투심을 표출했다.

소희가 스스로 목숨을 끊던 날 오후 3시경, 그녀는 한국에서 온 전화를 받았다. 가족의 전화인 듯했는데 무슨 내용인지는 몰라도 크게 충격을 받은 모습이었다. 미정이 무슨 일이냐고 물었지만 그녀는 아무 일 아니라고 얼버무릴 뿐이었다.

당일 예약손님을 취소할 수 없어서 어쩔 수 없이 출근했지만 소희는 평소와 달리 표정이 어두웠고 그녀답지 않게 정성을 다하지도 않아서 고객의 불만을 샀다. 그리고 그날 밤 고객과 함께 든 호텔 화장실에서 고객이 잠든 사이 손목을 그었던 것이다.

소식을 듣고 부랴부랴 한국에서 달려온 소희 엄마는 아직 어린 딸의 죽음 앞에 망연자실했고 소희와 동침하며 그 장면을 동영상으로 몰래 촬영해서 인터넷에 올린 '일본 놈'이 딸을 죽음으로 내몬 거라고 분개했다. 소희 아버지가 누군가의 귀띔을 받고는 그것을 찾아보게 됐고 딸임을 확인하고는 충격에 쓰러졌는데 딸이 또 이렇게 됐다.

소희 유서를 경찰이 숨겼다는 사실을 모르는 미정은 소희 엄마가 말한 문제의 '일본 놈'이 누구일까에 대해 나름대로 추리를 해보았다. 단골들은 아닐 것이다. 단골들은 자신의 신분이 드러날 것을 우려할 것이므로 몰카를 찍더라도 유포는 하지 않았을 것이다.

그렇다면……?

의심 가는 한 남자가 있긴 했다. 몇 달 전 다이치 부탁으로 쉬는 날 예약 없이 상대한 남자가 바로 그 장본인이었다. 그녀들의 관리를 맡고 있는 일본 측 알선책 다이치의 부탁이었기에 거절할 수 없었다.

그 생각이 드는 순간 미정은 남의 일이 아닐지도 모른다는 불길한 생각이 들면서 등골이 오싹하고 사지가 부들부들 떨려왔다. 자신도 몰카에 찍혔을지 몰랐다.

2.

W.웨스턴이 '일본의 알프스'라고 부른 히다산맥과 기소산맥, 그리고 아카이시산맥이 위치한, 신슈라고도 불리는 나가노현에는 온타케산, 노리쿠라타케산, 아사마산 등의 화산이 있다. 지쿠마강과 사이가와강이 합쳐지는 나가노 분지가 현청소재지이다. 산맥으로 둘러싸여 있는 시골도시 나가노시는 고층건물이 많지 않고 오래된 상점가가 많아서 아기자기한 느낌이었다.

도시의 서쪽에 있는 젠코지(善光寺)에는 백제 성왕이 보낸 아미타여래상 비불이 모셔져 있어서 일본인들의 큰 사랑을 받고 있었다. 일본 고문헌 『현진자필태자전 고금목록초』에는 젠코지가 원래 '백제사'였다고 기록돼 있다. 젠코지에 모셔진 비불 일광삼존 아미타여래는 서기 538년에 백제 성왕이 일본으로 보낸 것으로, 일본에서 가장 오래된 불상이었다. 때문에 일본에서는 이 비불을 신성시하며 본당 아미타원 지하에 존귀하게 모시고 관음보살과 세지보살로 하여금 좌우에서 보필하게 하고 있다. 일본인들은 이 아미타여래의 영험을 얻기 위해 연간 7백만 명이 젠코지를 찾는다.

불교문화의 중심인 백제사가 있어 일본의 불교성지가 된 나가노현은 1994년 마쓰모토시 주택가에서 발생한 '옴진리교' 사린가스 살포사건, 1972년 일본 극좌단체 '연합적군'이 벌인 '아사마 산장' 인질사건 등의 대형 사건이 일어난 곳이기도 하다.

나가노현 경찰본부의 살인사건전담팀을 이끄는 유우키 형사반장은 형사부 사무실 구석에 있는 야전침대에서 곤한 단잠에 빠져 있었다. 간밤의 긴 추격전은 그의 몸을 녹초로 만들어놓았다. 여자를 납치해서 강간하고 죽였고 자신의 우렁이사육장에 시신을 던져서 우렁이가 살을 다 발려먹으면 뼈를 수습해 저수지에 버려온 엽기살인마를 잠복 열흘 만에 검거했다. 희생자가 다섯 명이나 발생한 연쇄살인사건이었다.

특정지역에서 여성실종사건이 계속 일어나는데 시신은 발견되지 않았고 목격자도 나타나지 않았다. 사건을 수사하던 유우키 형사반장은 2건의 여성실종사건 발생 시간대에 근처를 지나다가 각각 CCTV에 찍힌 차 한 대를 유의했고 차량 소유주가 운영하는 농장을 수색했다. 시신은 발견되지 않았지만 사육장 우렁이 몸에 감긴 여성 머리카락 다수와 배수구에서 발톱 하나를 발견하고 경찰과학연구소에 감식을 의뢰했다.

모근이 없는 머리카락으로는 유전자를 감식할 수 없었다. 하지만 사육장에서 수거한 머리카락에서 실종여성 중 한 명이 미용실에서 염색한 것과 같은 성분의 염색약이 검출됐다. 발톱에서 검출된 매니큐어도 또 다른 실종여성이 사용하던 것과 같은 종류인 것으로 밝혀졌다.

─시신을 우렁이밥으로 썼다는 얘기잖아.

유우키는 그 우렁이로 식품을 가공했을 공장과 음식을 만들었을 식당을 떠올렸고 아무것도 모르고 그것을 사먹었을 사람들을 생각했다. 범행의 잔혹성에 혀를 내둘렀고 이혼경력이 있는 37세의 농장주를 용의자로 지목했다. 그러나 유우키가 형사들을 거느리고 검거하러 갔을 때 놈은 이미 농장을 버려두고 잠적한 뒤였다.

유우키는 놈의 모든 연고지에 형사를 보내 잠복시켰다.

잠복 열흘째 되던 날 밤이었다. 놈은 도피자금을 마련하려고 부모가 사는 집을 찾아갔다가 잠복 중인 형사를 발견하고 차를 돌려 도주했다. 형사들이 지원을 요청하고 도주로 차단에 들어가자 차를 버리고 산으로 달아났다.

유우키도 놈이 나타났다는 연락을 받고 현장으로 달려갔다. 어두운 밤에 산으로 달아난 살인마를 뒤쫓는다는 것은 위험천만한 일이었다. 놈은 죽기 살기로 달아나고 있었고 살기 위해 무슨 짓을 저지를지 알 수 없는 상태였다. 유우키는 놈을 바짝 뒤쫓지 않고 많은 경찰력으로 서서히 골짜기로 몰아갔다. 그렇게 하여 새벽녘에야 지쳐서 더 이상 도주할 힘을 잃은 놈을 덮쳐 체포할 수 있었다.

긴 추격전을 끝내고 놈을 경찰본부로 호송해왔을 땐 이미 아침이 밝아 있었다. 놈도 지쳤고 형사들도 지쳤다. 유우키와 형사들은 놈을 유치장에 가두고 아침식사를 하고 왔다. 순번을 정해 돌아가면서 놈을 취조하기로 했는데 유우키가 가장 먼저 취조했다.

─우렁이사료가 모자라서 그랬을 리는 없고……, 왜 죽였어?

유우키는 책상을 손바닥으로 탁 내리쳐서 음향공포증을 자극하며 크게 소리쳐 물었다. 만일 음향공포증이 있다면 놈은 정신이 혼미해지며 분별력과 판단력이 흐려져 자신도 모르게 자백 혹은 간접자백을 하게 될 것이었다. 그러나 유우키 기대와 달리 놈은 음향공포증이 없는 듯 눈도 깜박하지 않았고,

　―강간이 탄로날까봐서 그랬어요.

　실종여성의 머리카락과 발톱이 발견되어 증거가 확실한 두 건의 범행에 대해서만 시인했다. 자신의 차가 CCTV에 찍힌 것은 확실한 증거가 아니라고 판단한 듯 범행을 완강히 부인했다.

　나머지 실종여성에 대한 범행을 증명하려면 유기한 유골을 최대한 찾아내야 했다. 그런데 놈이 유골을 버렸다는 스와호는 수심이 깊고 바닥에 개흙과 퇴적물이 많이 쌓여 있어서 시야 확보가 어려우므로 유골수습에 동원된 잠수부들이 난색을 표했다. 그래서 형망어선을 이용하기로 했는데 형망을 바다에서 저수지로 수송해야 하므로 시간이 많이 걸릴 것이라는 보고였다.

　유우키는 범인 검거 때문에 며칠간 잠을 못 잤다. 유골수습 작업이 본격적으로 진행되기 전까지 잠을 좀 자두기로 하고 사무실 구석 야전침대에 고단한 몸을 눕혔고 정신없이 자고 있었다. 얼마 자지 못한 것 같은데 누군가가 그의 몸을 흔들며 단잠을 깨웠다.

　―전화 좀 받아보세요. 살인사건이 발생한 모양이에요.

　유우키는 살인사건이라는 얘기에 본능적으로 눈을 번쩍 떴다. 온몸이 망치로 두드려 맞은 듯 쑤시고 아팠고 딱 1분만 더 자면 좋겠다는 생각이 간절했지만 애써 몸을 일으켰다. 아픈 허리에 손을 얹으며 야전침대 아래로 발을 내렸고 뒤뚱거리거나 절룩거리며 걸어가서 책상 위에 놓인 수화기를 들었다.

―예, 유우키입니다.

―나 본부장이야. 지금 몹시 피곤하다는 건 알지만 아오키촌으로 가봐야겠어.

본부장은 좀 이상한 살인사건이라서 자네가 가봐야 할 것 같다고 말했고 자세한 건 가서 직접 눈으로 확인하라며 설명을 생략했다.

3.

　여름으로 접어드는 들과 산엔 녹음이 짙었고 울창한 숲은 넓적한 나뭇잎으로 그 속살을 감추었다. 나가노현의 작은 아오키촌 시골마을을 지나 산길로 한참 들어간 곳의 야산에도 녹음이 짙게 드리워져 있었다. 비록 야트막한 산이라도 안으로 들어가지 않고는 그 속사정을 알 수 없는 숲속.

　비스듬히 자라난 소나무에 한 남자가 등을 기댄 채 고개를 축 늘어뜨리고 힘이 느껴지지 않는 자세로 서 있었다. 산길의 마지막 인가에 홀로 사는 할머니가 오전 10시경에 산나물과 버섯을 채취하러 산에 올랐다가 그를 발견했고 혹시 다치기라도 했나 싶어서 조심조심 다가갔다.

　―이보오, 거기 누구요? 왜 그러고 있소?

　할머니는 얼마쯤 다가가다가 발걸음을 멈추고는 잔뜩 경계하며 떨리는 목소리로 소리쳐 물었다. 그러나 저쪽에서는 대답이 없었고 몸을 움직이지도 않았다. 할머니는 노안으로 눈앞이 흐릿해서 상태를 정확히 확인할 수 없었고 때문에 숨이 붙었는지 아닌지도 분간할 수 없었다. 좀 더 자세히 보기 위해 몇 걸음 더 다가갔다. 남자의 몸을 묶고 있는 밧줄이 보였다. 누군가가 남자를 나무에 묶어둔 모양이었다.

할머니는 두려움이 엄습하여 감히 다가가지 못했다. 남자를 그렇게 만든 사람이 숲에 숨어서 지켜보고 있을지도 모른다는 생각에 간이 오그라들고 오금이 저렸다. 너무 떨려서 다리에 힘이 가지 않았지만 기듯이 구르듯이 걸음아 나살려라 숲을 빠져나왔다. 퇴행성관절염의 고통에도 불구하고 다리를 절룩거리며 혼신을 다해 산을 내려갔고 집 전화로 경찰에 신고했다.

현지경찰이 출동해서 현장을 확인했다. 남자는 테이프로 입이 봉해져 있었고 바지와 팬티가 내려져 있었으며 남근이 잘려나갔다. 잘린 성기는 사라지고 없었다. 그의 다리를 타고 흘러내린 피가 바닥에 고인 채 말라가고 있었고 상처엔 파리가 새까맣게 달려들어 있었다. 신원을 확인할 수 있는 물품은 지니고 있지 않았다.

유우키가 갔을 때까지 현장은 그대로 보존돼 있었고 감식반의 현장감식이 진행되고 있었다. 감식반은 피의 응고와 사후경직 등으로 볼 때 20시간 이전에 사망한 것으로 추정된다고 설명했다.

현지경찰은 주변을 수색해서 죽은 사람이 타고 온 것으로 추정되는 차가 산 아래 계곡에 세워져 있는 것을 발견했다. 차에서 내린 후 여성 1명의 부축을 받으며 스스로 숲으로 걸어간 듯한 희생자 발자국은 약간 끌린 흔적이 있었고 비틀거린 흔적도 있었다. 그것은 차에서 내리기 전에 복용한 GHB(물뽕) 때문인 것으로 추정된다. 약물이 든 음료를 마시고 저항할 수 없는 상태에서 몸이 묶였을 것이다. 약물 든 음료를 범인이 강제로 먹인 것이 아니라 피해자가 약물이 들었다는 사실을 모른 채 스스로 마셨을 것으로 짐작해 볼 수 있었다.

현장에 남아 있는 흔적으로 봐서는 범인은 여성 1명이고 희생자가 스스로 살해 장소로 이동한 것으로 추측된다. 이동경로 150센티미터 전후 높이의 나뭇가지에 달린 떡갈나뭇잎에 분홍계열의 여성 립스틱으로 추정되는 것이 살짝 묻어 있었다는 점도 동행자가 여성이라는 것을 뒷받침하고 있었다. 묶일 때 저항이 없었다는 것은 희생자가 살해 장소에 도착하고 나서 정신을 잃었을 가능성을 말해주고 있었다. 하지만 과연 여성 1명의 단독 범행이었을까?

시신이 묶인 상태와 밧줄 매듭 등은 여성의 힘이라고 믿기 어려울 만큼 강하고 단단하게 조여 있었다. 여성 혼자의 힘으로 의식이 흐려지는 중이거나 아예 의식이 없는 상태의 축 처진 77킬로그램의 남자를 일으켜서 나무에 기대놓고 꽁꽁 묶을 수 있었을까? 혹 또 다른 공범이 있었지만 여성 1명의 범행인 것처럼 꾸미기 위해 흔적을 지운 건 아닐까?

유우키는 그것을 알아보기 위해 주변의 족적과 부러진 나뭇가지 등을 자세히 살펴보았다. 족적은 남녀 두 사람이 들어와서 여성 1명이 돌아간 것뿐이었다. 여성은 245mm로 추정되는 등산화를 신고 있었다. 나뭇가지가 부러진 방향 또한 두 사람이 들어오면서 부러뜨린 것과 한 여자가 나가면서 부러뜨린 것뿐이었다. 나머지는 신고자 할머니가 남긴 흔적 등 사건과 관련 없는 것들이었다. 믿기지 않지만 여성 1명의 소행으로 보는 것이 옳을 듯했다.

유우키는 사건을 접수했고 초동수사를 맡은 현지경찰로부터 자료 일체를 넘겨받아 수사에 착수했다.

유우키가 이끄는 수사팀 형사들은 변태성행위가 목적이었다면 희생자가 스스로 묶이는 데 협조했을 수 있을 것이며 완전히 의식을 잃은 것은 묶이고 나서 얼마간 시간이 흐른 후였을 수도 있다며 여성 1명의 단독범행에 무게를 두었다. 범인이 변태성행위를 미끼로 희생자를 살해 장소까지 유인했으며 변태성행위가 목적인 척하며 몸을 묶었고 약간의 행위를 진행하며 시간을 끌다가 희생자가 정신을 완전히 잃었을 때 성기를 절단했을 것이라는 추측이었다. 시신의 사타구니와 배 등에 묻어 있는 면장갑 보풀이 그것을 뒷받침하고 있었다.

여자는 남자를 살해한 후 무슨 이유에선지 다시 차로 갔고 차를 두고 어디론가 사라졌다. 살인을 저지른 후 차를 두고 갈 것이면서 왜 다시 차로 갔을까. 그것은 차량에 남은 자신의 지문 등을 없애기 위함이었거나 차에 중요한 물건을 두고 내렸기 때문일 것이다. 희생자가 마신 음료 병이 발견되지 않았다는 점에 비춰볼 때 그것을 수거하러 갔을 가능성도 있었다.

차키는 차에 꽂혀 있었지만 지문은 희생자의 것뿐이었다. 산으로 향하는 낯선 차와 사람들을 보았다는 목격자는 나타나지 않았다. 사건 현장 근처 도로에서 사건 당일 낯선 여성을 태웠다는 버스나 택시기사도 없었고 낯선 여성을 목격한 이도 없었다. 희생자의 차량을 따라온 다른 차나 오토바이 흔적도 찾아볼 수 없었다.

형사들은 차적 조회를 통해 차주가 도쿄에 사는 사토시라는 사람이며 시신이 발견되기 하루 전에 집을 나간 후 연락이 닿지 않고 있다는 사실을 알아냈다.

미망인 루이는 남편의 끔찍한 살해 소식을 듣고 오열했다. 어린 딸이 있는지, 엄마의 오열에 놀란 여자아이의 울음소리로 귀가 따가웠다. 루이는 걱정이 되긴 했지만 가끔씩 혼자 여행을 다녀오기도 했기에 행방불명 신고까지는 생각하지 않고 있었다.

남성의 주요부위를 훼손했다는 점은 치정살인 가능성을 말해주고 있었다. 치정이 아니더라도 성(性)과 관련 있는 원한살인일 것이다. 범인이 여성으로 추정된다는 점도 그 가능성을 높여주고 있었다.

─치정이요? 원한관계라면 모를까 치정은 아닐 거예요.

루이는 여태까지 살면서 단 한 번도 남편의 외도를 의심해본 적이 없다며 그 가능성을 일축했다.

형사들은 시신 발견 장소로 통하는 지방도 방범CCTV를 뒤져서 사토시의 차가 찍힌 것을 찾아냈다. 살해된 당일 살해당하기 몇 시간 전에 찍힌 것이었다. 그때까지는 약물에 취하지 않은 듯 직접 운전대를 잡고 있었고 보조석엔 붉은색 등산복 차림의 긴 머리 여성이 동승해 있었다. 공교롭게도 그 여성은 조수석의 내려진 선바이저에 얼굴 절반이 가려져 있었다. 얼굴을 노출하지 않으려 일부러 선바이저를 내렸을 것이다.

형사들은 그러나 뒤쫓는 차량으로 의심되는 차 혹은 오토바이는 찾아내지 못했다. 범인으로 의심되는 여성이 돌아갈 때 타고 간 것으로 의심되는 차량이나 오토바이도 발견할 수 없었다.

유우키는 용의자 공개수배를 검토했다. 그러나 경찰본부장은 공범이 있을 가능성을 배제할 수 없는 상황에서 윤곽이 뚜렷하지 않은 반쪽짜리 용의자 얼굴사진만으로 공개수배를 한다는 것은 범인들에게 경찰이 가진 단서가 이것밖에 없다는 것을 알려주는 결과밖에 되지 않는다며 반대했다.

　살인사건전담팀은 수사를 진행하던 중 사토시가 한국인 여성으로부터 고소를 당했다는 사실을 알게 됐다. 고소인은 유학비자로 입국하였으나 현재는 휴학하고 유흥업소에서 일하는 22세의 이현정이었다. 두 달 전 접수된 고소장에는 사토시가 몰래카메라를 설치해서 '원정녀 몰카시리즈'라는 동영상을 찍었고 인터넷에 유포함으로써 통신비밀보호법과 성폭력처벌법 명예훼손 등의 법률을 위반했다는 내용이 기록돼 있었다.

　유우키는 성기절단으로 인한 과다출혈이 사토시의 사망원인이라는 점에 주시했다. 섹스동영상을 몰래 촬영한 자에 대한 응징으로 성기를 절단했다? 살해수법과 고소내용으로 비춰볼 때 더 이상의 범행동기를 찾기 어려웠다. 다만 누구나 현정을 의심할 수밖에 없는 상황인데 마치 '내가 범인이다'라고 선포하는 듯한 방식으로 살해했다는 점이 납득가지 않았다.

　유우키는 고소장이 접수된 경찰서 담당자에게 전화했고 수사 진행상황을 물었다. 수사를 진행했다면 참고할 만한 내용이 있을 것 같았기 때문이다. 그러나 담당경찰은 사건접수는 했지만 수사를 진행하지는 않았다며 알려줄 내용이 없다고 했다.

　―수사를 해보려고 사토시 사무실과 집, 차량 등에 대한 영장을 신청하려 했는데 팀장 결재를 못 받았어요. 외국여성이 불법매춘을 하다가 찍힌 동영상인데 굳이 수사를 서두를 것 있겠느냐고 하더군요. 수사를 하려면 고소인의 불법성매매혐의부터 수사해야 하는 게 정상이라면서요.

―그렇다면 그 여자 불법성매매에 대한 수사는 진행했나요?

―외국인이라서 건드리지 않기로 했어요. 고소인과 피고소인을 함께 수사한다는 게 모양이 좀 그런 데다 고소인이 한국대사관을 동원해 이의를 제기하며 항의를 해올 것 같기도 하고……

유우키는 알았으며, 이현정에 관해 참고될 만한 자료가 있으면 이메일이나 팩스로 넣어달라고 부탁하고 전화를 끊었다. 그러고는 인터넷에 접속하여 '원정녀 몰카'라는 검색어로 검색을 시작했다. 수많은 동영상이 인터넷에 널려 있었다. 그중 다운로드가 가능한 사이트에서 파일을 모두 내려받았고 먼저 하나를 열어보았다.

한국인 여자와 일본인 남자가 샤워 후 침대에 앉는 장면부터 시작하는 동영상이었다. 동영상 속 남자 특징을 살피며 사토시와 비교했다. 여자 얼굴은 그대로 노출되었지만 남자 얼굴은 모자이크 처리가 돼 있어서 직접비교가 불가능했다. 목소리 또한 사토시 목소리를 들어본 적이 없으므로 비교불가였다. 확인할 수 있는 것은 체격과 신체적 특징이었다. 엉덩이가 처지고 배가 불룩한 것을 보니 시신으로 보았던 사토시의 그것과 비슷한 것 같기도 했다.

유우키는 아무거나 골라서 다른 파일을 열었다. 그것 또한 전편과 다를 것 없이, 같은 인물로 추정되는 남자는 사토시와 닮은 것 같기도 하고 아닌 것 같기도 했지만 여자는 다른 여자였다. 유우키는 동영상을 닫고 다음 동영상을 열었다.

―그래, 저 여자야.

유우키는 마우스를 움직여서 동영상 일단멈춤 버튼을 클릭했고 모니터를 뚫어져라 바라보았다. 자신의 수사노트를 펼쳤고 그 속에 끼워진 사진을 한 장 꺼내들었다. 모니터에 사진을 가져다댔는데 현정의 여권사진이었다.

일부 미심쩍은 구석이 있긴 하지만 살해 동기는 뚜렷하다고 볼 수 있었다. 유우키는 현정을 유력한 용의자로 지목했고 도쿄경시청에 형사기동대 지원을 요청했다. 그러고는 도쿄로 향했다. 도쿄경시청에서 형사기동대 승합차로 옮겨 탔고 도쿄 외곽에 있는 현정의 자취방을 급습했다. 그러나 그녀는 이미 도망친 듯 그곳에 없었다.

유우키는 도쿄에 며칠 머물며 수사를 계속했다. 집주인과 동네사람들을 만나서 현정을 마지막으로 본 것이 언제였는지 물었는데 가장 최근에 목격한 집주인은 열흘 전까지는 분명히 집에 있었다고 대답했다. 현정의 지인들도 만나보며 행방을 수소문했는데 모두 모른다는 대답이었다. 최근에 누구에게도 말하지 않고 어디론가 사라진 모양이었다. 사토시를 살해한 후 수사를 피해 도주한 것으로 볼 수밖에 없었다.

유우키는 현정의 자취방을 압수수색해서 다량의 DNA와 참고자료 등을 확보한 후 나가노현 경찰본부로 돌아갔다. 과학경찰연구소에 의뢰하여 사토시의 차에서 나온 여성 머리카락과 지문, DNA 등을 현정의 것과 대조했다. 하지만 분석결과 현정의 그것들과 일치하는 것은 없었다.

―이렇게 되면 이현정은 용의선상에서 멀어지는 것 아닙니까?

후배 형사들은 힘이 빠져서 어깨를 축 늘어뜨리고 걱정스럽게 말했다.

―아니, 그 여자는 여전히 유력한 용의자야.

비교적 쉽게 범인을 밝혔다고 기뻐했던 유우키는 실망하면서도 현정에 대한 미련을 버릴 수 없었다. 사토시의 차에서 나온 지문과 DNA 등에 살인범의 것이 포함됐다고 단정할 수 없고 무엇보다 현정은 범행동기가 뚜렷했다.

어쨌거나 현정부터 검거할 필요가 있었다. 그렇지만 사토시 살해 혐의로 체포영장을 발부받기엔 증거가 불충분했다. 그렇더라도 그녀의 인신을 구금할 방법이 없는 건 아니었다. 불법성매매혐의를 적용한다면 체포영장이 발부될 것이다.

그즈음이었다. 남편을 잃고 슬픔에 잠긴 루이 앞으로 수상한 퀵서비스가 도착했다. 퀵서비스 기사는 보자기에 싸인 상자 하나를 그녀 품에 안기고는 뒤도 돌아보지 않고 횅하니 사라졌다. 불러도 멈칫거리거나 뒤돌아보지 않아서 마치 도망치는 듯 보였다.

루이는 급히 보자기를 풀고 상자를 열어보았다. 상자 안에는 반투명 반찬통이 들어 있었고 반찬통 안에는 사토시의 남근이 소금에 절여진 채 들어 있었다.

루이는 반찬통 속 내용물을 확인하고는 바로 기절했고 그녀의 여동생이 경찰에 신고했다. 유우키는 소식을 듣자마자 후배형사 한 명을 대동하고 도쿄로 달려갔다.

─잘 보세요, 남편의 것이 아닐 수도 있으니까요. 혹시 남편의 남근에 특이한 점은 없었나요? 이를테면 점이 있다든가 포경이었다든가 끝이 뾰족하게 생겼을 수도 있겠고…….

유우키는 잔인하게도 충격에 쓰러져 병원에 누워있는 루이 얼굴 앞으로 소금에 절여진 남근을 들이밀었다. 루이는 너무 끔찍해서 도저히 볼 자신이 없다며 눈을 감았고 강하게 고개를 저었다.

―이것 보세요, 지금 뭐하는 거예요? 당신 형사 맞아요?

루이 대신 그녀의 여동생이 거칠게 항의했다. 그렇잖아도 충격으로 정신이 혼미한 미망인에게 형사가 더욱 잔인한 충격을 준다는 것이다.

―의욕이 앞서서 내가 실수를 한 것 같군요. 정말 죄송합니다.

유우키는 남근을 과학경찰연구소로 보냈고 후배형사와 함께 문제의 물건을 배달한 퀵서비스 기사를 찾아 나섰다. 퀵에 사용된 오토바이는 도쿄 시내의 퀵서비스업체 소유였으며 히가시긴자에서 배달 중이던 직원이 도난당한 것으로 밝혀졌다. 그 외에는 아무것도 알아낼 수 없었다. 루이에게 남근을 배달한 퀵서비스 기사는 얼굴을 알아보기 어려운 스모크쉴드 헬멧을 착용하고 있었고 손에는 목장갑을 끼고 있었다.

오토바이 절도범이 사건해결의 실마리를 쥐고 있었다. 유우키는 후배형사에게 도쿄에 남아서 오토바이 도난 장소 주변 CCTV 등을 철저히 뒤져 오토바이 절도범을 찾아내라고 지시했고 자신은 나가노현 경찰본부로 돌아갔다.

4.

일본 정치권 인사들은 하루가 멀다 하고 위안부 관련 망언을 쏟아 내며 뻔뻔함을 과시하고 있었다. 하시모토 도루 일본유신회 공동대 표는 "(종군위안부를 운영한 것은) 군의 사기 진작을 위해 필요한 것이 었다"라고 짖었고 니시무라 신고 의원은 "일본에 한국인 매춘부가 우글거리고 있다"라고 짖었다.

나카야마 나리아키 의원은 "(위안부) 20만 명을 유괴할 때 부모들 은 묵묵히 보고만 있었나. 그런 일(일본에 의한 납치)은 없었다" "한국 여성은 거짓말만 하고 있다" "일본군 위안부에는 일본 여성도 있었 다" "일본여성은 자신이 위안부였다고 누구도 말하지 않는데 한국여 성은 그렇지 않다. 인종이 다르다고 생각하지 않을 수 없다" "무사도 가 있었기 때문에 일본 군인은 훌륭한 전투를 벌였다. 그런데 위안부 문제로 우리 선조가 모욕당하는 것을 간과할 수 없다"라고 짖었다.

야스쿠니 신사에 참배했던 장관으로 난징 대학살이 허구라고 주 장해왔던 이나다 도모미는 "위안부 제도 자체는 슬픈 것이었지만 전 시 중엔 합법이었던 것도 사실"이라고 짖었으며 히라누마 다케오는 "종군위안부는 전쟁터의 매춘부"라고 짖었다. 자신들이 저지른 만행의 역사, 증거가 명백한 사실들을 하나 같이 부정하고 부인하며 피해자에게 책임을 떠넘기는 망발이었다.

나리타공항을 이륙한 민항기가 하늘을 가로지르며 서쪽으로 날아가고 있었다. 그 아래로 끝없이 펼쳐진 땅콩밭엔 파릇파릇 돋아난 싹들이 줄지어 햇볕을 쬐며 광합성 중이었다. 현정은 시스이초의 파스텔톤 연녹색 페인트로 외벽을 칠한 5층짜리 상가건물 3층에 들어선 PC방에서 일본 정치인들의 이어지는 망언 기사를 인터넷으로 검색하고 있었다. 그중에서도 니시무라 신고 의원이 '일본에 한국인 매춘부가 우글거리고 있다'라고 씨불였다는 기사를 반복해서 읽고 있었다. 한국인 여성은 원래 매춘기질이 다분하고 따라서 위안부는 스스로의 결정으로 참가했다는 억지를 부리기 위한 망언으로, "한국에는 기생집이 있어서 그런 일(매춘)을 많은 사람이 일상적으로 거침없이 하고 있다. 따라서 그런 일(매춘)은 당치않은 행위가 아니고 그들의 생활 속에 정착되어 있다고 생각한다"라고 한 아베 신조 총리와 뜻을 같이하는 궤변이었다.

그들 논리대로면 일본AV에서 가장 흔한 소재인 근친상간은 그들의 문화이고 따라서 일본의 딸은 오빠가 곧 생물학적 아빠이고 일본의 아들은 아버지의 연적이라는 것인가! 현정은 부끄러운 줄 모르는 일본 정치인들의 뻔뻔한 개소리에 주먹을 불끈 쥐며 분개했다.

그때 그녀의 휴대폰 진동이 울렸다. 그녀는 몇 안 되는 PC방의 손님들을 경계의 눈빛으로 둘러보며 휴대폰을 들고 조용히 일어났고 PC방을 나가 계단에서 통화버튼을 누르고 귀에 가져다댔다.

─봤지? 사토시가 원정녀 몰카시리즈 피해여성한테서 고소당한

적 있다는 그 기사 말이야. 경찰이 그 사실을 언론에 흘린 것은 너를 살해용의자로 몰면서 네게 심리적 압박을 가하려는 의도일 거야.

휴대폰에서 흘러나온 목소리는 사토시 몰카, 즉 '원정녀 몰카시리즈 피해여성들 모임'의 맏언니 미정이었다. 조직적 대응의 필요성을 강조하며 주도적으로 모임을 결성한 것이 그녀였다. 피해자 중에서 자살자까지 나왔음에도 일본경찰은 사토시 몰카 수사에 착수하지 않고 있었다. 미정은 경찰이 사토시 몰카 관련자들을 비호한다고 생각했고 그렇다면 우리도 단결된 힘으로 맞서야 한다고 역설했다.

─봤어, 언니. 우리 예상에서 한 치 어긋남 없이 사건이 전개되고 있는 거야.

현정은 말하면서 얼마 전 걸려온 익명의 일본남자 협박전화를 떠올렸다. 당장 사토시 고소를 취하하지 않으면 가만두지 않겠다는 내용이었다. 남의 나라에 불법으로 들어와서 더러운 몸뚱이 팔아 돈 벌고 세금 한 푼 안 내는 것들이 감히 누굴 고소하느냐는 험악한 욕설도 퍼부었다.

많은 피해여성을 대표해 현정이 작성한 사토시 고소장이 문제였다. 피해여성들은 불법체류자 신분의 한국인 불법취업 여성들이었다. 그녀들이 고소인으로 나섰다가는 불법체류자로 검거되어 추방될 것이었다. 사토시를 처벌하고 인터넷에 유포한 동영상을 내리기 위해서는 유학비자로 일본에 입국해 합법적으로 체류 중인 현정이 나설 수밖에 없었다. 더 이상의 유포를 막는 것이 무엇보다 시급했기 때문이다.

현정은 고소장에 소희의 자살사건을 함께 진정하며 신속히 수사하여 사토시를 처벌해줄 것을 요구했다. 증거가 명백하고 증인도 있어서 수사를 시작하면 사토시의 범죄사실을 밝히는 건 어렵지 않을 줄 알았다. 그러나 경찰은 수사에 매우 소극적이었다. 현정의 독촉전화에 담당경찰은 피고소인 조사를 하려고 소환장을 보냈지만 응하지 않고 있다며 기다려달라고 했다.

―강제구인을 하는 방법도 있잖아요. 몰카 동영상이 들불처럼 빠르게 인터넷에 퍼지고 있단 말이에요.

―강제구인장도 신청했지만 법원에서 그 정도로 긴급한 사항이 아니라는 이유로 기각했어요.

―피고소인 조사는 나중에 하고 일단 수사에 착수하면 되잖아요.

―피고소인 소명 없이 수사에 착수하려면 팀장 결재가 있어야 하는데, 팀장님께서는 수사의 공평성 문제를 거론하며 결재를 미루고 계세요. 수사를 하려면 사토시만 할 수 없고 몰카에 찍힌 피해여성들 불법성매매에 대해서도 수사해야 한다는 거죠.

―수사하면 우리도 다칠 수 있으니 고소를 취하하라는 압력인가요?

―절대 그런 뜻은 아니에요. 나도 최대한 서둘러 수사에 착수하고 싶은데 곳곳에서 태클이 들어오니 답답하네요.

―곳곳에서 태클이라니오?

―아, 아무것도 아녜요. 답답하니 그냥 해본 소리예요.

담당경찰은 얼버무렸다. 현정은 아무것도 아닌 게 아닌 것 같다며 무슨 태클이냐고 다그쳐 물었다. 그는 법원과 팀장을 두고 한 말이라고 둘러댔고 어쨌거나 최대한 노력하고 있으니 기다리라고 하고는 일방적으로 전화를 끊어버렸다. 그러고는 여태까지 감감무소식이었다.

－사토시 살인사건을 수사하는 경찰까지 네 이름을 언론에 흘리며 저렇게 나오는 걸로 봐서는 배후가 있는 게 확실한 것 같지?

미정은 걱정스런 목소리로 말했다. 원정녀 몰카시리즈는 사토시 개인이 찍어서 유포한 것이 아니라 사토시가 배후세력의 조종을 받고 저지른 짓이라는 의심이었다. 그렇기에 일본경찰이 몰카 관련자들을 비호했고 이젠 그 피해여성들을 사토시 살해용의자로 몰아가려는 것이 아닐까.

－배후가 누구든 간에 막다른 궁지로 몬다면 쥐가 고양이를 물 수밖에. 뻔한 시나리오라면 대응도 어렵지 않을 테지. 그나저나 나 때문에 언니들이 위험해지는 건 아닌지 걱정이야. 미안해, 언니.

－미안하다는 말은 하지 않기로 했잖아.

－일단은 적이 누군지를 알아내는 게 급해. 내 자취방에 다녀간 그놈이 사건에 깊숙이 개입됐을 거야.

－우리도 그렇게 생각하고 이미 그놈 뒷조사에 착수했어. 그 일은 우리에게 맡기고, 너는 네 안전만 확실히 챙겨.

－알았어, 언니. 내가 부탁한 그건 어떻게 됐어?

－사쿠라시로 가서 '사쿠라게스트하우스'를 찾아. 아유라는 이름으로 예약이 돼 있을 거야. 주인에게 새 휴대폰과 신분증을 맡겨뒀어.

'사쿠라시 사쿠라게스트하우스 아유.'

현정은 통화하면서 메모지를 꺼냈고 저쪽에서 불러준 내용을 반복해서 중얼거리며 받아 적었다.

　－고마워, 언니. 또 통화해.

　현정은 통화를 끝낸 후 즉시 휴대폰 배터리를 분리하여 주머니에 넣었다. PC방으로 돌아가 의자에 놓인 배낭을 주워들고는 황망히 무엇에 쫓겨 도망치듯 PC방을 나섰다. 청바지와 티셔츠에 가벼운 바람막이 점퍼를 걸치고 배낭까지 메고 있어서 여행 중인 여학생처럼 보였다.

　그녀가 카운터에 계산을 하고 나간 지 얼마 되지 않았을 때였다. 청바지 차림의 덩치 좋은 장정 셋이 PC방에 들이닥쳤다. 그들은 PC방을 돌아다니며 누군가를 찾는 눈치더니 PC방 주인에게로 걸어갔다. 그중 한 명이 자신의 신분증을 꺼내서 PC방 주인의 얼굴 앞으로 들이밀었고 다른 한 명은 여자 사진을 보여주며 여기 왔었는지를 물었다.

　－방금 나갔는데요. 채 3분도 되지 않았을 거예요.

　PC방 주인은 어리둥절한 얼굴로 사진을 들여다본 후 대답했다.

　장정들 중 하나는 PC방 주인에게 그녀가 사용한 PC가 어느 것인지 물었고 나머지 두 명은 급히 PC방을 뛰어나가 그녀를 찾았다.

　PC방에 남은 장정은 현정이 사용하던 컴퓨터를 들여다봤다. 크롬 브라우저에서 '방문기록'을 살펴보았고 그녀가 방문한 인터넷 사이트와 검색한 내용을 캡처했다. 그러고는 자신의 USB에 옮겨 담아서 PC방을 나섰다.

　현정을 찾아 밖으로 뛰어나갔던 장정 둘이 달려와서 방금 PC방에서 나온 장정 앞에 섰고 허탈한 표정으로 고개를 저었다.

―멀리 못 갔을 거야. 차를 타고 돌면서 주변을 뒤져보자고.

장정들은 계단을 뛰어 내려가서 자신들이 타고 온 차에 올라앉았다. 차 시동을 걸었고 천천히 주변을 돌며 현정을 찾았다.

현정은 PC방 건물 맞은편의, 사철나무 울타리가 촘촘한 개인 목조 주택 테라스에 서서 이불호청 빨래를 너는 척하며 얼굴만 빨래 위로 내밀고 조마조마한 표정으로 장정들의 차를 바라보고 있었다. 그들의 차가 저쪽 모퉁이를 돌아 완전히 사라지는 것을 확인한 후 마치 자기 집에서 나오는 것처럼 태연히 걸어 나왔고 도로로 나가서는 좌우를 두리번거리며 바삐 택시를 잡아탔다.

5.

사토시 살해사건이 발생한 지 20일이 넘어서고 있었다. 나가노현 경찰본부 살인사건전담팀 형사들이 도쿄를 오가며 열심히 수사했지만 아직까지 이렇다 할 실적은커녕 제대로 된 단서도 잡지 못하고 막막한 어둠 속을 헤매고 있었다. 사건의 단서를 쥐고 있을 현정만 검거했어도 이처럼 애를 먹지는 않았을 것이다. 시스이초 PC방에서 그녀를 놓친 후 행방이 묘연해졌고 핸드폰을 켜지 않아서 위치추적도 되지 않고 있었다. 도대체 어디로 사라졌을까.

사토시는 살해된 장소로 이동하던 중 CCTV에 찍힐 때 직접 운전을 하고 있었다. 제 발로 자신의 무덤을 찾아간 꼴이었다. 그리고 그 옆에는 저승사자 꼴인 한 여성이 타고 있었다. 현재로서는 문제의 그 여성이 가장 유력한 살해용의자였다. 그 여자를 찾는 것이 무엇보다 급선무였다. 현정일 수도 있고 아닐 수도 있다. 현정 쪽에 보다 더 무게가 실리긴 하지만 말이다.

정말 이현정의 짓일까? 하지만 섹스몰카를 찍어 유포한 대가치고는 너무 잔혹하지 않은가. 하긴 자살한 피해자까지 나왔으니 말이 안 되는 복수도 아니지. 혹여 그녀의 짓이 아니라면 누가 왜 그런 잔인한 짓을 저질렀을까. 자살한 송소희 관련인물의 소행?

유우키는 수사팀 일부를 이끌고 다시 도쿄로 향했다. 소희와 관련된 인물, 즉 소희를 위해 대신 복수에 나설 만한 가족이나 절친한 친구 등의 출입국여부를 한국 경찰의 협조를 받아서 알아봤지만 출입국기록에 의심스런 인물은 보이지 않았다. 사토시의 휴대폰 통화기록에 나온 모든 여자, 사토시를 아는 대부분의 여자를 조사했지만 그 역시 의심 가는 인물을 찾지 못했다. 사토시의 이메일과 메신저 SNS 등에서도 동승여성과 주고받은 것으로 보이는 내용의 그 무엇을 발견할 수 없었다. 휴대폰과 인터넷이 아닌 제3의 방법으로 문제의 동승여성과 의사전달이 이루어졌다는 얘기였다.

사토시가 나가노현으로 가서 살해된 것은 6월 15일이었다. 아침 9시경 그는 아내에게 산악회 친목모임이 있다고 말하고 등산복 차림으로 집을 나갔다. 사망 당시 입었던 복장과 동일했다. 산악회에 가입돼 있긴 하지만 등산을 자주 가는 편은 아니었다. 당일 산악회의 등산여행이 예정돼 있긴 했지만 사토시는 참가하지 않았다.

사토시는 집을 나선 후 곧장 동승여자를 만나 차에 태우고 나가노현으로 향했을 것이다. 그 전에 문제의 여성과 약속이 돼 있었다는 뜻이다.

범인은 등산을 미끼로 사토시를 불러내지 않았을까? 단 둘이 등산을 가자고 제안할 정도라면 미색도 갖추었고 친분도 있다는 얘긴데······.

사토시의 여자관계에 대해 조사할 수밖에 없었다. 사토시의 직업은 인력관리업체 대표였다. 주변 사람들은 사토시가 점잖은 사람이라 여자들에게 원한 살 일은 하지 않았을 것이라고 입을 모았다. 부하 여직원들이나 업체 소속 인력여성들에게도 추파를 던지지 않았고 부인에게도 충실한 편이었다. 그래서 루이도 그의 외도를 의심하거나 여자 문제로 다툰 적은 전혀 없었다고 했다. 다만 술을 마시고 유흥업소 여성과 호텔까지 가는 일은 가끔 있었다.

유우키는 동승여성이 사토시의 직장 근처 유흥주점에서 일하는 여성일 가능성을 염두에 두고 조사했다. 사토시의 인력관리업체 사무실은 주오구에 있었다. 직원들과 지인들 말에 의하면, 사토시의 단골술집은 없고 업무상 접대 때나 모임 때 호스티스가 있는 유흥주점을 찾았다. 퇴근 후 혼자 술을 마시러 다녔다거나 개인적으로 친하게 지낸 호스티스에 대해서는 직원들과 지인들 모두 알 수 없다고 대답했다.

유우키와 수사팀은 주오구의 유흥업소를 샅샅이 뒤졌다. 업소 종업원들과 지배인 등에게 사토시 사진을 보여주며 온 적이 있는지 물었는데 사토시를 아는 사람은 몇 명 있었지만 대부분 업무 관련 접대 때 동석했던 여성이었다. 사토시와 2차를 함께 간 여성도 있었지만 한 번으로 끝났고 두 번 이상 만난 여성은 없었다. 그중에는 한국인 여성도 있었다. 그러나 특이점이 없고 알리바이도 확실했다.

수사팀은 사토시 남근 배달에 이용된 퀵서비스 오타바이 절도범도 찾아야 했다. 범인은 남녀혼성 2인조가 아닐까? 사토시 남근을 배달한 자는 남성공범일 것이다. 하지만 범인은 그 어떤 단서도 남기지 않았다. 오토바이 도난현장 근처의 모든 CCTV, 주차차량 블랙박스, 노선버스와 택시 블랙박스에도 찍히지 않았다. 그곳 지리를 아주 잘 아는 자의 소행일 것이었다.

－이렇게는 안 되겠어. 오토바이 절도범을 쫓을 형사 한 명만 남기고 나머지는 경찰본부로 돌아가서 사건을 처음부터 다시 들여다보며 다른 방법을 찾아보는 게 좋겠어.

유우키는 아무런 소득 없이 철수를 결정하고 팀원들과 함께 나가노로 돌아갔다.

한편, 미정은 한적한 공원에서 정훈을 만나고 있었다. 정훈이 현정의 행방을 궁금해하며 애타게 찾고 다닌다는 소식이었다. 무슨 사고를 당한 건 아닌지 걱정하는 그에게 현정의 친구들은 아무 말도 해줄 수 없어 안타깝다고 했다. 미정은 그렇다면 자신이 그를 한 번 만나봐야겠다고 말했고 그녀가 연락해서 만남이 이루어졌다.

－현정의 소식이 궁금하다고 했지? 현정은 지금 심각한 위험에 처해 있어.

미정은 현정에게 생긴 일을 있는 그대로 솔직하게 다 이야기했다. 학업을 중단한 후 유흥업소에서 일했으며 지금 여러 가지 곤경에 처해 있다는 사실까지. 정훈은 대충 짐작은 했다면서도 충격 받은 모습이었다. 그러나 자신이 받은 충격보다는 현정에 대한 걱정이 앞서는 모양이었다.

－현정이 누군가의 음모에 말려들었단 말인가요?

정훈은 사태의 심각성을 깨닫고 낯빛이 파래졌다.

－누군가가 아니라 어떤 조직과 세력인 것 같아. 권력의 힘까지 작용하는 느낌이야.

미정은 그래서 한국인 동료여성들이 현정을 돕기 위해 팔을 걷어 붙였다는 얘기를 했고 무기력하게 당하지는 않을 것이라는 각오를 내비쳤다.

–위기를 모면할 무슨 방법이 있긴 한 건가요?

정훈은 그녀들이 무슨 힘이 있어서 현정을 보호할 수 있겠느냐고 걱정했다. 차라리 대사관에 도움을 청하자고도 했다. 그러나 미정은 부정적으로 고개를 저었다. 현 상황에서 대사관을 끌어들이면, 일본경찰은 '원정녀 몰카시리즈'가 불법성매매 증거물이라고 주장하면서 몰카에 찍힌 여성들을 처벌하겠다고 나올 것이고, 대사관 입장에서는 일본경찰에 협조할 수밖에 없을 것이므로 일이 더 복잡해질 수 있다는 것이었다. 그렇기에 대사관 도움 요청은 최후의 수단으로 아껴둬야 한다고 했다.

–우리에게 계획이 있고 방법도 생길 것 같아. 내가 너를 만나자고 한 것도 그것 때문이야. 네가 우릴 조금만 도와주면 좋겠는데…….

–기꺼이 도울게요. 뭘 어떻게 도우면 되죠?

정훈은 현정을 구할 수 있다면 무슨 일이라도 하겠다며 적극적이었다.

–오토바이 탈 줄 알아?

미정이 물었는데 정훈은 실력급이라고 대답했다.

–잘됐다. 그럼 말이야…….

미정은 정훈의 귀에 대고 속닥속닥 비밀한 이야기를 했고 정훈은 심각한 표정으로 고개를 주억거렸다.

6.

7월 날씨답지 않게 서쪽에서 불어온 시원한 바람이 나가노시의 더럽혀진 공기를 쓸어서 동쪽으로 보내고 있었다. 이이즈나산 높은 봉우리를 넘고도 지친 기색 없이 팔팔한 바람은 그 기세 그대로 빌딩 숲을 지나가며 지나온 곳들에서 주워들은 온갖 소문을 퍼트리느라 웅성웅성 소란을 피우고 있었다. 이곳을 지나간 후엔 또 이곳에서 들은 소문을 그곳에 퍼트리게 될 것이었다.

나가노현 경찰본부 살인사건전담팀 형사들은 수사회의에서, 현정이 잡히기만 기다리는 수밖에 없을 거라고 자조 섞인 말을 하며 무력감을 드러냈다. 유우키 또한 이제 무엇을 더 해볼 것도 없다는 생각이 들면서 저절로 어깨가 처졌다. 제보를 기다리며 일단은 잡힌 연쇄살인마 우렁이농장주 수사를 마무리 잘 하라고 팀원들에게 지시했다.

실종여성 5명을 모두 놈이 살해한 것으로 추정된다. 형망어선을 동원해 스와호에서 건져낸 유골은 극히 일부뿐이었다. 낚시꾼을 가장하여 여기저기 여러 곳을 돌며 뿌렸다는데, 유골마저도 쓰레기 소각로에 넣어 불에 태운 후 망치로 부숴서 버렸기 때문에 유전자감식을 할 수 없었고 때문에 수습한 유골이 누구 것인지 밝혀낼 수 없었다. 하지만 여성 실종사건이 일어날 때마다 5~7일 후 놈이 낚시를 하겠다며 보트를 빌린 사실은 나머지 실종자도 놈에 의해 희생되었다는 강력한 정황이었다. 낚시가방과 아이스박스 등에 유골을 넣어서 보트에 올랐을 것이다.

놈은 완전범죄라고 믿었을 것이다. 우렁이 똥만이 희생자들의 행방을 알고 있을 테니까. 하지만 놈이 간과한 머리카락과 발톱이 결정적 증거가 됐다. 놈은 최대한 수거하려고 했지만 전부를 치우지는 못했다. 일부 남은 머리카락과 발톱 등은 경찰에 발견되더라도 큰 문제가 되지 않을 것으로 생각했을 것이다. 일을 도와주러 온 여성이나 우렁이를 사러 온 여성이 흘린 것 혹은 외부에서 유입된 것이라고 가볍게 여기고 넘어갈 줄 알았겠지.

놈이 도주하기 전에 불태운 낚시가방은 전소되었지만 낚시가방을 보트에 싣고 호수로 나가는 모습과 들어오는 모습이 보트대여점이 설치한 CCTV와 경찰이 방범용으로 설치한 CCTV에 고스란히 담겨 있었다. 총 5회. 나갈 때 보트가 수면에 잠긴 정도와 들어올 때 잠긴 정도에 차이가 있었는데 나갈 때 더 많이 잠겼다. 낚시가방과 아이스박스 속에 무거운 것이 들어 있었다는 뜻이다. 낚시를 하는 다른 사람들의 경우 나갈 때보다 들어올 때 수면에 더 잠겨 있었다.

먹을 것을 갖고 나가서 다 먹고 들어왔기 때문이라는 놈의 주장은 먹은 것이 배 속에 들어 있어야 하므로 설득력이 없다. 그렇다면 놈은 낚시 갈 때마다 한 마리의 물고기도 못 잡았단 말인가?

놈은 2명의 여성에 대한 납치강간 살인 및 시신훼손과 유기만 자백했다. 그러나 정황증거가 충분하므로 5명의 실종여성 모두에 대한 납치강간 살인 및 시신훼손과 유기혐의를 적용하여 놈을 기소하는 데 문제가 없었다. 놈에게서 반성의 기미는 찾아볼 수 없었다. 사랑을 하고 싶었을 뿐인데 여자들이 진심을 알아주지 않고 신고하려 해서 죽일 수밖에 없었다는 변명은 그의 비뚤어진 인간성만 확인시켜줄 뿐이었다.

연쇄살인마가 검찰 송치절차를 밟고 있을 때 유우키는 고민 가득한 얼굴을 하고서 열린 사무실 창문 앞에 서 있었다. 고개를 창밖으로 내밀고 잠시 바람 냄새를 맡아보고는,

─비 냄새가 섞여 있어. 소나기가 내릴 것 같아.

하고 중얼거렸다. 뜨겁게 달아오른 대지를 식히는 소나기처럼, 막막하기만 한 사토시 사건을 한 방에 해결해줄 시원한 단서가 잡혀준다면…… 하고 생각했다.

─방향을 잘못 잡고 수사를 진행하는 건 아닐까?

유우키는 혼자 중얼거리며 암담한 표정을 지었다. 수사 초기에 방향을 잘못 잡으면 시간만 낭비하고 난항에 부딪히기 십상이었다.

막막한 현실 앞에 고민은 더욱 깊어져서 만만한 커피만 축냈고 돈 들지 않는 한숨만 자꾸 소비했다. 이럴 때 애인이라도 있어서 심장에 전류 몇 볼트 흘려보내면 마음의 여유가 생겨서 생각지도 않았던 해결방법이 떠오를지도 모른다는 생각을 잠시 해보았다.

─유우키 오랜만이야. 아직 결혼하지 않았지?

첫사랑이었던 요코는 서른이 되던 해 전화해서 대뜸 물었다.

─내 전화번호는 어떻게 알았어?

―신문에 난 것 보고 경찰본부로 전화해서 물어봤지. 강도 잡은 기사 말이야.

그날 요코를 만나러 나가는 유우키의 가슴은 사뭇 떨렸다. 서른의 요코는 스무 살의 요코보다 더 예쁘고 날씬했다. 부드러운 미소는 온화해져 있었고 목소리도 포근해져 있었다. 말할 때 탁자에 손가락으로 뭔가를 자꾸 그리는 버릇은 여전했지만 너무 오랜만이라 그런지 전혀 새로운 여자를 만난 듯한 기분이어서 신선하고 좋았다.

―술 한잔할까?

둘은 돌돔회를 먹으며 사케를 마셨는데 옛날 얘기를 해가면서 꽤 많은 양을 마셨던 것으로 기억한다. 술이 얼큰하게 취했을 때 요코는 유우키와의 첫 섹스에 대해 말했다. 서툴러도 너무 서툴렀던 그때 그는 너무도 서두르기까지 했다. 애무만으로도 이미 넘쳐흐를 정도로 흥분해 있었던 그는 번개가 한 번 친 기억만 있을 뿐이었다. 그런데 그녀는 당시 상황을 세세하게 기억하고 있었다.

―느낄 사이도 없이 끝나버린 섹스였지만 그때만큼 짜릿했던 순간은 내 일생에 다시없었어.

그녀는 서투름은 순박함으로, 성급함은 순수함으로 받아들였기에 모자라는 그가 넘치는 다른 여러 남자들보다 더 좋았고 그래서 인상적인 추억으로 남았다고 말하며 해맑은 미소를 지었다.

유우키는 부끄러워서 얼굴을 붉혔다. 그때가 요코와 처음 한 섹스였지만 동정을 뗀 것은 아니었다. 요코 전에도 몇 명의 여자와 섹스를 해봤고 그 정도로 미숙하진 않았는데 이상하게 그녀하고만 하면 절제가 되지 않았고 조루증세가 있었다. 나중에 생각해보니 그건 아마 그녀를 만나면 가슴이 너무 설렜기 때문이었을 것이라는 짐작이 들었다.

그날 유우키는 자신을 그토록 설레게 하는 요코와 모텔에 들었다. 맥주를 한잔 더 하면서 그때 넌 그랬어, 혹은 그때 내가 그랬지, 라는 말들로 지나간 둘만의 추억을 오랫동안 이야기했고 조심스럽게 그녀에게 섹스 의사를 타진했다.

—바보 같은 건 여전하네. 여자가 모텔까지 따라 들어온 건 하고 싶다는 뜻 아니겠어?

—둘이서 조용히 이야기 나눌 장소가 마땅찮아서 모텔을 선택한 것일 수도 있잖아.

—너의 그 순박함이 좋아. 이제 침대에 누워서 나머지 얘기를 계속할까?

—오줌 좀 누고.

유우키는 그렇게 말한 후 욕실에 가서 샤워까지 하고 나왔다. 나 아직은 유부녀야, 라고 말하는 여자와 침대에서 능숙한 섹스를 했고 그녀의 계획에 대해서도 들었다. 남편과 이혼을 준비 중이라는 것이었다. 권위적이고 가부장적인 남편이 복종을 요구해서 힘들었는데 요즘은 주사까지 생겨서 결국 이혼을 결심했다고 했다.

—자기, 내가 곧 다시 전화할 테니 마음의 준비를 갖추고 있어.

요코. 그 이름만으로도 가슴 설레고 심장에 전류가 흐르는 그녀가 이혼하게 되면 유우키와 결혼해주겠다고 말하고 있었다. 너무 기분이 좋아서 기념으로 한 번 더, 실감이 나지 않아서 다시 한 번 더 결합을 했다. 밤새 한숨도 자지 못하고 이튿날 출근했지만 조금도 피곤하지 않았다. 몸이 공중을 떠다니는 듯한 기분이었는데 팔을 휘저으면 하늘 저 높이 날 수도 있을 것 같았다.

　그날 이후 유우키는 오랫동안 요코의 연락을 기다렸다. 일본의 이혼절차가 복잡한 것에 대해, 이혼소송 기간이 긴 것에 대해 원망하면서도 인내심을 갖고 기다렸다. 보고 싶어서 도저히 견딜 수 없을 때, 욕망을 억제하지 못해 그녀의 소유가 될 그것을 다른 여자에게 사용해버리는 실수를 저지를지도 모른다는 위기감이 들 때 더는 참지 못하고 그녀에게 전화를 걸었다. 그러나 그녀의 전화번호는 바뀌어 있었다.

　유우키는 요코에게 무슨 사정이 생긴 것이라고 생각했고 요코 친구들을 수소문하여 찾아낸 후 요코에 대해 아는 것이 없는지를 물었다. 그런데 그녀가 이미 이혼을 하고서는 얼마 전 새 남자와 재혼했다는 청천벽력 같은 소식이었다.

　믿을 수 없었던 그는 어렵게 전화번호를 알아내서 그녀와 통화에 성공했고 다른 남자와 재혼을 한 것이 사실인지 물었다.

　－내가 그런 약속을 했었어? 미안. 그땐 내가 술이 과했었나봐.

　유우키는 그 중요한 약속을 술에 취해 실수한 것으로 치부하며 너무 쉽게 없었던 일로 만들어버리는 요코가 미웠다. 어떻게 남의 인생을 갖고 그런 장난을 칠 수 있으며 어떻게 남자의 순정을 그토록 허접스러운 싸구려로 만들어버릴 수 있을까. 여자의 존재란 다 그런 것일까? 그런 여자를 첫사랑이랍시고 믿은 내가 잘못이지 누굴 원망하겠나, 자책하며 슬그머니 전화를 끊어버렸다. 그 후론 다시 그녀에게 전화하는 일은 없었다. 그녀도 다시 전화를 걸어오지 않았다.

유우키는 그 일 이후 여자를 못 믿는 습성, 혹은 그 비슷한 것이 생긴 것 같았다. 몇몇 여자와 소개팅도 하고 데이트도 하고 섹스도 했지만 진심이 느껴지지 않아서 오래 만나지 못하고 헤어지곤 했다. 여자를 만나도 섹스가 아쉬워서 만나는 것 같은 회의감이 자신에게 들기도 했다.

그렇지만 이젠 요코가 입힌 상처도 많이 나은 것 같고 결혼이라는 것도 해보고 싶었다. 진정성 있는 여자를 만나서, 가슴 설레는 사랑보다는 진지하고 깊이 있는 사랑을 해보고 싶었다. 아이를 낳아 가정이라는 것을 꾸리고 집이라는 곳에 빨리 들어가고 싶어서 퇴근이 기다려지는, 그런 생활을 해보고 싶었다. 책임질 가족이 없다는 이유로 남의 당직이나 대신 서주고 허구한 날 대신 잠복을 나가야 하는 늙은 총각생활을 마감하고 싶은 간절한 소망이었다.

유우키가 사건 문제에 골머리를 앓다가 어느 순간 슬그머니 아픈 사랑의 회상으로 넘어가서 추억을 되새기는 한가로움을 잠시 즐기고 있을 때였다.

－도쿄경시청 소속의 스즈란 수사관이 반장님과 통화하고 싶다고 전화를 했는데요?

살인사건 수사팀 막내형사의 그 말을 듣고서야 유우키는 자신이 한가한 생각에 빠져 있었음을 깨달았다. 정신을 차리고 다시 현실로 돌아왔고 책상 앞으로 걸어가서 막내형사가 내미는 수화기를 건네받았다.

－유우키입니다. 무슨 일로 나를 찾는 건가요?

－맡고 계신 사토시 살인사건과 관련하여 의논할 게 있어서요. 전

화로 말하긴 그렇고……, 반장님 일정에 맞춰서 내가 그쪽으로 찾아
갈까 합니다만.

유우키는 스즈란 수사관의 목소리가 마음에 들었다. 얼굴이 궁금
하다는 생각을 하다가 자신이 또 요코 생각을 하고 있다는 사실을
깨닫고 머리를 흔들었다. 스즈란 목소리가 요코 목소리를 닮았던 것
이다. 아니, 목소리가 닮았다기보다는 톤이 닮았다. 명랑하고 천진스
러운 느낌임에도 포근함이 묻어나는 살짝 낮은 그 톤. 요코 닮은 여
자라면 질색을 해야지 왜 더 알고 싶어지는 걸까. 그는 자신의 그런
심리를 이해할 수 없다는 생각을 했고 언제 시간이 되느냐는 스즈란
의 질문에 내일 오후에 시간을 비워두겠다고 대답했다.

막내형사가 방금 전까지 유우키가 서 있던 창문 쪽으로 급히 뛰어
가서 열려 있는 창문을 닫고 있었다. 유우키 예상대로 창밖엔 거센
소나기가 내리기 시작했다. 갑자기 하늘이 깜깜해지며 천둥번개가
요란스럽게 천지를 뒤흔들었다.

7.

　이튿날 오후 스즈란이 나가노현 경찰본부로 와서 유우키를 찾았다. 유우키는 스즈란이 왔다는 정문 연락을 받고 경찰본부 내의 휴게실로 그녀를 안내해달라고 했고 하던 일을 정리하고 휴게실로 향했다. 그녀에 대한 호기심이랄까 기대감이랄까, 그런 것들로 가슴이 두근거리는 느낌이었다.

　휴게실로 들어서면서 스즈란의 모습을 확인한 유우키는 눈이 황홀했고 기대를 저버리지 않은 그녀에게 마음으로 감사했다. 그녀는 매혹적이고 육감적인 몸을 가졌다. 얼굴도 아름다웠는데 촉촉한 느낌의 트루디멘션 립스틱을 바른 도톰한 입술과 놀란 토끼눈처럼 동그란 눈동자가 특히 매력적이었다. 성범죄자들에게 범죄충동을 일으키기 딱 좋게 생긴 여자가 성범죄 전문수사관이라는 것은 아이러니였다. 그녀에게 조사받는 성범죄자들로서는 그녀 자체가 고문일 것 같았다.

　유우키는 스즈란을 향해 걸어가면서 연분홍 꽃잎에 구기를 꽂고 달콤한 꿀을 흡입하고 있는 꿀벌을 떠올렸다. 바람에 파르르 떨리는 꽃술이 꿀벌의 입술을 간질여준다면 꿀벌은 짜릿할 것이다. 유우키 자신이 그 꿀벌이 되고 싶었던 것은, 그녀에게서 진한 꽃향기를 맡았기 때문이었다.

유우키는 그녀에게 용건을 묻기 전에 결혼했는지 묻고 싶었고 했다면 결혼생활이 만족한지 묻고 싶었다. 그 외에도 묻고 싶은 것이 너무 많았다. 잘 생긴 남자가 좋은지 아니면 못 생겨도 섹스를 잘 하는 남자가 더 좋은지. 키스를 할 때 혀로 그녀의 혀끝을 톡톡 건드리다가 입술을 빨아주는 것이 좋은지 혀로 혀뿌리를 휘감고 거칠게 흡입하는 것이 더 좋은지…… 등등. 그러나 지금 그런 것을 물었다가는 치한 취급을 받을 터였다. 그는 엉큼한 마음을 들키지 않으려 손으로 바지 앞섶을 가리며 그녀 앞에 가서 섰다.

─카페로 자리를 옮길까요?

유우키는 미모의 여수사관을 만나기엔 경찰본부 휴게실이 누추하다는 생각이 들어서 그렇게 물었다. 스즈란은 그럴 거면 진작 그쪽으로 가라고 하지 왜 여기로 불러들였느냐고 묻고 싶은 얼굴로 유우키를 쳐다보았다. 하지만 유우키는 스즈란의 대답을 듣지도 않고 몸을 돌렸고 따라오라는 듯 앞장서서 휴게실을 빠져나갔다.

유우키는 경찰본부 바로 앞에 있는 2층 카페로 올라갔고 안쪽 창가 자리로 그녀를 안내했다.

─여긴 카푸치노가 괜찮아요.

유우키가 권했고 그녀는 기꺼이 추천하는 것을 마셔보겠다고 말하며 고개를 주억거렸다. 유우키는 종업원을 불러서 카푸치노를 두 잔 주문한 후,

─나가노엔 처음이죠? 차를 몰고 오셨나요, 아님……?

오는데 고생하지 않았느냐는 등의 질문을 던지며 잠시 스즈란을 감상했다. 요코만큼 아름다웠지만 요코보다 차가운, 이지적인 인상이었다. 경찰생활이 몸에 밴 듯 말투가 사무적이었지만 아양스럽지 않은 것에 신뢰감이 느껴져서 오히려 마음에 들었다. 나이는 서른 전후로 보였지만 여성 나이를 묻는 것은 실례라는 생각이 들어서 묻지 않았다. 요코보다 어린 여자는 요코보다 때도 덜 묻었겠지, 하고 무의식중에 생각하다가 자신이 또 여자를 요코와 비교하고 있다는 사실을 깨달았다. 그런 자신에게 살짝 짜증을 냈다.

그러고보니 그는 여태 모든 여자를 요코와 비교해 왔던 것 같았다. 요코 같은 여자와 요코 같지 않은 여자 두 부류로만 여자를 바라봤던 것 같았다. 그렇게 분류해놓고는 요코와 닮은 점이 전혀 없는 여자를 찾고 있었을지도 모른다. 그랬기에 여태 마음에 드는 여자를 만날 수 없었을 것이다.

요코와 완벽하게 다른 여자가 세상에 있기나 한 걸까? 세상의 모든 여자는 요코를 한 가지씩은 닮았을 것이다. 그것이 외모가 됐든 마음씨가 됐든 아니면 정신세계가 됐든 어딘가 한구석은 요코를 떠올릴 만한 곳이 있었을 것이다. 맞춰질 수 없는 기준을 세워두고 그 기준에 맞는 여자를 찾고 있었으니 만나는 여자마다 실패할 수밖에. 이제 그 사실을 깨달았으니 스즈란에게는, 아니 앞으로 만나게 될 모든 여자들에게는 절대 그 기준을 적용하지 말아야지, 하고 유우키는 마음속으로 다짐했다.

주문한 카푸치노가 나오고 스즈란은 잔을 들어 입으로 가져갔다. 후룹 소리를 내며 입술 사이로 빨아들여서 커피 위에 그려진 하트그

림을 일그러뜨렸다. 그녀의 윗입술에 묻은 우유거품이 귀엽다고 생
각하면서 유우키도 잔을 들어 입으로 가져갔다.

　-7월 5일 신주쿠의 한 원룸에서 성기가 잘려나간 남자 시신이 발
견됐어요. 이름은 다이치, 나이 29세의 미혼. 우오누마 출생, 부모는
화훼농원 운영. 폭력전과 2회, 야쿠자 조직원으로 경찰의 관리대상.
사망하고 약 3일 후 경찰에 의해 발견됐어요. 그의 여자친구 츠키코
가 연락이 되지 않는다며 경찰에 신고했대요.

　스즈란은 알맞게 도톰한, 우유거품이 묻어 있는 그 입술을 자극적
으로 달싹이며 말했다. 유난히 뾰족한 혀로 버릇처럼 종종 입술을 적
시면서 말이다. 입술을 적실 때 내미는 혀는 귀여웠으나 그 바람에
야한 상상력을 불러일으키던 우유거품이 혓바닥에 닦여버린 것은
아쉬웠다.

　스즈란은 잔을 옆으로 밀어놓고는 다이치의 시신 사진 여러 장을
꺼내서 테이블 위에 펼쳐놓았다. 시신은 피가 넓게 펼쳐진 방바닥에
반듯이 눕혀져 있었다. 남근이 잘려서 그토록 많은 피가 흘렀음에도
몸부림을 친 흔적은 약간밖에 보이지 않았다. 그것은 그가 죽었다는
사실을 이웃들이 아무도 모른 이유를 대신 말해주고 있었다. 그의 입
이 청테이프로 막혀 있고 팔다리도 청테이프에 감겨 있었다 하더라
도 이웃들이 아무 소리도 듣지 못했고 몸부림을 친 흔적 또한 미미
하다는 것은 정신을 잃은 상태에서 남근이 잘렸기 때문일 것이다. 그
래서 비명은 물론 몸부림조차 치지 못했지 싶었다.

　다이치 살인사건은 스즈란이 소속된 도쿄경시청 성범죄수사팀에
서 넘겨받았다. 남근이 잘려서 죽었으므로 성범죄 가능성이 높다는

지휘부 판단이었다.

　－잘려나간 남근은 아직까지 찾지 못했어요. 약물복용 후 무저항 상태에서 남근이 잘렸다는 점에서 사토시 사건과 유사성이 있으니 어쩌면 같은 자의 소행 아닐까요?

　스즈란이 찾아온 이유는 그것 때문이었다.

　－연쇄살인이란 말인가요?

　－그럴 개연성이 충분하기에 자료와 정보를 합쳐보자는 거예요.

　－여자친구 츠키코에게는 용의점이 없다는 뜻인가요?

　유우키 질문에 스즈란은 고개를 끄덕였다. 츠키코는 S종금사 신주쿠지점 창구직원이었는데 동료들은 츠키코가 수시로 다이치 원룸에 드나들었다고 했다. 하지만 두 사람 사이는 매우 돈독했고 거의 다투지 않았다. 살해동기도 드러난 것이 없고 두 사람 간 금전거래 흔적도 발견되지 않았다. 알리바이도 있어서 츠키코는 용의선상에서 제외된다고 설명했다.

8.

　귀여운 협궤 랩핑열차 '은하철도999'가 달랑 객차 2량을 달고서 뒤뚱뒤뚱 꽃길을 달리고 철교를 달리는 군마현 다카사키에는 소류지가 여럿 있었다. 그중에서도 시의 상수도 집수장 중 하나인 산속 깊은 계곡의 한 소류지를 둘러보던 상수도 관리자는 상류 쪽 골짜기에 검게 그을린 오토바이가 버려져 있는 것을 발견하고 고개를 갸웃거렸다. 지난달에 순찰 왔을 땐 분명 없던 것이었다. 사람들의 접근이 어려운 그곳까지 오토바이를 끌고 와서 불을 질러 소각했다면 범죄에 이용된 오토바이가 아닐까? 그는 영 수상쩍어서 경찰에 신고했다.

　소류지에 출동해서 불에 탄 오토바이를 살펴본 현지경찰은 같은 기종의 오토바이가 수배된 사실을 알았고 수배를 내린 나가노현 경찰본부의 살인사건수사팀 유우키 형사반장에게 연락했다. 불태워진 오토바이 종류와 연식 개조형태 등이 히가시긴자에서 퀵서비스 배달원이 도난당한 것과 일치한다는 것이었다. 즉 사토시의 남근 배달에 이용된 오토바이로 보인다는 얘기였다.

　과학경찰연구소에서 불에 탄 오토바이를 분석한 결과도 이를 뒷받침했다. 대략 2주 전쯤에 불태워진 것으로 추정되며, 시료 분석 결과 동체에 새겨져 있던 퀵서비스 상호와 전화번호가 일치하는 것으로 나왔다. 상호와 전화번호를 새길 때 사용한 시트지는 오토바이 도장에 사용된 페인트와 성분이 다르고 화기에 대한 반응도 달라서 완전전소에도 흔적이 남을 수밖에 없다. 그러나 그것 뿐, 범인에 대한 단서는 단 하나도 발견되지 않았다. 지문은 물론 머리카락 한 올 없이 깨끗하게 불탔다. 시너를 뿌려 불태우고 다시 휘발유를 뿌려서 두 번 태운 것으로 확인됐다. 오토바이가 발견된 지점도 개울가 자갈밭이라서 족적조차 찾을 수 없었다.

유우키는 답답한 마음에 사토시의 시신이 발견된 장소에 다시 가서 현장을 둘러보던 중이었다. 미처 발견하지 못한 뭔가가 있을지도 모른다는 생각이었다. 가파르지 않고 밋밋한 비탈길이었고 야트막한 야산이었지만 한여름에 산을 오르는 것은 여간 고역이 아니었다.

숲속 나무그늘 밑이고 연신 부채를 흔들고 있었지만 바람도 없고 습도도 높은 날씨 탓에 숨이 탁탁 막혔다. 독사 때문에 신은 장화 안엔 흘러내린 땀이 고여서 저벅저벅 소리가 났다. 사토시가 묶여 있었던 나무 주변을 이리저리 오가며 여러 번 반복해서 살폈지만 의미 있는 증거물은 발견할 수 없었다.

너무 더워서 시원한 곳을 찾아 좀 쉬고 싶었지만 주변엔 맑은 물이 흐르는 계곡도 없었다. 가져간 생수로 목을 축이며 그늘 밑에 잠시 앉아 쉬는 것으로 만족해야 했다. 그렇게 땀을 식히고 있을 때 다카사키 시경에서 전화가 걸려왔다.

유우키는 오토바이에서 별다른 단서는 발견되지 않았다는 소식임에도 야릇한 미소를 머금었다. 사토시 남근배달에 이용된 오토바이가 발견됐다는 그 자체만으로도 막막하기만 하던 수사에 숨통이 트이는 기분이었다. 불태워진 오토바이가 자신들이 찾고 있던 것이 확실하다면 오토바이를 불태운 자는 그 오토바이를 도쿄에서 다카사키까지 이동시켰다는 얘기가 된다. 1백 킬로미터 거리를 이동시켰으므로 틀림없이 어느 한 곳엔 단서를 흘렸을 것이었다.

유우키를 기쁘게 한 것은 그것만이 아니었다. 그는 다카사키 시경 관계자와 통화하면서 스즈란 얼굴을 떠올렸다. 그 귀여운 여자를 만난 후 그의 가슴은 요상하게 설렜다. 그녀가 원하는 자료와 그가 원하는 자료를 충분히 교환하고도 쓸데없이 전화해서 새롭게 밝혀진 사실이 없는지 자꾸 묻게 되곤 했다. 진척 없는 수사에 답답함을 느꼈기 때문이기도 했지만 사실 그녀 목소리를 듣고 싶은 마음이 더 컸다.

―스즈란도 이 소식을 기뻐할 거야.

유우키는 그녀 또한 수사에 진척이 없어서 답답할 것이라고 생각했다. 물론 발견된 오토바이는 그녀가 맡은 다이치 사건과 직접적 관련이 없는 사토시 사건 관련 검증물이었다. 하지만 그녀가 두 사건을 '관련사건'이라고 믿고 있으므로 공조를 원할 것이라고 믿어 의심치 않았다. 그래서 다카사키 시경 관계자와 통화를 끝내자마자 휴대폰을 주머니에 넣지 않고 바로 그녀 전화번호를 찾아서 통화버튼을 눌렀고 다카사키 시경으로부터 연락받은 내용을 그대로 전달했다. 그러고는,

―내일 다카사키에 가볼 계획인데 시간 되면 같이 가보지 않을래

요?

하고 물었다.

-내가 왜요?

-네? 아, 그러니까 그게, 혹시 그……

유우키는 예상치 못한 스즈란의 반응에 당황해서 할 말을 찾지 못하고 쩔쩔 매며 우물거렸다. 그런데 그를 더욱 당황스럽게 한 것은 그다음 그녀가 보인 행동이었다. 배를 잡고 깔깔거리는 웃음소리가 휴대폰에서 들려왔다. 이건 또 무슨 리액션? 그는 귀에서 휴대폰을 떼고는 웃음소리가 흘러나오는 휴대폰을 멍한 눈으로 바라보았다. 한참 후 그녀의 웃음소리가 그친 것 같아 다시 휴대폰을 귀에 댔는데,

-농담으로 한 소리에 뭘 그리 정색을 하고 그러세요. 내일 신칸센을 타고 갈 테니 JR다카사키역에서 만나요.

하고 그녀가 말했다.

-짓궂군요.

유우키는 투정처럼 말하면서도 마음속으로는 쾌재를 불렀다. 오늘 밤 잠은 다 잤다고 생각했고 동행을 허락해준 스즈란에게 감사의 말을 전했다.

스즈란은 유우키와 통화를 끝낸 후 히죽히죽 웃음을 흘렸다. 정말 순진한 남자였다. 세상의 돈 많고 능력 있는 많은 남자들을 만나봤고 동료경찰관 또한 많이 만나봤다. 그녀에게 호감을 표하며 접근한 남자들 대부분은 약삭빠르고 계산적이거나 이기적이고 허세가 있었다. 그런데 유우키는 뭔가 달랐다. 그녀를 바라보는 뜨거운 시선에서

저 남자가 첫눈에 내게 반했구나, 라는 것을 느낄 수 있었다. 그럼에도 자신을 과시하지 않았고 성급히 덤비거나 유혹하지 않았다. 오히려 자신을 낮추며 조심을 더하는 것이 여느 남자들과 다르게 느껴졌던 것일지도 몰랐다.

사건 관련 대화를 나누어보면 유우키는 치밀한 성격의 소유자라는 것을 알 수 있었고 눈빛 또한 형사답게 날카로웠다. 하지만 여자를 대하는 솜씨는 서둘렀다. 스즈란의 가슴을 훔쳐보다가 그녀와 눈이 마주치면 당황해서 얼른 눈길을 다른 곳으로 돌리며 얼굴을 붉혔고 손끝을 떨었다. 범죄자들이 떠는 그것과는 차원이 다른, 부끄러운 떨림이었다.

순진한 남자는 늘 그녀의 구미를 당기게 했다. 착하고 소심하고 촌스럽고 어수룩한 남자가 취향일지도 몰랐다. 그래서인지 그녀는 호감 있는 남자에겐 장난을 걸어서 속마음을 떠보는 버릇이 있었다. 지난 번 만남 때 유우키에게 짓궂은 장난을 쳐보고 싶은 충동을 간신히 억눌렀다. 만일 두 번째 만남이었다면 허리를 굽히고 상체를 숙여서 가슴골을 보여주거나 짧은 치마를 입고 의자에 앉은 자세에서 다리를 꼬며 그가 다리 속살을 훔쳐볼 때 방귀를 뀌고는 그 반응을 감상하는 장난을 기꺼이 쳤을 것이다.

스즈란이 유우키의 다카사키 동행 제안에 '내가 왜요?'라고 장난을 친 것도 자신의 사람 보는 눈을 다시 한 번 확인하는 차원이었다. 실은 약아빠진 남자인데 자신이 잘못 본 건 아닐까, 라는 자기의심에서 한 번 떠본 것이었는데 예상 시나리오에서 한 치 어긋남 없는 반응이 돌아왔다. 그녀는 자신의 사람 보는 눈이 정확한 것에 만족해서가 아니라 예상했던 그대로 행동해주는 그의 단순함이 귀엽고 재밌어서 깔깔 웃었던 것이다. 순진해도 어떻게 그리 순진할 수 있을까. 그런 남자라면 한 번쯤 같이 자보고 싶었다. 물론 그는 섹스에 천부적 소질을 타고난 것 같이 생기진 않았다. 그렇지만 정성을 다하고 최선을 다해 섹스하는 스타일일 것 같아서 나름 매력을 느꼈다.

여고시절 대학생이던 친척오빠와 있었던 일이 생각났다. 무슨 심부름인가를 하러 그녀네 집에 왔던 그는 마침 학교에서 돌아온 그녀와 그녀 방에서 잠시 이야기 나눌 시간을 갖게 됐다. 그녀는 대학진학을 고민하며 경찰이 꿈인데 어느 대학 어느 학과를 가는 것이 유리할지에 대해 그에게 물었던 것 같다. 그는 성심성의껏 대답을 해주었고 그녀는 많은 참고가 됐다며 감사를 표했다.

그러다가 그가 돌아갈 시간이 됐고 그녀는 그를 역까지 바래다주기로 했다. 그런데 그녀는 그때까지 교복을 입고 있다는 사실을 깨달았다. 평상복으로 갈아입고 가기 위해 그에게 등을 돌리고 돌아앉으라고 했고 치마 속으로 바지를 올려 입은 후 치마를 벗었다. 그리고 상의는 훌렁 벗고 티셔츠로 갈아입고 있었는데 문득 돌아보니 그가 허리를 크게 굽혀서 무릎 사이에 얼굴을 거의 처박을 듯이 하고 있었다. 그녀는 왜 그러지? 하며 의아한 표정으로 그를 바라보다가 그의 앞에 벽걸이거울이 걸려 있다는 사실을 확인했다. 거울 속에는 브래지어 차림의 그녀가 한쪽 팔을 티셔츠에 끼우다 말고 거울을 바라보고 서 있었다. 순진한 오빠. 그냥 눈을 감고 있으면 되지 그리 과하게 피할 필요까지야. 자신은 절대 늑대가 아니라는 것을 강조하듯 과장되게 행동한 그가 귀여워서 그녀는 생긋 웃었다.

그녀는 그때도 유우키에게서 일었던 것과 같은 종류의 장난 충동이 일었다. 그를 역까지 바래다주면서 장난기가 발동했고 그래서 길을 걷던 중 앞뒤로 흔들던 한 손으로 실수인 척 그의 주요부위를 쓰다듬듯 스쳤다. 그는 깜짝 놀란 것이 틀림없었다. 티를 내지 않으려 애썼지만 무안해서 고개를 그녀 반대편으로 돌렸는데 귓불이 발갛게 달아올라 있었다.

그녀는 그런 그가 귀여웠고 무안을 달래주기 위해 팔짱을 끼며 젖가슴을 그의 팔에 밀착시켰다. 그는 더욱 당황해서는 자꾸만 그녀 손에 잡힌 팔을 빼내려 했다. 그 순간 그녀는 보았다, 너무나 뚜렷하게 세워져 있는 그의 아랫도리를. '남자는 사랑을 해서 성적 자극을 받는 것이 아니라 성적 자극을 받으면 섹스를 생각한다'라고 받은 성교육 내용이 생각났다. 이성적 감정을 품어서는 안 되는 친척 여동생에게서도 성적 충동을 느낀다는 사실이 신기할 나이는 아니었다. 그녀에게서 성적 충동을 받지 않기 위해 애쓰던 그가 고마울 따름이었다.

스즈란은 유우키에게서 착하고 순진하던 그 친척오빠를 연상했을지도 모른다. 산전수전 다 겪고 세상의 흉악한 것은 다 경험한 강력 형사가 여자 앞에서는 한없이 작아지고 순진해지던 그 모습. 그래서야 여자가 범인일 것으로 추정되는 사토시 사건을 제대로 해결할 수 있을까 싶었다. 그러나 그 때문에 다카사키에 함께 가주겠다고 한 건 아니었다. 그녀는 다이치 살인사건이 사토시 살인사건과 깊은 연관이 있다고 믿고 있었다. 같은 자의 소행이 아니더라도 최소한 성기를 자른 이유는 같을 것이라는 추측이었다.

9.

스즈란은 짧은 미니스커트를 입고 가늘고 길쭉한 다리를 한껏 뽐내며 나타났다. 경찰이 현장을 확인하러 가는 옷차림이라고는 할 수 없었다. 물론 여벌의 옷을 가져왔겠지만 말이다. 그것은 유우키를 위한 그녀의 선물이었다. 나 어때요, 이 정도면 충동조절이 힘들죠? 라고 몸으로 그에게 묻고 있었다.

스즈란이 예상한 대로 그녀를 본 유우키 눈빛엔 황홀함이 가득 차 있었다. 그녀는 만족스럽게 웃으며 그의 차로 다가갔다.

유우키는 JR다카사키역에 먼저 가서 기다렸다가 신칸센에서 내린 그녀를 차에 태웠다. 그녀가 몹시 반가웠고 그래서 안부부터 물었다. 그러나 그녀는 개인 유우키에 대해서는 별 관심이 없다는 듯 대충 네, 반장님도 별일 없죠? 하고 묻고는 바로 수사 얘기로 옮겨갔다. 발견된 오토바이에서 무엇을 기대하기 어려운데 굳이 현장에 가봐야 하나, 차라리 현지경찰이 확보해둔 CCTV자료들부터 분석하자는 얘기들을 조잘거렸다. 그것은 그녀의 콘셉트였다. 차갑고 무뚝뚝한 여자, 이지적인 여자로 비쳐서 그가 어떻게 나오는지 그 반응을 보겠다는 계산이었다. 덕분에 유우키는 그녀와 사적인 대화는 한 마디도 나누어보지 못하고 사건 얘기만 하다가 관할경찰서에 도착했다.

유우키와 스즈란은 담당경찰을 만나 기초조사 자료를 건네받은 후 직접 현장을 둘러보러 갔다. 반드시 현장을 확인해야 한다는 유우키의 고집 때문이었다. 사실 그는 현장에 대한 관심보다는 다른 속셈이 있었다. 그녀가 넘어지려 하면 얼른 허리를 감싸 안으며 신체접촉을 해볼 수 있으리라. 혹은 조용하고 한가로운 계곡 그늘 아래 앉아 저수지를 바라보며 데이트를 즐기듯 캔맥주를 마실 수도 있을 것이었다.

태양빛이 작렬하는 소류지엔 숲에서 들려오는 새소리만 있고 인기척이라곤 전혀 없어서 연인 사이라면 밀애를 즐기기에 그만인 장소였다. 카섹스를 하기에도 더없이 좋을 것 같았다. 너무 조용해서 인기척이 나면 금방 알아차릴 수 있을 테니까. 가끔 그런 아베크족이 있는 듯 으슥한 곳에 버려진 휴지가 보였다.

유우키는 스즈란이 이 고즈넉한 분위기에 야릇한 자극을 받아서 은근한 몸짓으로 유혹해주지 않을까 기대하며 차에서 내렸고 보조석 쪽으로 달려가서 문을 열어주었다. 스즈란의 손을 잡아 차에서 내리는 것을 도우려 했지만 그녀는 뻗은 그의 손을 잡지 않고 스스로 내렸고 산길을 걷기엔 더없이 위태로운 하이힐을 신고 문제의 오토바이가 버려진 골짜기로 스스럼없이 걸어갔다.

유우키는 착 달라붙는 미니스커트에 윤곽이 뚜렷이 드러난 그녀의 씰룩거리는 육감적 엉덩이에 정신이 아찔했고 마른침을 삼키며 그녀 뒤를 따라갔다. 제발 발을 헛디뎌달라고 마음속으로 빌었을 것이다. 그러나 그녀는 단련된 몸을 가진 경찰이었다. 오히려 그녀의 엉덩이에 정신을 팔다가 돌부리에 발이 걸려서 넘어질 뻔한 것은 유우키 자신이었다. 그녀는 넘어지려는 그를 향해 손을 뻗지 않았고 한심하다는 눈으로 돌아보며 쯧쯧 혀를 찼다.

오토바이는 흉물스럽지만 조각가의 예술작품처럼 자연과 묘하게 조화를 이루며 골짜기에 버려져 있었다. 유우키와 스즈란은 일단 오토바이부터 살펴보았다. 불에 완전히 전소되어서 뼈대만 남아 있었다. 거기에서 무엇을 더 찾을 생각은 할 필요조차 없었다. 둘은 오토바이에서 관심을 거두고 주변을 돌아다니며 유기자의 흔적을 찾으려 했다.

유우키는 스즈란과 사적 대화를 나누고 싶었다. 주변을 돌아다니면서 도쿄는 여기보다 더 덥죠? 라든가, 사건 때문에 휴가는 엄두도 못 내겠죠? 라는 질문을 던져 말을 걸어보았다. 하지만 스즈란은 업무 외적인 대화에는 관심이 없다는 듯 못 들은 척하거나 건성으로 그렇죠 뭐, 라고만 대답했고,

―불을 지르는 데 사용한 라이터를 불에 던지거나 주변에 버리지 않은 걸로 봐서는 흡연자일 가능성도 높다는 뜻이겠죠? 그렇다면 긴장상태에서 담배를 피웠을 법도 한데…….

라고 말하며, 사건 관련 얘기를 꺼내서 대화가 사적으로 흐르는 것을 차단해버렸다.

―덥군요. 시원한 맥주 한 캔 생각나지 않아요?

유우키가 수작을 걸어보았지만,

―괜찮아요.

라는 쌀쌀한 그녀의 대답이 돌아왔다.

현지경찰의 기초조사 내용대로 시간이 꽤 많이 흘렀고 최근의 폭우에 현장이 훼손돼서 범인이 남긴 흔적은 찾을 수 없었다. 유우키와 스즈란은 개울가 그늘에 앉아 잠시 쉬며 앞으로 조사를 어떻게 진행할 것인지에 대해 의논했다. 오토바이를 불태운 자가 도쿄에서 그곳까지 오토바이를 타고 오진 않았을 것이라는 데 공감했다. 오토바이로 이동하기엔 너무 먼 거리였다. 틀림없이 탑차 혹은 천막을 덮은 화물차에 실어서 근처까지 오토바이를 운반한 후 한적한 곳에서 내렸을 것이고 오토바이를 타고 다니며 불태울 장소를 물색했을 것이라고 추측했다.

―현지경찰이 모아놓은 도로 CCTV 자료를 분석하면 뭔가 나오지 않을까.

유우키와 스즈란은 자리에서 일어났고 관할시경으로 갔다. CCTV 자료에서 오토바이를 실었을 것으로 의심되는 차량을 먼저 살폈다. 그렇게 추려진 차량은 그 운전자에게 일일이 전화해서 당일의 목적지와 차량에 실렸던 물품 등을 물으며 수상한 점이 없는지를 알아보았다. 그러나 의심이 가는 차량을 찾아내지는 못했다.

동일 기종 오토바이가 CCTV에 찍힌 것도 나오지 않았다. 도로에 장치된 CCTV 센서와 적외선 감지기를 피해서 통과했을 가능성도 있었다. CCTV 작동원리를 아는 자라면 얼마든지 센서를 밟지 않고 혹은 적외선에 감지되지 않고 통과할 수 있었다.

둘은 밤새 CCTV 자료를 분석하다가 간이침대에 누워서 잠깐 눈을 붙였다. 새벽에 일어났고 아침식사를 건너뛴 채 바지런히 버스회사와 택시회사를 찾아다니며 블랙박스 영상자료를 모았다.

유우키는 스즈란과 함께 일하는 시간이 즐겁기만 해서 피곤한 줄을 몰랐다. 차로 이동할 땐 자신이 운전대를 잡고 그녀에게 잠깐씩 눈을 붙이도록 배려했다. 그렇게 자료를 모아서 다시 분석 작업에 들어갔다.

그날 밤 자정이 가까웠을 즈음이었다. 스즈란은 한 시외버스 블랙박스 영상에서 예의 오토바이로 보이는 퀵서비스 오토바이 한 대가 신마치 지역에 세워져 있는 것을 찾아냈다.

—찾았다! 저기 저 오토바이 보이죠?

스즈란이 기쁜 목소리로 소리쳤고,

—자연스럽게 보이려는 듯 퀵서비스 상호와 전화번호를 가리지 않았어요.

하고 다시 말했다.

유우키는 자리에서 일어났고 스즈란이 앉은 책상으로 가서 그녀 뒤에 섰다. 그녀 얼굴 가까이로 자신의 얼굴을 가져가며 모니터를 자세히 들여다보았다. 예의 오토바이가 블랙박스에 찍힌 날짜는 6월 25일 오후 4시였고 서 있는 장소는 신마치의 한 편의점 앞이었다. 그러나 오토바이 운전자로 추정되는 인물은 찍혀 있지 않았다.

—6월 25일이라면 사토시의 성기가 미망인에게 배달된 날로부터 일주일 뒤예요. 그로부터 열흘 뒤에 다이치가 살해됐으니까 적어도 다이치 살해에는 저 오토바이가 사용되지 않았겠네요.

유우키는 심각한 얼굴로 모니터를 들여다보며 말했다.

—다이치의 경우, 성기를 배달하지 않았으니까요.

—스즈란 수사관은 여전히 사토시 살해범이 다이치도 살해했을 거

라고 믿는 건가요?

　—아직까지는요.

　—만일 오토바이를 유기한 자가 사토시와 다이치를 살해한 자의 공범이라면 왜 사라진 다이치 성기가 아직까지 그 누구에게도 배달이 되지 않고 있는 걸까요?

유우키가 말했다. 오토바이를 버렸다는 것은 그 오토바이로는 다이치 성기를 배달할 계획이 없었기 때문이었을 텐데, 이렇게 되면 사토시사건과 다이치사건은 동일인 소행이 아닐 가능성이 더 높아지는 것 아니냐는 뜻이었다. 동일인 소행이 아니라면 스즈란은 남의 사건을 해결해주기 위해 여기서 헛고생한 꼴이 된다.

　—성기를 자른 목적이 다르거나 전달할 메시지가 다를 수도 있죠.

스즈란은 여전히 동일범 소행에 무게를 두고 있었다.

　—어쨌거나 사건 실마리를 풀 단서는 찾았다고 봐야겠죠? 큰 것 건졌으니 오늘은 이쯤 해두고 쉬는 게 좋겠어요.

유우키는 스즈란 어깨에 손을 얹어 친밀감을 표했고 수고했다는 뜻으로 어깨를 두드리며 말했다. 나머지 자료 분석은 나중으로 미루고 일단 확인된 자료로 내일 추적에 들어가자는 말을 덧붙였다.

　—그래요, 나도 눈이 아파서 더는 못하겠어요.

스즈란이 아픈 눈을 손등으로 비비며 말했는데 지친 기색이 역력했다. 고개를 앞으로 푹 숙였고 유우키에게 목을 주물러달라고 부탁했다.

　—어제 불편하게 자서 몸이 더 피곤한 거예요. 오늘은 편히 잘 수 있도록 호텔을 알아볼게요. 비수기라서 예약 없이도 빈방이 있을 거

예요.

유우키는 기쁜 마음으로 스즈란의 목을 주물러주고 어깨를 두드려주며 말했다.

—그렇게 하죠. 목이 칼칼한데 간단하게 호프 한잔하고 잠자리에 드는 게 좋겠어요.

스즈란도 오늘은 호텔 방에서 편하게 자고 싶다는 의사를 표했다.

유우키는 도미 인 다카사키호텔에 전화해서 빈방을 잡았고 짐을 꾸려서 스즈란과 함께 경찰서를 나섰다. 그러고는 경찰서 주차장에 주차된 자신의 차에 올랐다.

자정을 넘긴 시각인데도 거리에는 사람이 많았다. 열대야 때문에 잠을 이루지 못한 사람들이 거리로 나와 돌아다니는 모양이었다. 둘은 호텔로 갔고 주차장에 차를 대고 다시 밖으로 나갔다. 간판에 불이 켜진 호프집으로 무작정 들어갔는데 늦은 시각임에도 시원한 맥주로 더위를 식히려는 사람들로 북새통이었다.

—조용한 곳으로 갈까요?

출입구에 서서 유우키가 물었고,

—생동감 있어서 좋은데요, 뭐.

스즈란은 그냥 거기서 마시자고 하며 빈자리를 찾아가 앉았다.

호프와 에다마메를 주문했는데 금방 나왔다. 둘은 마주앉아 맥주를 마시면서 업무 얘기는 일절 하지 않았다. 어디 출신이냐는 스즈란의 질문에 유우키는 나가노에서 태어나 나가노에서 학교 다니고 나가노에서 경찰생활을 했으므로 나가노를 벗어나본 적이 없다고 대답했다.

-그러는 스즈란 씨는……?

-나도 도쿄에서 태어나 도쿄에서 공부했고 도쿄에서 경찰생활을 시작한 도쿄 토박이예요. 그런데 반장님은 나이가……? 참고로 나는 서른하나에 미혼이에요.

-서른여섯이고 나도 미혼이에요.

-왜 결혼을 하지 않았죠?

스즈란이 물었는데 '그 나이가 되도록'이라는 말이 생략된 질문이었다. 유우키는 잠시 망설이다가,

-여자를 기다리다가…….

라고 민망한 얼굴로 대답했다.

-여자를…… 기, 다, 려, 요?

스즈란은 호기심 가득한 눈으로 띄엄띄엄 말하며 유우키를 바라보았는데 보충설명이 필요하다는 표정이었다. 그녀의 초롱초롱하고 간절함이 깃든 그 눈빛을 어떻게 외면할 수 있단 말인가. 유우키는 아픈 상처를 들추고 싶지 않았지만 첫사랑 요코 얘기를 길게 해줄 수밖에 없었다.

-요코라는 여자였어요. 물론 오노 요코는 아니었고 따라서 존 레논과도 아무런 관련이 없는 여자였죠. 하지만 닮은 점이 없지는 않을 거예요. 섹스도 행위예술로 볼 수 있다면 말이죠. 다른 건 몰라도 섹스 하나는 정말 예술이었어요. 그녀는 마지막 섹스로 내 영혼을 자신에게 귀속시켰어요. 그때 그녀의 몸은 악기였고 나는 연주자가 된 기분이었죠. 그거 알아요? 그녀의 몸에 뿌려진 내 정액이 마치 백지 위에 쓴 시 같을 때 그 시를 읊으며 한 줄 한 줄 지워가는 행복. 완벽한

시였음에도 아쉬움 하나 없이 깨끗이 지워버릴 수 있었던 건 다시
쓸 수 있다는 희망 때문이었는데…….

유우키는 그러나 영영 다시 쓸 수 없는 시가 되어버렸다는 사실을
깨달았을 때의 허탈감을 설명하는 것은 도저히 불가능하므로 그것
마저 요구하지는 말아달라고 부탁했다.

스즈란은 유우키의 첫사랑 이야기를 들으며 역시, 하고 마음속으
로 고개를 주억거렸다. 예상 그대로의 추억을 간직한 남자였기 때문
이다. 착하고 순진한 남자를 보면 왜 자꾸 몸이 먼저 열리려는 걸까.
그런 순진한 남자를 속이고 이용해먹는 여자들을 혐오하기 때문인
지 아니면 동정심 때문인지는 몰라도, 그런 남자만 보면 안아주고 싶
은 충동을 억제하기가 힘들었다. 저 남자와 자고 싶다, 라는 생각을
했지만 너무 피곤해서 오늘은 안 되겠다고 마음을 고쳐먹었다.

10.

유우키와 스즈란은 푹 자고 아침 늦게 일어났고 씻고 호텔을 나섰다. 아침을 먹고 일을 시작하자는 유우키와 아침은 대충 샌드위치로 때우고 점심을 제대로 먹자는 스즈란의 의견이 부딪히면서 둘은 호텔 로비에서 잠시 실랑이했다.

—숙녀를 아침도 먹이지 않고 강행군시키려니 마음이 아파서 그래요.

유우키가 말했지만,

—내 일이기도 한데 반장님이 왜 마음아파요?

스즈란은 여자라고 과하게 배려하는 건 사양한다며 주차장을 향해 뚜벅뚜벅 걸어가버렸다. 유우키는 자기 마음도 몰라주는 그녀의 뒷모습을 바라보며 야속한 눈빛을 던졌고 어쩔 수 없이 뒤따라갔다.

유우키와 스즈란은 문제의 오토바이가 서 있었던 신마치의 편의점부터 찾아갔다. 당일 오후 4시에 근무한 아르바이트생을 찾았고 그에게 동종 모델의 오토바이 사진을 보여주며 그런 종류의 오토바이를 타고 온 사람을 기억하는지 물었다.

—오토바이 적재함이 짐을 실을 수 있게 개조됐어, 쇠파이프로. 그

리고 퀵서비스 상호와 전화번호가 찍혀 있었을 거야.

유우키가 보충설명을 하며 아르바이트생에게 기억 재생을 촉구했다.

─기억나요. 하지만 헬멧을 쓰고 있었고 스모크쉴드가 얼굴 대부분을 가리고 있었기 때문에 얼굴을 기억하지는 못해요.

아르바이트생은 그가 라이터와 손전등을 사갔다고 기억하고 있었다.

유우키와 스즈란은 편의점 CCTV에서 비교적 선명하게 찍힌 오토바이 유기용의자의 모습을 확인할 수 있었다. 화상도가 좋아서 그가 입은 가죽점퍼와 청바지 종류, 체격 등을 확인할 수 있을 정도였다.

─저길 봐요. 저 자가 반지를 끼고 있어요.

CCTV를 들여다보던 스즈란이 유우키에게 말했다.

─음, 보여요. 금반지인 것 같은데, 결혼반지 같지는 않고······. 영상분석팀에 넘겨서 자세히 알아봐야겠어요.

─다이치도 저런 반지를 끼고 있었던 것 같은데······?

─다이치도?

─조직반지였어요. LK 문자합체 문양이 새겨진 야쿠자 조직반지.

─그렇다면 야쿠자조직원?

스즈란과 유우키는 편의점 주인에게서 CCTV영상 사본을 건네받아 차에 올랐다. 여기 온 목적은 달성했다. 이제 각자의 소속으로 돌아가서 하던 수사를 계속해야 했다.

─퀵서비스업체에서는 오토바이를 도난당했다고 했잖아요. 그런

데 문제의 퀵서비스업체는 야쿠자조직이 운영하는 업체란 말이죠. 다이치가 야쿠자조직원이었고 사토시 성기를 배달한 자도……. 이렇게 되면 어떤 식으로든 야쿠자조직을 들여다봐야 하지 않을까요?

차 안에서 스즈란이 심각하게 중얼거렸다.

―이권다툼이나 배신한 조직원을 제거한 건 아닐 거예요.

유우키는 스즈란이 무슨 생각을 하고 있는지 짐작하고 말했다.

―그렇게 생각하는 근거는 뭐죠?

―야쿠자는 시신을 숨기는 습성이 있거든요. 다이치의 경우처럼 시신을 살해 장소에 두고 가지 않아요.

스즈란은 고개를 끄덕였지만 한참동안 말이 없었다. 심각한 표정인 것으로 보아 사건 추리에 집중하고 있는 듯했다.

―저기, 스즈란.

유우키가 한참 후 침묵을 깨며 불렀고,

―우리 사건 얘기 말고 어제에 이어 사적인 얘기를 좀 더 해보는 게 어떨까요?

용기를 내서 어렵게 말했다.

―역에 내려줘요, 신칸센을 타고 도쿄로 돌아가야 하니까.

스즈란은 사적인 얘기엔 관심 없다는 듯 무뚝뚝하게 말했다.

―도네강변에 경치 좋은 음식점이 있어요. 다다미방에서 술을 한 잔하며 쉴 수도 있고.

유우키는 그렇게 말하면서 당신도 사실은 나에게 관심 있잖아, 하고 마음속으로 중얼거렸다. 객지에서의 수사로 몸과 마음 모두 피곤했지만 여자 품에 안겨서 여자 냄새에 도취되고 싶은 충동이 강하게

일었다. 아름다운 여자와 좁은 차 안에 함께 있다는 건 그래서 고통
스러웠다.

　-하고 싶은 거예요, 먹고 싶은 거예요?

　스즈란이 물었는데 유우키는 당돌하기 짝이 없는 물음에 깜짝 놀
라는 표정을 지으며 그녀를 돌아보았다. 이럴 땐 어떡해야 하는지
를 알 수 없어서 할 말을 잃은 채 입을 헤벌리고 놀라운 표정만 지을
뿐이었다. 그런 얘기를 저렇듯 아무렇지 않게 직설적으로 해버리는
여자를 여태 만나본 적이 없었다. 볼수록 경이로운 여자였다. 좀 개
방적인 성격이라고는 짐작했지만 예상을 훨씬 뛰어넘는 수준이었
다. 마치 자신이 그녀에게 섹스를 요구한 것처럼 되어버린 이 상황
이 곤혹스럽기만 했고 뒤늦게 부끄러움이 몰려오며 낯이 붉게 달아
올랐다.

　-애정과 배, 어느 쪽이 고픈 거죠?

　스즈란은 매우 솔직하고 화끈한 성격인 듯 직설화법으로 다시 물
었다. 유우키는 어떻게 대답을 해야 엉큼한 야수라는 오해에서 벗어
날 수 있을지 고민하다가,

　-솔직히 당신은 아름다워요.

　마침내 할 말을 찾아내고 조심스럽게 말했다.

　-그렇다면 남자친구가 있는지부터 물어봐야죠.

　-아, 그걸 빠뜨렸군요. 미안해요, 연애에 서툴러서요.

　-연애에 서투르다니까 구미가 당기네. 좋아요. 어제 첫사랑 얘길
해준 것에 보답하는 의미로 식사 한 끼는 같이 해줄 의향이 있어요.

　스즈란은 튕기는 건 그 정도면 충분했다고 생각했고 특유의 매혹

적인 미소를 머금으며 유우키를 돌아보았다. 유우키는 오해를 벗은 것 같아 안도했고 흐뭇한 미소를 머금으며 도네강 쪽으로 차를 돌렸다.

11.

현정은 이때 히타치의 한 게스트하우스에 숨어 있었다. 현실이 고달파서 마음이 착잡했고 자꾸 눈물이 났다. 애니메이션을 공부하기 위해 일본에 유학 왔지만 2년을 채 못 채우고 도중하차하고 유흥업소로 진출하는 비운을 맞았다. 엄마 때문이었다. 엄마의 외도는 가출로 이어졌고 아버지는 그 충격에 직장을 그만두고 술로 허송세월을 보내고 있었다. 사랑했던 여자에게 버림받았다는 배신감은 아버지를 좌절로 몰고 갔다.

현정은 유학을 포기하고 귀국할까 생각했다. 그러나 고등학생인 남동생마저 학업을 포기시킬 수가 없었고 자신이 벌어서 쓰러진 가정을 어떻게든 일으켜 세우리라 작심했다. 누구 소개로 한국여성들을 유흥업소에 취업 알선하는 다이치를 알게 됐고 그의 도움을 받아 유흥업소 일을 하게 됐다. 그러던 중 쉬는 날 낮에 남자와 데이트해주는 부업을 해보지 않겠느냐는 다이치의 제안을 받고 사토시를 만나게 됐다. 상당히 많은 액수를 제시할 때 의심을 해봤어야 했는데 나중에 보니 몰래카메라에 섹스장면이 고스란히 담겨서 인터넷에 유포됐다.

영주와 민지가 현정을 따라다니며 보호하고 있었다. 그녀들 또한 몰카에 찍힌 피해자들이었다. 가난한 가정에서 태어난 죄로 숱한 고생을 하며 살았고 돈이 절실했기에 아는 사람에게 들킬 염려가 거의 없는 일본에서 안심하며 일하고 있었는데 몰카에 찍히는 바람에 오히려 한국에서 일한 것보다 더 크게 얼굴이 알려지고 소문이 나버렸다. 그럴 때 같은 업소에서 일하던 현정이 음모에 걸려든 듯 몰카를 찍은 사토시 살해범으로 몰려서 쫓기는 신세가 됐다. 남의 일 같지 않았다. 자신들 또한 그 꼴을 당할지 모르기 때문이었다. 위기감을 느낀 그녀들은 일을 잠시 쉬며 현정을 돕기로 했다.

밤이 되었다. 영주는 게스트하우스 건너편 카페의 창가자리에 앉아 커피를 마시며 게스트하우스 쪽을 연신 살폈다. 수상한 괴한 한 명이 게스트하우스 주변을 어슬렁거렸고 골목에 주차된 선팅 짙은 차 안에도 두어 명의 괴한이 앉아서 동향을 살피는 눈치였다. 얼마나 시간이 흘렀을까. 주변을 어슬렁거리던 괴한이 게스트하우스 주인을 불러내서 차로 데려가는 모습이 포착됐다.

게스트하우스 주인은 차 안에서 괴한들과 한참동안 이야기를 나누었다. 괴한들이 돈을 건네며 현정의 동정을 물어보았을 것이다.

게스트하우스 주인이 괴한들에게 포섭됐다면 현정은 목숨이 위태로울 수 있었다. 음식에 수면제를 타서 먹이고 모두 잠들면 현정을 보쌈하여 괴한들에게 넘길 수도 있을 것이었다.

─주인이 그놈들 사주를 받고 있는 것 같아. 밤이 더 깊어지기 전에 괴한들을 따돌리고 현정을 게스트하우스에서 빠져나가게 해야겠어.

영주가 민지에게 전화해서 말했다.

-경찰이 아닌 건 확실하지?

-경찰이었으면 벌써 영장을 제시하고 들어가서 체포했겠지.

-내가 그놈들을 따돌릴 수 있을 것 같아.

민지는 영주에게 속닥속닥 자신의 계획을 설명했다.

도쿄 주오구에 있는 낡은 건물의 호실번호만 적히고 아무것도 표시되지 않은 303호 사무실에서는 일본우익 비밀단체 '니혼일심회' 회장 하야시가 도쿄지검 특수부 검찰수사관인 슈이치를 만나고 있었다.

-이현정부터 제거하고 가야 하는데 그 여자를 놓쳐버리면 어떡하자는 거야!

하야시는 자신들의 계획에 차질이 빚어진 것에 매우 화가 나 있었는데 마치 부하 다루듯 슈이치를 대하고 있었다.

-면목 없습니다.

슈이치 또한 검찰수사관이라는 신분임에도 한낱 시민단체 회장에게 절대적으로 복종하는 모습이었다.

-어디로 갔는지 찾을 수 없다고?

-히타치에서 놓친 후 다시 찾지 못하는 모양이에요.

-눈치 못 채게 잘 감시했어야지 어쩌다가 놓친 거야?

-그 여자 도피를 돕는 여자들이 최소 2명 이상 있는 것 같아요. 옷을 바꿔 입고 이현정 모습으로 변장을 한 채 한밤에 움직이니 게스트하우스 주인은 이현정이 도망치는 줄 알고 우리 애들에게 그렇게 귀띔했대요. 애들은 게스트하우스 주인 말만 믿고 엉뚱한 여자를 쫓

아간 거죠. 변장한 여자가 애들 감시를 따돌리는 사이에 진짜 이현정은 감시망을 뚫고 나가서 어디론가 사라져버렸어요.

─그렇다면 그 변장한 여자를 잡아서 족쳐보지 그랬어? 아니면 그 여자를 미행하든가.

─히타치 중심가에서 유흥주점이 있는 빌딩으로 들어가더니 감쪽같이 사라져버렸다네요. 유흥주점에 협조자가 있어 비밀통로로 빼돌렸을 거예요. 단속에 대비한 비밀통로로. 어두운 밤이라 얼굴을 확인하지 못한 탓에 애들은 변복을 벗고 거리로 다시 나온 그 여자를 알아볼 수 없었던 거고요.

─그 여자가 들어갔다는 유흥주점의 협조자가 누군지는 알아봤어?

─당연히 물색해봤죠. 그런데 종업원 중에 이현정과 함께 일한 적이 있는 여성이나 한국인은 한 명도 없었어요. 일본인 협조자가 있는 것 같은데 현장을 목격한 사람이 없으니…….

슈이치는 협조한 당사자가 자인하지 않는 한 알아내기 어렵다고 말했다.

─이제 무슨 수로 이현정을 다시 찾아서 제거한다? 자칫 경찰이 먼저 체포해버리면 죽 쒀서 개 주는 꼴이 될 거야. 서둘러야 해. 반드시 경찰보다 먼저 찾아서 없애버려야 한다고.

하야시는 시간이 없다며 초조한 모습을 보였다.

─야쿠자에게도 협조를 부탁해뒀어요. 야쿠자 전국조직이 움직이고 있으니 곧 성과가 있을 거예요.

슈이치는 최대한 서둘고 있으니 너무 걱정하지 말라고 하야시를 안심시켰다.

　―성패를 좌우하는 건 타이밍이야. 타이밍을 놓치면 오히려 우리가 당해.

　하야시는 그러나 여전히 불안한 듯 손끝을 떨었다. 모르긴 해도 사활을 건 중대한 계획을 진행 중인 듯했고 그 계획의 중심에 현정이 있는 것 같았다.

12.

일본 정치지도자들의 반성 없는 과거사 부정, 위안부 관련 망언, 야스쿠니신사 참배, 독도도발 등으로 한일관계는 악화일로를 걷고 있었다. 그런 시기에 '원정녀 몰카시리즈'라는 섹스동영상이 수십 편 만들어져 인터넷에 유포됐다. 일본인 남성이 한국여성과 관계 맺는 장면을 숨겨둔 몰래카메라로 찍은 여러 편의 동영상이었다.

그것을 본 세계의 사람들은 '일본 거리에 한국인 매춘부가 우글거린다'라는 니시무라 신고 의원의 망언을 실감하지 않을 수 없었다. 일본 거리에 한국인 매춘부가 얼마나 많으면 한 명의 일본인 남자가 저토록 많은 한국인 여성을 상대할 수 있단 말인가! 보이는 것이 저 정도면 은밀한 성매매 특성에 비춰볼 때 수십 수백 배의 한국인 여성들이 일본 땅에서 성을 팔고 있지 않을까. 저런 민족이니 전쟁터에까지 따라가서 몸을 팔았지! 라고 생각하며 '위안부는 전쟁터의 매춘부'라는 일본 정치인들의 망언을 곧이곧대로 믿게 될 터였다.

유우키가 이끄는 살인사건수사팀은 원정녀 몰카시리즈의 동영상 원본을 확보하기 위해 기를 쓰고 있었다. 그러나 사토시의 집과 사무실 등에는 없었다. 그의 웹하드에서는 남자 얼굴이 모자이크 처리된,

인터넷에 떠도는 것과 동일한 편집본 파일이 저장돼 있을 뿐이었다.

스즈란이 소속된 도쿄경시청 성범죄수사팀은 원정녀 몰카시리즈와 살인사건의 연관성을 조사하다가 몰카에 찍힌 한국여성들 상당수를 사토시에게 소개 연결시킨 사람이 다이치라는 사실을 밝혀냈다. 몰카에 찍힌 한국여성들 중 신원이 파악된 일부 여성들을 직접 만나서 면접 조사한 결과였다. 그녀들은 동영상 속 일본남성이 사토시가 확실하다고 확인해주었다.

이로써 현정은 더욱 유력한 살인용의자로 떠올랐다. 음성분석 결과도 원정녀 몰카시리즈에 등장하는 남성 목소리가 사토시 목소리와 일치하는 것으로 나왔다. 사토시가 생전에 음성인식시스템에 녹음해둔 목소리를 뒤늦게 찾았기에 비교분석이 가능했다.

스즈란이 만나본 한국여성들은 그러나 현정이 사토시를 죽였을 가능성과 현정의 소재 등에 대해 모두 고개를 저었다. 불법체류자 추방 혹은 불법 성매매혐의로 처벌하겠다는 엄포에도 불구하고 현정을 만난 적도 없고 알지도 못한다고 딱 잡아뗐고 안다는 여자도 일하며 만난 것 이상의 개인적 인연은 없다고 답했다. 그러므로 현정과 친한 사람이 누구인지, 일본 내 친척은 없는지, 갈만한 곳이 어딘지 등등에 대한 정보를 캐낼 수 없었다.

스즈란과 유우키는 전화통화를 하고 서로가 조사한 내용을 교환했다.

─두 사건이 원정녀 몰카시리즈와 관계있는 게 확실하군요.

유우키는 원정녀 몰카시리즈에 찍힌 여성들 대부분이 한국인 여성 불법체류자라는 점에 착안하여, 불법체류 중이던 한국인 여성이 출국하려고 하면 반드시 원정녀 몰카에 찍힌 여성인지 아닌지 여부를 심사한 후 아닐 경우에만 출국시킬 것을 출입국관리사무소에 요청하자고 스즈란에게 제안했다. 또 사토시 사건과 다이치 사건이 '관련사건'으로 밝혀졌으니 두 사건을 합치자고도 했다. 수사가 진척이 없는 건 아니지만 보다 신속한 해결을 위해 수사력을 합치자는 뜻이었다. 사토시가 나가노현에서 살해되긴 했지만 사건 관련자들이 도쿄에 있는 것으로 짐작되므로 유우키 자신이 도쿄경시청으로 출장을 가서 스즈란과 함께 수사하겠다는 얘기였다.

─출입국관리사무소에 협조공문 보내는 것은 여기서 할게요.

그러면서 스즈란은 두 사건을 합치는 것에 대해서는 단독으로 결정할 사항이 아니므로 팀장 허락을 구해보겠다고 하고 전화를 끊었다. 그리고 잠시 후 유우키 휴대폰으로 전화해서는 팀장이 허락했다는 소식을 전했다.

유우키는 기뻐서 환호했다. 이제 스즈란을 마음껏 만날 수 있다. 이번에 그녀를 만나면 정식으로 교제를 청할 생각이었고 진지하게 구애할 생각이었다. 경시청으로 떠나기 위해 짐을 꾸리는 그의 얼굴엔 활짝 미소가 피어 있었다. 그렇기는 스즈란도 마찬가지였다. 유우키를 매일 만날 수 있다는 것은 유쾌한 일일 것 같았고 그래서 기분이 들떴다.

이튿날, 유우키는 아침 일찍 경찰본부장실에 가서 출장신고를 했고 자신의 차를 몰고 도쿄로 향했다. 무더운 날씨였지만 그의 기분은 상쾌했다. 죠신에츠 자동차도로를 타고 후지오카까지 가서 간에츠 자동차도로로 갈아타고 국토를 가로질러 동쪽 끝까지 가는 긴 여정이었지만 스즈란 곁으로 간다는 설렘에 조금도 피곤하지 않았다.

유우키는 네리마 인터체인지에서 스즈란에게 전화했고 잠시 후 도쿄경시청에 도착할 거라고 알렸다. 점심을 같이 먹을 수 있을까 물었는데 스즈란은 선약이 있고 지금 청사 밖에 나와 있다며 미안하지만 점심은 혼자 해결해야겠다는 답변이었다.

―오후 두 시 성범죄수사팀 회의실에서 봐요.

유우키는 실망했지만 스즈란 목소리에 약간의 미안함이 섞여 있어 그나마 위안이 됐다.

―낯선 도시에서 점심을 혼자 해결하기엔 구내식당이 적합하겠지.

그는 혼자 중얼거리며 내비게이션의 안내를 받아 도쿄경시청을 찾아갔다.

유우키는 구내식당으로 갔고 신분증을 보이고 식권을 타서 밥부터 먹었다. 그런 후 커피를 뽑아들고 한 모금씩 들이키며 성범죄수사팀 사무실로 올라갔다. 마침 팀장이 자리에 있었다. 마시던 커피컵을 휴지통에 버렸고 옷매무새를 다듬으며 팀장 앞으로 걸어갔다.

―오늘부로 도쿄경시청 파견근무를 명받은 나가노현 경찰본부 소속 형사반장 유우키입니다. 잘 부탁드립니다.

유우키는 팀장에게 자신을 소개하며 파견근무 신고를 했다.

―반가워요, 성범죄수사팀장 가즈키예요. 어려운 사건을 맡아서 고생 많겠어요. 도움이 필요하면 언제든지 말하세요, 우리도 최대한 협조할 테니.

가즈키는 서로 잘해보자며 손을 내밀어 악수를 청했다. 스즈란 책상 옆에 임시로 책상 하나와 컴퓨터를 놓아두었으니 그걸 쓰라며 자리로 안내했다. 유우키는 팀장에게 감사의 말을 한 후 가방을 내려놓았고 가방 속에 든 자료들을 책상서랍에 정리해 넣었다.

유우키가 자신의 자리에 앉아서 자료를 훑어보는 척하며 스즈란 책상을 훔쳐보고 있을 때였다. 책상 위에 놓인 사진에서 그녀와 어깨동무를 하고 있는 남자는 남동생일까 옛 애인일까 궁금해하고 있는데 사무실로 스즈란이 들어섰다. 그녀는 유우키를 발견하고 반가운 미소를 머금으며 손을 흔들었다. 유우키 또한 반가워하며 자리에서 벌떡 일어났다.

−먼 길 오느라 고생했어요. 차 갖고 왔나요? 아님 신칸센?

스즈란이 물었고 유우키는 차, 하고 간단하게 대답했다.

−회의실로 갈까요?

스즈란은 자신의 자료를 찾아들고 유우키를 안내하여 회의실로 향했다.

유우키와 스즈란은 첫 수사회의를 했다. 원정녀 몰카시리즈에 등장하는 일본인 남성이 사토시라는 점, 인터넷에 뿌려진 예의 몰카 동영상 속 여성들이 모두 한국여성이라는 점, 그중에는 현정도 포함돼 있다는 점 등으로 볼 때 유학비자로 입국했으나 학업을 중단하고 업소여성으로 전락한 현정을 사토시와 다이치 살인사건의 유력 용의자라고 보는 데는 이견이 없었다. 몰카에 등장하는 여자들을 사토시에게 소개한 것이 다이치라는 점도 그것을 뒷받침하고 있었다. 그러나 현정의 단독범행이라고 확신하기에 무리가 없는 것도 아니었다. 그녀는 키 167에 체중이 43킬로그램으로 호리호리한 체격인 데다 학교 친구들은 살인을 저지를 만큼 대범한 성격이 못 된다고 입을 모았다. 약물에 취해 흐느적거렸을, 키 170에 몸무게 77킬로그램의 사토시를 혼자 힘으로 부축해서 살해현장까지 가기엔 너무 연약한 체격이었다.

—사토시는 가위, 다이치는 커터칼로 추정되는 도구에 남근이 잘려나갔고 그 둘 중 어느 도구도 발견된 것은 없어. 다만 절단면을 분석해서 얻은 결론일 뿐이지. 그렇다면 두 사람의 성기를 자른 자가 각기 다른 사람일 수도 있다는 뜻이잖아. 자기가 사용하기 편리한 도구를 선택했을 테니 말이야. 사토시는 여성의 범행인 것으로 확실시되지만 다이치는 여성의 범행이라는 단서가 나오지 않았어. 또 사토시의 잘린 남근은 후에 미망인에게 배달이 됐는데 다이치의 것은 사라지고 다시 나타나지 않고 있단 말이지. 여기에 어떤 의미가 숨어 있는 건 아닐까?

유우키가 말하며 스즈란을 돌아보았는데 여태까지 사용하던 경어가 어느 순간 사라졌다. 이젠 말을 편하게 해도 될 정도로 친해졌다고 생각했을 것이다.

—어떤 메시지를 전달하려는 범인의 의도가 숨어 있는 것만은 확실한 것 같아요. 앞으로 수사를 진행하면서 밝혀내야 할 부분이죠.

스즈란은 유우키의 짧아진 말에 개의치 않았고 평소처럼 말했다.

—이현정이 용의자로 특정되었으니 공개수사로 전환하는 건 어떨까?

—단독범행이 아닐지도 모르고 물증이 하나도 나오지 않았으니까 공개수사는 시기상조예요. 그건 좀 더 신중하게 결정하기로 해요.

유우키와 스즈란이 수사회의를 하고 있는 동안 영상분석팀에 의뢰한 퀵서비스 오토바이 유기용의자에 대한 분석결과가 나왔다. 그 결과는 회의실의 스즈란에게 배달됐다. 용의자가 낀 반지에는 문양이 새겨져 있었는데 LK 두 글자가 합쳐진, 야쿠자조직원들이 사용하는 문양이었다.

─저 투박한 손에 끼워진 반지……. 그러고보니 다이치의 손과 닮은 것 같기도 하고…….

스즈란은 사무실로 달려가서 다이치의 시신사진을 들고 돌아왔고 확대된 오토바이 유기용의자 영상캡처 사진과 다이치의 반지 끼워진 손 사진을 비교해보았다.

─어디 봐.

유우키가 두 사진을 빼앗듯이 낚아채서 들여다보았다.

─어, 정말 비슷한데? 오토바이 유기 추정일 전후로 다이치 알리바이를 확인하고 다이치 옷 중에서 유기용의자 복장과 같은 것들이 있는지 찾아봐야겠어.

유우키가 반색을 하며 다시 말했다.

─그건 내가 할게요.

스즈란이 자청했다.

─나도 같이 가.

─반장님은 고속도로 톨게이트와 기차역, 버스정류장 등의 CCTV에서 6월 25일 전후 다이치 모습을 찾아봐줘요.

─계급으로 치면 내가 윗사람인데 왜 스즈란 수사관의 지시를 받아야 하지?

유우키는 불평 반 농담 반으로 말했다.

—여긴 내가 소속된 도쿄경시청이니까요. 앞으로 내 지시에 잘 따르길 바라요.

스즈란은 귀엽게 웃으며 농담으로 받아쳤다.

—좋아. 그럼 이제부터 발이 달토록 미친 듯 뛰어볼까?

유우키는 의욕 넘치는 모습으로 스즈란의 어깨를 툭 치며 격려했고 스즈란과 나란히 회의실을 나섰다.

스즈란은 지원경력과 함께 다이치의 당일 알리바이 조사에 들어갔다. 경찰이 파악하고 있는 다이치의 모든 지인을 만나서 6월 25일 다이치를 만났거나 통화한 적이 없는지를 물었다. 또한 다이치 사진을 들려서 신마치 편의점에도 경찰을 보냈다. 편의점 주변 사람들에게 사진을 보여주며 목격자를 찾아보라는 것이었다.

다이치의 여자친구 츠키코는 스즈란이 직접 찾아가서 만났다.

—6월 24일에서 6월 26일 사이에 다이치 씨를 만난 적이 있었나요?

스즈란이 물었는데 츠치코는 생각도 해보지 않고 25일에 만나서 영화를 보고 그의 원룸에 가서 섹스도 했다고 대답했다. 그건 왜 묻는지 묻지도 않고 대답부터 냉큼 한다는 것은 누가 그렇게 물을 때를 대비해서 미리 대답을 준비해뒀다는 뜻이었다.

—꽤 시간이 흘렀는데 기억을 더듬어보지도 않고 쉽게 대답하는 걸 보니 특별한 날이었나 보죠?

스즈란은 6월 24일에서 6월 26일 사이라고 말할 때 츠키코의 눈동자가 불안하게 떨리는 것을 감지했고 뭔가 수상하다고 생각하며 물었다.

―특별하다기보다는 6월 25일에 만나서 데이트를 했으니 쉽게 기억이 났던 거예요.

츠키코도 보통내기는 아니었다. 유연하게 잘 피해가고 있었다. 스즈란은 어느 극장 몇 시 영화였냐고 물었고 츠키코는 기억을 재생시키는 모습을 취하고 잠시 생각하다가 다카라즈카극장이었는데 퇴근 후였다고 대답했다.

―예매는 누가 했나요?

스즈란은 쉴 틈을 주지 않고 추궁을 이어갔다. 인터넷을 사용했으면 기록이 남아 있을 터였다. 츠키코는 스즈란이 그런 것들을 왜 묻는지 그 이유를 짐작한다는 듯 표는 다이치가 현장에서 구입했다고 대답했다.

―츠키코 씨. 당신은 거짓말을 하고 있어요. 사실대로 말하지 않으면 곤란을 겪을 수도 있어요.

스즈란은 냉철한 눈빛으로 츠키코의 눈을 응시하며 압박을 가했다.

―모함하지 말아요. 내가 왜 그런 거짓말을……?

―츠키코 씨는 내가 다이치 알리바이를 왜 확인하려 하는지 궁금하지 않잖아요. 그건 경찰이 다이치의 그날 알리바이를 확인하러 올 것을 미리 예상하고 있었다는 뜻 아닌가요?

―아뇨. 그날 만난 기억이 뚜렷하기에 일단 대답부터 했던 것이지 궁금하지 않은 건 아니었어요. 왜 그런 걸 묻느냐고 되묻고 싶었지만 수사관님이 기회를 주지 않고 계속 추궁했잖아요.

츠키코도 결코 밀리지 않았다. 스즈란은 6월 24일에서 6월 26일

사이에 어디에서 무엇을 했는지 물었고 츠키코는 평일이었으니 일과시간엔 일을 하고 있었고 퇴근 후엔 다이치를 만나기도 했고 친구들을 만나기도 했다고 대답했다.

—그때 다이치 씨와 통화도 여러 번 했겠군요.

—그랬겠죠, 아마.

스즈란은 츠키코를 더 상대해봤자 시간낭비라고 생각했다. 확실한 증거를 갖고 다그치기 위해 다이치 휴대폰의 통화기록을 분석했다. 6월 24일에서 26일 사이의 통화기록이 전혀 없었다. 스즈란은 츠키코의 동의를 얻어서 그녀의 휴대폰 통화내역을 들여다봤다. 6월 25일 밤 다카사키 지역에서 걸려온 공중전화를 받은 기록이 2건 있었다.

스즈란은 신마치로 보낸 경찰에게 예의 공중전화 번호를 알려주며 주변 CCTV를 모두 확인하고 매일 주차되는 차량이나 노선버스 블랙박스도 확인해서 같은 시각 츠키코에게 전화한 것으로 보이는 사람이 찍혔는지 알아보라고 했다. 그런 후 다이치의 원룸에 가서 옷장을 뒤졌는데 오토바이를 버리러 갈 때 입었던 복장과 같은 옷은 나오지 않았다.

그런데 있었다. 다이치는 다카사키의 골목 안에 있는 공중전화를 사용했는데 맞은편 가게에 설치된 CCTV에 고스란히 그 모습이 찍혀 있었다. 오토바이를 버리러 갈 때 입었던 옷은 어딘가에 버리고 다른 옷으로 갈아입은 상태에서 츠키코에게 전화를 걸었다. 그러나 JR다카사키역이나 시외버스터미널 CCTV에 찍힌 다이치의 모습은 찾아볼 수 없었다.

유우키는 26일 오전에 도쿄 고속버스터미널에서 CCTV에 찍힌 다이치의 모습을 찾아냈다. 아시카가에서 출발한 고속버스에서 내리고 있었다.

　스즈란은 츠키코를 소환조사했고 다이치의 부탁을 받고 당일 알리바이를 조작했다는 자백을 받아냈다. 하지만 다이치가 왜 그런 부탁을 했는지는 모른다고 했다. 문제의 오토바이를 본 적도 없다고 했다.

　사토시의 성기를 미망인 루이에게 배달한 것은 다이치였다. 유우키와 스즈란은 그렇게 잠정결론을 내리고 수사에 박차를 가했다. 어쩌면 사토시 살해범이 다이치에게 사토시 성기를 배달시킨 후 경찰 수사를 차단하기 위해 다이치마저 살해했을지도 몰랐다.

13.

맴맴맴맴 매미소리가 나머지 모든 소리를 잡아먹고 있는 야산 등산로를 두 여자가 걸어가고 있었다. 그녀들이 걸어가는 방향은 이이지마초 근처의 산촌마을이었다. 여름철엔 사람의 왕래가 거의 없는 등산로 옆 화단에는 해바라기 수국 패랭이꽃이 활짝 피어나 그녀들을 반기는 듯 바람에 잘게 흔들렸다.

산촌마을에서 2킬로미터가량 서쪽 골짜기로 들어가면 한 외딴 농가가 나타난다. 마치 세상과 등지듯 골짜기에 깊이 숨어 있어서 쓸쓸히 느껴지는 농가 앞에는 승용차 한 대가 주차돼 있었다. 마을과 이어진 시멘트 포장길은 외딴 농가를 끝으로 더 이상 이어지지 않았고 다만 등산로와 계곡길이 이어질 뿐이었다.

농가 앞을 흐르는 개울에선 졸졸졸 돌 틈을 흐르는 물소리가 들려오고 있었다. 개천 위로 작은 다리가 놓여 있었는데 다리 위에는 젊은 한 여자가 서서 누군가를 기다리고 있었다.

다리 상류 쪽으로는 버드나무가 줄지어 자라며 그 가지를 뻗어 개울에 그늘을 드리우고 있었다. 터널처럼 하늘을 가린 버드나무 가지 아래로 개울 따라 펼쳐진 너럭바위 위엔 부채를 들고 개울물에 발을 담근 채 더위를 쫓는 노파가 한가로이 앉아 있었다.

　누군가를 기다리던 젊은 여자는 산길을 조심조심 내려오고 있는 두 여자를 발견하고 손을 높이 들어 흔들었고 그녀들이 오고 있는 곳으로 달려갔다. 보는 눈을 두려워하듯 주변을 두리번거리며 산을 내려오던 두 여자는 비로소 안도하며 활짝 미소를 머금었고 잠시 발걸음을 멈추고는 자신들을 향해 달려오고 있는 여자를 향해 손을 흔들었다.

　－어서 와. 잘 찾아왔네. 어서 오세요, 반가워요.

　기다리던 여자는 두 여자에게 번갈아가며 인사를 건넸다.

　－고마워요, 언니.

　－감사합니다. 염치없지만 신세 좀 질게요.

　두 여자도 기다리던 여자에게 인사말을 건넸다.

　－이쪽은 나오 언니. 내가 예전에 다른 일 할 때 잠깐 같이 일한 적이 있어. 이쪽은 내가 말했죠, 내 동료 현정이.

　영주가 두 여자를 서로에게 소개했다. 나오와 현정은 다시 인사를 나누었고,

　－참, 우리 할머니께 인사드려야지. 한국 사람이라고 했더니 무척이나 반가워하며 애타게 기다리고 계셔.

　나오는 할머니! 크게 소리를 지르며 개울가에 앉은 노파를 향해 손을 흔들었고,

　－제 손님들이 왔어요!

　할머니에게 소리쳐 알린 후 그녀들을 데리고 개울로 내려섰다. 돌길을 조심조심 걸으며,

―우리 할머니도 한국 분이셔. 1961년에 외증조할아버지가 식구들을 거느리고 일본으로 오셨다나봐. 그때 우리 할아버지가 할머니 친정식구들의 정착을 도와준 것이 인연이 돼서 결혼하셨대.

　나오는 영주와 현정에게 할머니 얘기를 했다. 한국 분이므로 경계하지 않아도 될 것이라는 뜻이었다.

　나오의 할머니는 천천히 몸을 일으켜 손님을 맞았고,

　―둘 다 한국 아가씨라고? 어디 출신이야?

　한국말로 고향부터 물었다.

　―안녕하세요, 할머니. 저는 서울에서 태어나고 자랐습니다.

　영주가 인사하며 다가가서 자기소개를 했다.

　―안녕하세요. 저는 충청도에서 태어났지만 어릴 때 아버지를 따라 서울로 올라가서 자랐어요.

　현정도 할머니에게 인사를 건넸다.

　―잘 왔어. 우리 손녀가 이 할미 외로울까봐 피서를 여기로 와줘서 한결 적적함이 덜했는데 친구들까지 와주니 정말 기뻐요. 특히나 한국 아가씨들이라니 더 반갑군. 난 경남 남해에서 태어났어. 누가 남해 가본 사람 있어?

　할머니는 고향 소식을 묻고 싶은 모양이었다. 고향을 떠난 후 다시 가보지 못한 눈치였다.

　―요즘은 남해대교로 육지와 연결돼 있어서 남해가 관광지로 각광받고 있어요. 몽돌해변과 송림숲 캠핑장, 스포츠파크 등도 인기가 많지만 다랭이마을은 남해에 가면 꼭 들러보는 관광명소가 됐어요.

　영주는 남해관광을 해본 적이 있다며 말했다.

−다랭이마을은 나도 알지. 아주 어렸을 적에 아버지 손잡고 친척 누구네 집에 다니러 갔는데 거기가 다랭이마을이었어. 기억나는군. 총총히 층계가 진 논들 아래로 바다가 펼쳐져 있지, 아마. 나는 창선도 출신이야. 창선도 알아?

−네, 대방산이 있는 곳이잖아요. 추도도 있고. 요즘은 창선도도 삼천포대교로 육지와 연결돼 있어요.

−그래? 그럼 사천까지 배타고 가지 않아도 되겠군. 그곳에 꼭 한번 가보고 죽었으면…….

−할머니, 친구들 며칠 머물 테니까 고향 얘긴 천천히 들으세요.

나오는 할머니 말을 끊으며 일단 친구들을 집으로 안내하겠다고 했다. 할머니는 웃는 얼굴로 고개를 끄덕였고 집으로 들어가자는 손짓을 했다. 집에 에어컨이 없어서 좀 더울 거라고 걱정했고 나오의 도움을 받아 신발을 신었다. 먹을 것도 없다고 걱정하며 걸음을 옮겨 놓았다. 영주가 나오를 도와 할머니를 함께 부축했다.

집은 낮게 지어진 일본식 단층 함석지붕이었다. 다다미방과 현대식으로 개량한 주방이 있었고 본채와 떨어진 곳에 작은 별채가 지어져 있었다.

나오는 현정과 영주를 별채로 안내했다. 원래는 곡식을 저장하던 창고였지만 할아버지가 돌아가신 후 농사를 짓지 않아서 나오 아버지가 방으로 개조했다. 명절과 기념일에 자식손자들이 모두 모이면 방이 부족하기 때문이었다. 평소엔 할머니 혼자 지낸다는 그 집은 혼자 지내기엔 너무 넓지만 집안행사를 치르기엔 좁아보였다.

영주와 현정은 별채에 들어가 짐을 풀었고 방에 앉아서 나오와 잠시 환담을 나누었다. 길 찾는 데 어려움이 많았을 텐데도 용케 잘 찾아왔다는 말과 등산로마다 표지판이 잘 설치돼 있어서 길은 찾기 어렵지 않았는데 한여름 폭염 속 산행은 정말 고역이었다는 얘기들이 오갔다. 나오는 그녀들이 좋은 길 두고 폭염 속 고생길을 택해야 했던 이유를 이미 알고 있는 듯 고생 많았다는 말만 하고 그 속사정은 묻지 않았다.

나오의 할머니는 마당에 나와 서서 별채를 들여다보았고 손녀 친구들이 배가 고플 것 같으니 식사부터 준비하겠다고 말했다. 생선을 구워서 간단하게 요기를 하는 것이 어떻겠냐고 나오에게 물었다. 그러나 식사 문제를 상의하려기보다는 젊은 사람들과 어울리고 싶고 말이 하고 싶어서 별채를 기웃거리는 것 같았다.

―할머니, 그러실 것 없이 잠깐만 기다리세요. 잠시 후에 시장을 봐 올 거니까요. 할머니도 같이 나가세요, 제가 옷 한 벌 사드릴게요.

나오가 할머니에게 말한 후,

―나만 다녀올까, 너희도 갈래?

하고 영주를 돌아보며 물었다.

―나도 살 게 있어요.

영주는 말한 후 현정을 돌아보며 알듯 모를 듯 눈동자를 흔들어 어떤 신호를 보냈다. 현정 또한 알았다는 듯 눈을 깜박였다.

영주는 현정에게 씻고 쉬고 있으라고 말한 후 옷을 갈아입었고 모자와 선글라스를 챙겨서 본채로 건너갔다. 잠시 후에 나오와 함께 할머니를 모시고 차에 올랐다. 차 시동 거는 소리가 났고 이내 엔진소리를 내며 산골을 빠져나갔다.

현정은 많이 초췌하고 야위어 있었다. 창가에 서서 고단함이 고스란히 드러난 얼굴로 멀어지는 나오의 승용차를 한참동안 바라보았다. 차가 완전히 멀어진 뒤에야 옷을 벗고 속옷 차림으로 별채 욕실에 들어갔다. 퉁퉁 부은 발부터 비누칠을 해가며 씻은 후 샤워를 했다. 긴장이 되는지 아니면 걱정이 되는지 종종 수도꼭지를 잠그고 바깥에서 들려오는 소리에 귀를 기울였다.

현정은 최대한 서둘러 샤워를 끝내고 방으로 나왔다. 편한 옷으로 갈아입고 잠시 방바닥에 몸을 뉘였다. 피곤이 몰려오면서 잠이 쏟아지려 했다. 그러나 잠이 들면 곤란하다는 생각을 하며 몸을 일으켜 앉았다. 피곤해서 그런지 초조해서 그런지 오늘따라 정훈이 몹시 보고 싶었다.

정훈은 일본 유학생활을 하면서 알게 된 남자였고 동창이었다. 같은 꿈을 품고 타국으로 날아왔기에 더욱 친하게 지낼 수 있었다. 외로운 타국에서 큰 의지가 되어주던 그. 성품도 온화하고 자상한 친구여서 한국에서 엄마가 반찬을 보내오거나 맛있는 것을 보내오면 꼭 절반씩 나누어주었다. 힘든 일이 있을 때마다 맛있는 것을 사주며 위로해주었고 생일날이면 미역국을 끓여놓고 초대하기도 했다.

현정은 자신도 모르게 그에게 사랑을 느끼고 있었을 것이다. 정식으로 교제를 하지는 않았지만 은연중에 그를 남자친구라 생각하고 있었던 것 같다. 그래서 그의 손을 잡아도 자연스러웠고 그의 자취방에서 샤워하는 것도, 그의 침대에 함께 누워서 잠드는 것도 어색하지 않았다. 물론 애무를 하거나 섹스를 하는 사이는 아니었다. 그렇지만 그의 자취방에서 놀다가 늦으면 같은 이불을 덮고 자는 일은 흔했고 그만큼 친밀했기에 그가 원하면 언제라도 몸을 열 준비는 돼 있었다.

만일 사토시 몰카에 얼굴이 찍히지 않았다면 어떻게 됐을까. 정훈은 그녀가 학교를 그만두고 돈벌이에 나섰다는 사실은 알았지만 유흥업소에 나가는 줄은 몰랐다. 여행사 아르바이트를 하며 한국인 관광객 가이드를 한다고 둘러댔기 때문이다.

그녀가 거짓말을 한 것은 그를 속여서 어떻게 해보려던 게 아니었다. 그저 그의 가까이에 있고 싶었을 뿐이고 멀어지고 싶지 않았을 뿐이었다. 그를 못 보고 살게 될까 두려워서 차마 사실을 사실대로 말하지 못했던 것이다. 그런데 '원정녀 몰카'라는 이름으로 인터넷에 섹스동영상이 돌고 그녀 얼굴이 알려지는 바람에 그를 만날 자격을 상실해버렸다.

−정훈은 내가 나온 몰카 동영상을 봤을까?

봤더라도 내색할 친구는 아니었다. 아무렇지 않게 평소처럼 대해주었을 것이다. 하지만 그녀에 대한 배신감은 클 것이었다.

그가 못 봤을 수도 있지만 현정은 그를 피할 수밖에 없었다. 그 착하고 순진한 친구에게 상처를 주는 여자가 되고 싶지는 않았다. 그래서 먼저 외면하고 전화도 받지 않았다. 그녀의 양심이 그것을 허락하지 않았다. 몰카에 찍히지 않았더라도 언젠가는 그의 곁을 떠나야 했겠지만 조금만 더 조금만 더 그의 곁에 머물고 싶었는데…… 그에게 진 신세라도 갚고 조용히 그 곁을 떠나려 했는데 몰카가 그녀의 계획을 모두 망쳐버렸다.

현정은 정훈을 잃은 것이 너무도 가슴 아팠다. 그렇지만 그건 참을 만한 고통이었다. 다른 사람은 몰라도 한국에 있는 가족이, 특히 아빠가 그것을 볼까봐 가장 걱정이었다. 그렇게 되더라도 소희와 같은 길을 택하진 않겠지만 아빠 얼굴을 어떻게 봐야 할지…… 눈앞이 깜깜했다.

깜박 졸고 있는데 차 소리가 들렸다. 현정은 바짝 긴장하며 창가로 다가갔고 오고 있는 차를 살폈다. 먼지를 일으키며 산골을 달려오고 있는 차는 나오의 차였다. 금방 다녀오는 것을 보니 시내가 멀지 않은 모양이었다. 앞자리에 영주가 타고 있는 것이 눈에 들어왔다. 현정은 영주 얼굴을 확인하고서야 안심하며 경계를 풀고 밖으로 나갔다.

—할머니와 난 식사를 준비할게. 너흰 저기 개울가에 내려가서 이걸 먹으며 조금만 기다려. 상이 차려지면 부를 테니.

나오가 수박 한 덩어리를 영주에게 내주며 말했다. 주방으로 뛰어가더니 칼과 쟁반을 찾아들고 나와서 현정의 손에 들려주었다.

—우리도 도울게요, 언니.

영주가 말했지만,

—손님에게 일을 시킬 순 없지.

나오는 단호하게 고개를 저으며 영주와 현정의 등을 떠밀었다.

현정과 영주는 수박을 들고 할머니가 앉았던 개울로 내려갔다. 계곡을 따라 불어오는 바람이 제법 시원해서 피서가 제대로 되고 있었다. 그녀들은 수박을 썰어서 쟁반에 펼쳐놓고 한 조각씩 들었다.

—언니들이 저 아래 민박집에 든 걸 확인했어. 새 휴대폰도 받아왔고. 수상한 사람들이 이쪽으로 향하면 언니들이 신호를 보낼 거야. 차로 들어오는 길은 그 길 하나뿐이니 안심해도 될 것 같아.

영주는 주머니에서 휴대폰을 꺼내 보이며 말했다.

-언니들이 다른 말은 않았고?

-규리 언니에게서 언니들한테 연락이 왔었다는데 준비가 거의 끝나간다고 하더래. 조금만 더 버티면 된다고 했어. 경찰은 다이치가 사토시를 죽이는 데 관여하고 자신도 죽임을 당했을 가능성에 대해서도 수사를 진행하고 있대.

영주는 규리가 단골인 도쿄경시청 고위간부를 통해 얻어낸 정보라서 믿어도 좋다는 언니들의 귀띔도 전했다.

경찰이 다이치를 의심하기 시작했다면 놈들은 수사 방향을 바꿔놓기 위해 틀림없이 서두를 것이다. 서두르면 허점이 생기고 실수를 하게 마련이겠지. 영주는 그놈들이 실수를 해주기만 바라면 된다며 현정을 안심시켰다.

14.

LED조명이 화려하면서도 현란하게 춤추는 도쿄의 유명호텔 지하 S캬바쿠라에는 아름답고 사랑스럽기로 소문난 한국여성이 일하고 있었다. 자신을 소개할 때마다 한국의 전설미인 성춘향 후손이라고 자랑하는 성규리로, 그곳에서 불리는 애칭은 이나미짱이었다.

규리는 오늘도 룸에서 단골손님에게 술을 따르고 있었다. 한국에서 인기 좋은 폭탄주를 만들고 나서 자신의 미니스커트를 허벅지 위로 끌어올렸고 팬티 속에 손을 밀어 넣었다. 몸을 꿈틀거리며 손가락을 꼼지락거리더니 팬티에서 손을 뽑았고 그 손을 얼굴 앞으로 가져가서 엄지와 검지 사이에 잡힌 것을 확인했다. 한 가닥의 거웃이었다. 그녀는 그것을 폭탄주가 가득 담긴 잔에 띄운 후,

−한국에서는 귀한 분께 물을 드릴 땐 나뭇잎을 띄워서 드리지요. 갈증에 급히 마시면 탈이 나므로 천천히 마시라는 뜻이에요.

라고 말하며 애교미소를 지었고 손님에게 그 잔을 건넸다. 나뭇잎 대신 음모라는 말이었다.

−몸 상하지 않게 술을 천천히 마시라는 뜻이군.

손님은 규리의 야한 배려에 더없이 만족스러워했다. 웃음만 파는

것이 아니라 마음까지 주는 그녀라서 빠지지 않을 수 없다고 칭송하며 사랑스러운 그녀를 품에 안고 술잔을 기울였다.

그 시각, 유우키는 밤늦게 도쿄경시청으로 들어서고 있었는데 몹시 지친 기색이었다. 주차장에서 잠시 발걸음을 멈추었고 길게 한숨을 쉬며 성범죄수사팀이 들어 있는 2층 창을 올려다보았다. 창엔 아직도 환하게 불이 밝혀져 있었다. 스즈란이 여태 퇴근을 않고 유우키를 기다리고 있을 것이었다. 그는 스즈란을 생각하며 다시 발을 움직였다.

─다녀왔어.

유우키는 사무실에 들어서면서 스즈란을 향해 소리쳤다.

─수고했어요. 다이치 엄마는 만나봤어요?

스즈란은 유우키를 보자마자 다그치듯 물었다.

─숨 좀 돌리고.

유우키는 말하며 소파로 가서 앉았고 퉁퉁 부운 다리를 주물렀다.

─다이치가 왜 사토시 남근을 배달했는지는 알아냈어요?

스즈란은 그러나 유우키에게 숨 쉴 틈을 주지 않고 대답을 종용했다. 그만큼 그 일이 중요하기 때문이었다.

─주변사람 누구도 다이치가 그런 일을 했으리라고는 상상도 못했대. 친구들은 다이치가 어리석어서 범인들이 파놓은 함정에 빠졌고 실제로는 남근을 배달하지 않았음에도 배달 누명을 쓰고 죽은 건 아닌지 의심하고 있었어.

유우키가 말했다.

─내가 조사한 바로, 사토시 남근이 배달되던 날의 다이치 행적이

파악되지 않았어요. 남근을 배달했을 가능성이 높다는 뜻이 되겠죠.

스즈란은 다이치가 함정에 빠진 게 아니라 실제로 범행에 가담했을 거라고 말하고 있었다.

─그 부분은 내가 알아본 것과 일치해.

다이치는 사토시 성기가 배달되기 이틀 전 한 친구에게 엄마를 만나러 시골집에 다녀오겠다고 말했다. 그러면서 엄마에 대한 고민을 털어놓았다. 엄마가 아버지 몰래 바람을 피우고 있는데 그 정부를 만나 죽여 버리겠다고 했다는 것이다. 그런데 다이치가 자기 엄마의 외도 사실을 알게 된 과정이 영 수상했다. 누군가가 다이치 엄마의 외도현장 사진을 다이치의 원룸 현관문틈에 끼워뒀더라는 것이다. 그것이 사실이라면 범인(들)이 다이치 엄마의 외도를 이용해서 뭔가 일을 꾸몄을 가능성도 열어둬야 했다. 그런데 다이치 휴대폰을 범인이 가져가버렸고 현관문틈에 끼워져 있었다는 사진도 사라지고 없었다.

유우키는 그 사실들을 확인하기 위해 다이치 엄마를 만나러 우오누마에 다녀오는 길이었다.

─다이치가 시골에 가긴 갔던가요?

스즈란이 물었다.

─다이치 엄마는 다이치가 와서 안부를 묻고 맛있는 걸 사줬다고 하는데, 거짓말 같아. 다이치와 함께 갔다는 식당 사람들은 온 적이 없다고 하니까. 다이치가 자기 차를 몰고 왔었다고 하는데 다이치 차가 고속도로 톨게이트를 지난 흔적이 없고 시골집으로 향하는 도로 방범CCTV에 찍힌 것도 없었어.

―다이치가 세 든 집주인 말로도 사토시 성기가 배달된 날 차가 내내 주차장에 서 있었다고 했어요. 다이치 엄마가 바람을 피운 건 사실인가요?

　―눈치로 봐서는 사실인 것 같은데 다이치 엄마는 한사코 부인하고 있어. 하지만 시내 카페에서 선글라스를 낀 젊은 남자와 심각하게 얘기 나누는 모습을 목격했다는 사람이 있었고 카페 종업원도 그 사실을 확인해주었어. 낮은 목소리로 속삭여서 무슨 얘기를 나누었는지는 모르겠지만 꽤나 심각해보였고 다이치 엄마는 눈물까지 보였다는 거야. 듣는 귀를 신경 쓰며 자주 주변을 힐끔거리더래. 할 얘기가 아직 남은 것 같은데도 더 은밀한 장소로 이동하려는 모양인지 10분 정도 밀담을 나누다가 계산을 하고 나갔고, 이후 함께 차에 올라 어디론가 떠났대.

　―그들이 타고 간 차종과 넘버는 확인했어요?

　―우오누마를 빠져나가 도카마치로 향하는 지방도 방범CCTV에 찍혔는데 차적조회를 해보니까 위조된 번호판이더라고. 차종은 스즈키 웨건R로 가장 흔한 차였어. 실버 2007년식. 우오누마를 빠져나갈 때 옆에 다이치 엄마가 타고 있었어. 하지만 남자는 카페 종업원 진술대로 선글라스를 꼈고 CCTV에 찍힐 땐 의도적으로 입을 손으로 가렸더라고. 그 이후엔 어디선가 또 번호판을 교체한 듯 다시 찍힌 자료가 없었고 우오누마로 돌아가는 다이치 엄마 모습도 찾아볼 수 없었어. 다이치 엄마에게 CCTV에 찍힌 사진을 내밀며 그 남자는 누구고 어딜 가는 길이었냐고 추궁했지만 기억이 없고 기억한다 하더라도 사생활일 뿐이라며 성질을 내서 더 물을 수가 없었어.

—다이치 엄마의 외도상대가 위조번호판을 차에 부착하고 의도적으로 추적을 피했다는 거잖아요. 유부녀와의 간통 사실이 들킬까봐 조심하는 것치고는 과하지 않나요?

　스즈란은 그 남자를 찾아내서 조사할 필요가 있겠다고 말했다.

　—지금 수사방향을 너무 넓히면 오히려 혼란만 가중돼.

　유우키는 고개를 저었고 선택적 집중이 수사에 더 효과적이라고 말했다.

　—하지만……

　—나, 아직 저녁도 못 먹었어. 어디 가서 식사를 하며 나머지 얘기를 마저 하면 안 될까?

　유우키는 배가 고파서 죽겠다며 배를 움켜쥐고 엄살을 부렸다.

　—고생했으니 오늘 저녁은 내가 사죠. 사쿠라정식 어때요?

　—자기가 사주는 거라면 뭐든 고맙게 먹을게.

　—자기? 듣기 나쁘진 않지만 우리가 언제부터 그렇게 가까운 사이가 됐죠?

　—오늘은 피곤하니까 대충 넘어가줘.

　유우키는 능글맞게 웃으며 자리에서 일어났다.

　스즈란은 유우키를 데리고 자신의 단골식당으로 향했다. 밤늦은 시각이라 식당엔 식사 손님은 거의 없고 대부분 술손님이었다. 스즈란은 조용한 방을 달라고 요구했고 종업원의 안내를 받아 방으로 들어갔다.

　—지금 식사도 되나요?

　스즈란이 물었는데 종업원은 일단 주문을 하면 주방에 물어보겠다고 했다. 스즈란은 사쿠라정식을 주문한 후 유우키를 돌아보며 술을 한잔하겠느냐고 물었다.

ㅡ사케를 주세요.

유우키가 직접 종업원에게 말했다.

종업원은 방문을 닫아주고 물러갔다. 잠시 후 다시 와서 사쿠라정식으로 준비해서 들여오겠다고 말하고 갔다.

음식을 기다리면서 둘은 수사 얘기를 계속 이어갔다. 유우키는 다이치 엄마가 뭔가를 숨기고 있는 게 분명한데 그게 뭔지 감이 잡히지 않는다고 말했다.

ㅡ그러니까 다이치 엄마를 더욱 강하게 족치고 그 정부로 알려진 남자를 조사해봐야 한다니까요.

스즈란은 다이치 엄마의 정부가 사건에 관련됐을지도 모른다고 생각하고 있었다.

ㅡ충분히 의심스럽긴 하지만 설마 아들이 죽었는데 범인을 숨기겠어?

ㅡ그건 그래요. 그렇다면 다이치 엄마가 숨기려는 게 도대체 뭘까?

ㅡ일단은 모르는 척 관심 없는 척하며 다이치 엄마의 경계심을 누그러뜨릴 필요가 있어. 다이치 수사를 진행하다가 막히면 그때 다시 다이치 엄마를 찾아가서 은밀히 그 동태를 살펴봐야겠어.

유우키가 말하고 있는데 문을 노크하는 소리가 들렸다. 두 사람은 대화를 중단했고 들어와도 좋다고 답했다. 방문이 열렸고 여러 명의 종업원이 음식을 들고 들어와서 상 위에 차려놓았다. 난반쯔께, 쯔께모노, 자왕무시, 아게다시도후, 사시미, 스시초밥 등등이 상에 올려졌다. 사케도 두 병 올려놓았다.

식당 사람들이 물러났다. 유우키와 스즈란은 일단 배부터 채우기로 했다. 사케를 잔에 따라서 건배하고 들이켠 후 사시미를 한 점씩 집어 입에 넣었다. 이것저것 조금 조금씩 차려진 음식들을 모두 먹고 나서 다음 음식을 들여오라고 벨을 눌렀다.

가리비와 문어, 전복과 새우 등의 싱싱한 해산물이 들어왔다. 종업원 하나가 나가지 않고 옆에 앉아서 쇼가마야끼를 해서 조금씩 건네주었다. 유우키와 스즈란은 그것들을 먹으며 사케를 열심히 마셨다. 둘 다 볼이 불그레해지며 취기가 오르고 있었다.

마지막으로 소바와 알밥이 나왔다.

—이것이 마지막입니다. 저희는 더 오지 않을 것입니다. 필요한 것이 있으면 호출해주십시오.

식당 종업원은 그렇게 말한 후 조심스러운 걸음으로 방에서 물러났다. 방해를 하지 않을 테니 필요한 것은 그때그때 불러서 말하라는 뜻이었다.

—저기, 스즈란.

유우키는 사케를 한 모금 입에 물고 꿀꺽 삼킨 후 뭔가 심각한 얘기를 꺼내려는 듯 어렵게 입을 열었다. 스즈란은 동그랗게 토끼눈을 하고서 유우키를 쳐다보았는데 무슨 말인지 해보라는 표정이었다.

—나, 진심으로 자기에게 호감을 갖고 있고 진지하게 사귀어보고 싶어.

유우키가 용기를 내서 말했는데 스즈란이 거절을 하면 어쩌나 무척 걱정스러운 듯 조심스러운 태도였다. 술 때문인지 부끄럼 때문인지 아까보다 얼굴이 더욱 붉어져 있었다.

　―솔직히 나도 당신에게 관심이 있어서 눈여겨 지켜보는 중이에요. 그렇지만 신중하고 싶어요. 지금 우리 나이에 이성교제를 시작한다는 건 결혼을 전제한다는 얘기고 그렇기에 실패율을 최대한 줄여야 하지 않을까 싶어서요. 성급한 판단은 금물이라는 얘기죠. 더군다나 사귀더라도 원거리 데이트를 해야 하는데 우린 시간을 자주 낼 수도 없는 처지잖아요. 그러니 이렇게 해요. 일단은 진지한 것 빼고 가볍게 서로를 알아가다가 이번 수사가 끝나면 사귈지 말지 결정하기로 말이죠.

　스즈란이 제안했는데 유우키는 주저 않고 고개를 끄덕였다. 그녀가 호감을 갖고 있다는 그 말만으로도 그는 행복하고 고마웠다. 그녀 대답을 듣기 위해서라도 이번 수사를 빨리 끝내야겠다고 생각했다.

15.

유우키는 닛포리에 소재한, 현정이 일했던 업소를 찾아가서 지배인을 만나고 있었다. 두 번째 만남이었는데 추가로 확인할 것이 있기 때문이었다.

현정이 잠적하고 얼마 후 그곳에서 일하던 또 다른 한국인여성 2명이 일을 그만두고 사라졌다는 사실을 뒤늦게 알게 됐다. 김영주와 윤민지라는 두 여성이었다. 현정을 따라갔을 가능성이 높았기에 그녀들의 휴대폰 사용내역 조회와 위치추적을 해보았는데 최근엔 사용하지 않고 있는 것으로 드러났다. 그녀들의 행동에 더욱 의심이 갔다.

―틀림없이 이현정과 함께 있는 것 같은데, 두 여자가 일을 그만두기 전에 수상한 점은 없었나요?

유우키가 물었다.

―같은 한국출신이라 이현정과 친하게 지냈어요. 더군다나 원정녀 몰카에 그녀들도 찍혔기에 그 일로 자주 만나서 머리를 맞대고 해결방법을 의논한 걸로 알고 있어요.

―사라진 두 여자와 친하게 지낸 다른 여성은 누가 있죠?

─우리 업소엔 더 없어요. 다른 업소의 한국출신 여성들과 자주 통화하는 건 들었지만……

지배인이 말했다. 유우키는 그렇다면 몰카에 찍힌 한국인 여성들이 조직적으로 움직이는 것일지도 모른다고 생각하며 고개를 끄덕였다. 그녀들을 잘 감시하면 현정의 소재지를 밝힐 수 있을 것 같았다. 그러기 위해서는 도쿄경시청에 지원경력을 요청해야 한다. 하지만 도쿄경시청이 경력을 지원해 줄지는 의문이라는 생각을 하며 지배인에게 추가질문을 하려고 할 때였다. 나가노현 경찰본부에서 전화가 걸려왔다. 사토시 사건을 맡아 수사를 함께했던 후배형사였다.

─선배님이세요? 사토시 살인사건의 물증이 나온 것 같아요.

─정말이야? 뭘 찾아낸 거야?

유우키는 사막에서 오아시스를 발견한 나그네처럼 환호성치고 싶은 충동이 일었다. 그토록 애타게 찾던 물증이 드디어 발견됐으니 당연한 것이었다.

─수상한 물건이 있다는 신고를 받고 출동해서 수거해왔는데 피묻은 가위가 든 비닐봉투였어요. 과학경찰연구소에 의뢰한 결과 가위에서 이현정의 지문이 나왔고 혈흔은 사토시 것으로 판명됐어요. 사토시 남근 절단면 또한 그 가위를 사용했을 때와 일치했고요.

가위는 주방용이 아닌 예리한 날의 다기능가위였다. 비닐봉투가 발견된 곳은 사토시 살해현장에서 1킬로미터 떨어진 길가였기에 당연히 사토시 살인에 사용된 도구라고 의심했다는 것이 후배형사의 설명이었다.

유우키는 됐어! 하고 짧고 힘 있게 말하며 주먹을 불끈 쥐었다. 이제 빼도 박도 못할 물증이 확보된 것이었다.

─그런데요 선배님, 한 가지 이상한 점이 있어요.

─뭔데?

유우키는 불길한 예감에 귀를 쫑긋 세우며 물었다.

─사토시 살인사건이 발생하고 벌써 한 달 보름이 지났잖아요. 그런데 발견된 비닐봉투에 빗물자국이 없고 찢기지도 않아서 비교적 깨끗한 상태였어요. 또 가위에서 발견된 이현정의 지문이 비닐봉투에는 없었고요.

분명 이상했다. 살인을 저지를 때 맨손으로 도구를 사용하고도 지문을 지우지 않으면서 비닐봉투를 만질 땐 장갑을 꼈거나 지문을 지웠단 말인가? 지문 상태도 맨손 지문만 있고 피 묻은 지문이 없다는 것 또한 이상했다. 시신에서도 나오지 않은 지문이 살해도구에 남아 있는 건 또 어떻게 이해해야 할까.

사건 발생 한 달 보름이 지나서야 물증이 발견됐는데 그것이 담긴 비닐봉투가 훼손되지 않았고 깨끗하다면 범인이 증거인멸을 위해 나중에, 최근에야 도구를 버렸을 경우에 해당된다. 그렇다면 물증이 발견된 장소가 범인이나 공범의 현재 소재지 가까운 곳이어야 하지 않은가. 그런데 살해현장 부근이라니. 이건 또 어떻게 된 일일까.

─어쨌거나 물증은 물증이니 사건 해결에 큰 도움이 될 거야. 그걸 내게 보낼 때 그 의견도 적시해서 보내.

유우키는 후배 형사에게 그렇게 말하고 전화를 끊었다. 이상한 점이 있긴 했지만 범행도구에서 지문이 나왔다면 범죄사실 입증에 어떤 식으로든 활용할 수 있을 것이라는 생각이었다. 현정이 아무리 부인해도 법정에서는 물증을 믿지 용의자의 진술을 더 믿지는 않을 것이기 때문이다.

유우키는 지배인에게 몇 가지를 더 물은 후 업소를 나섰다. 황망히 도쿄경시청으로 돌아가면서 스즈란에게 물증확보 사실을 통보했고 현정을 공개수배하는 것이 좋겠다는 의견을 내놓았다. 더는 주저할 필요가 없었다. 다이치는 몰라도 사토시 사건은 해결이 된 것이나 마찬가지였고 용의자를 체포하기만 하면 된다는 생각이었다. 물증의 모순점을 간과한 것은 아니었지만 그것은 현정을 검거한 후 해결해야 할 부분이지 미리 걱정할 일은 아니었다.

－사토시 살해용의자를 공개수배하면 다이치 사건에 영향 받는 부분이 없을까요?

스즈란은 조심스러웠다.

－다이치가 사토시에게 이현정을 소개했고 사토시 살해에도 개입한 것으로 보이지만 이미 죽었어. 이현정이 다이치를 이용하고는 경찰의 수사가 자기에게 향하는 것을 막기 위해 죽였을지도 모르지. 이현정이 사토시 살해 용의자이니까 체포해서 조사하면 다이치와의 관계, 공모여부 등이 밝혀질 거야.

유우키는 스즈란을 설득했고 결국 동의를 받았다. 도쿄경시청 성범죄수사팀장과 나가노현 경찰본부장에게 보고한 후 현정을 전국에 공개수배하고 언론에도 사진을 배포했다.

현정의 얼굴이 언론에 공개되고 수배 사실이 알려진 얼마 뒤였다. 그녀를 봤다는 신고전화가 빗발쳤다. 그중에서도 특히 많은 신고가

들어온 지역이 있었다. 오이강변을 따라 있는 여러 마을에서 그녀를
목격했다는 신고가 집중되고 있었다.

스즈란과 유우키는 현지경찰에 협조공문을 보내서 현정이 빠져나
가지 못하도록 길을 차단하고 목격되면 체포해줄 것을 요청했다. 자
신들 또한 차량과 기사를 지원받아 현지로 긴급 출동했다.

—핵심 용의자 이현정이 검거되면 나머지는 저절로 풀리겠죠?

경광등을 켜고 제한속도를 무시하며 도메이 고속도로를 질주하는
승합차 안에서 스즈란이 말했다. 현정의 검거효과를 잔뜩 기대하는
모습이었다. 그러나 유우키는 왠지 자신 없는 얼굴이었다.

—왜요. 마음에 걸리는 거라도……?

유우키의 어두운 표정을 살피며 스즈란이 다시 물었다.

—사토시 살해도구로 발견된 물증이 완전하지 않다는 게 자꾸 마
음에 걸리네.

—물증이 확보됐으니 범죄사실 입증에 문제없을 거라며 공개수배
를 하자고 했던 건 반장님이었어요.

—그랬지.

—그래놓고 이제 와서 자신 없는 태도를 취하면 어쩌자는 거예요?

—그러게 말이야. 이현정 검거를 그렇게 고대했는데 막상 그 여자
가 나타났다는 소식을 들으니 두려움이 앞서네. 확보한 물증의 증거
능력이 의심받는 상황에서 그 여자가 범행을 완강히 부인하면 오히
려 더 막막해지는 건 아닐까라는 걱정 때문인 것 같아.

유우키는 현정이 어디까지 범행을 인정할지 몰라도 그녀를 검거
하는 것만으로는 수사를 끝내기 어려울지도 모른다는 불안감을 느

끼고 있다고 털어놓았다. 물증을 찾았다고 좋아하긴 했지만 스스로
도 그것이 가진 몇 가지 모순점에 의문을 품고 있었던 것이다.

16.

불어오는 바람은 더운 열기를 잔뜩 머금고 있었다. 작렬하는 태양과 습한 공기, 제철을 맞아 극성인 해충들, 열도의 끊이지 않는 자연재해 소식들이 불쾌지수를 더욱 높이고 있었다. 불쾌지수가 높아지는 만큼 사람들 얼굴엔 웃음 대신 찌푸린 인상이 그려지고 있었다.

일본 미나미알프스 남부의 시즈오카현을 흐르는 아름다운 오이강을 따라 60번 도로가 나 있었다. 그 길을 거슬러 오르면 오이강 중류의 작고 아담한 고고우치 마을을 만나게 된다. 현정이 대담하게 대낮에 변장도 않고 모습을 드러낸 것은 바로 그 고고우치 마을에 있는 오이신사였다.

현정은 오이신사 토리이(신사 입구 기둥문)로 들어서면서 연신 주변을 두리번거렸다. 수상한 사람은 보이지 않았다. 조금 떨어져서 움직이는 그녀의 친구들이 있을 뿐이었다. 그녀는 자연스럽게 보이기 위해 기념품점에서 오미쿠지(복점)를 사서 경내 나뭇가지에 걸었다. 그러고는 연못으로 향했고 잠시 발걸음을 멈추고는 연못에 피어난 홍련을 바라보며 두려움을 달랬다.

여독애련지출어니이불염(予獨愛蓮之出淤泥而不染). '나는 특히 진흙에서 피어나면서도 더럽혀지지 않는 연꽃을 사랑한다'라고 했던 중국 북송 유학자 염계 주돈이의 '애련설(愛蓮說)'을 떠올리고 읊조려보았다. 진흙에 뿌리를 내리고도 오염되지 않고 아름답게 피어난 연꽃처럼 나도 몸은 비록 진흙탕에 뒹구는 신세가 되었지만 정신만은 오염되지 않고 깨끗하게 유지할 수 있을까? 그녀는 마음속으로 생각했다. 아빠를 봐서라도 꼭 다시 예전의 나로 돌아가야 한다는 다짐을 하면서도 그러나 자신은 없어서 고개를 떨구었다.

이제 모험의 시간은 다가왔다. 죽고 살고는 하늘의 뜻에 맡겨질 것이다. 사방에서 뻗쳐오는 보이지 않는 적들의 마수를 피할 방법은 죽거나 죽은 척하거나 둘 중 하나였다. 그녀는 죽어서 사는 방법을 택하라는 규리의 조언에 따라 여기로 왔다. 가만히 있으면 죽지만 죽은 척하면 살 확률이 절반은 된다는 것이 규리 생각이었다. 1백퍼센트 죽음을 50퍼센트로 줄이자는 뜻이었지만 죽은 척하다가 들키면 진짜 죽을 것이고 적들이 속아주면 살 수도 있었다.

선택의 여지가 많지 않다는 점도 극단적 선택을 하게 된 배경이었다. 일본경찰은 현정의 얼굴을 공개하며 사토시 살해범으로 수배했다. 방송을 타고 그 얼굴이 알려지기 시작하면서 더는 숨을 곳도 없었다. 사토시 살해범으로 몰리더라도 수사를 받으며 결백을 증명하는 편이 유리하다는 판단이었다.

현정은 연못을 돌아 본전 쪽으로 걸어갔고 참배를 가장해 배전으로 들어섰다. 신성한 나뭇가지를 바치고 거울을 향해 손뼉을 두 번 치며 참배 흉내를 내면서도 눈은 주변을 살피느라 바빴다. 보이지 않는 적들이 경찰보다 먼저 덮칠지도 몰랐기 때문이다.

무더운 한낮이라 참배객은 그녀 혼자였다. 그녀는 본전에 사람이 아무도 없는 것을 확인하고 위패가 안치된 영새부봉안전으로 향했다.

현정은 영새부봉안전 앞에서 잠시 숨을 고르며 다시 주변을 살폈다. 인기척은 없었다. 그녀는 조심스럽게 주변을 두리번거리며 영새부봉안전 문을 열고 안으로 들어섰다. 11시 방향에 놓인 위패를 몇 개 들추고 밑을 살펴보았고 그러나 아무것도 찾지 못한 듯 그냥 돌아섰다.

영세부봉안전을 막 나섰을 때였다. 휴대폰에 문자가 온 듯 진동이 울렸다. 현정은 핸드백에서 휴대폰을 꺼냈고 문자를 확인했다. 그 휴대폰은 다시 핸드백에 넣지 않고 들고 가다가 담장 위에 올려놓았고 경내를 구경하는 척 자연스럽게 걸어서 신사를 나섰다.

현정이 오이신사 토리이를 막 나섰을 때였다. 사복을 입은 젊은 남녀가 빠르게 다가오는 모습이 보였다. 현정은 바짝 긴장하며 저쪽에서 지켜보고 있는 친구들을 돌아보았다. 고개를 끄덕이고 있었다. 현정은 안심한 듯 긴장을 누그러뜨리며 태연히 그들이 오고 있는 방향으로 걸어갔다.

젊은 남녀가 다가와 양쪽에서 현정의 팔을 한 짝씩 낚아챘다.

—이현정 씨? 경찰입니다.

젊은 여자가 말했다.

—나는 아유입니다. 이 팔을 놓아주시면 핸드백에서 신분증을 꺼내서 보여주죠.

현정은 당황한 표정도 놀란 표정도 아니었고 매우 침착했다. 때문에 당황한 것은 오히려 경찰 쪽이었다.

—그건 우리가 확인하죠.

여경은 말한 후 현정의 핸드백을 빼앗아 열었고 현정의 사진이 붙은 신분증을 꺼내서 살펴보았다. 아유라는 일본이름이 적혀 있었다. 여경은 더욱 당황한 눈빛이더니 다시 핸드백을 뒤져서 여권을 꺼내들었다. 여권엔 현정의 얼굴사진이 붙어 있었지만 이름은 김지연이라고 돼 있었다. 현정은 낙담한 표정을 지으며 지그시 입술을 물었다.

—김지연이라는 한국이름을 하나 더 갖고 있군요. 위조신분증에 위조여권까지. 당신을 사토시 살인혐의 및 공문서 위조혐의로 체포합니다. 체포영장 발부됐고요, 변호사를 선임할 권리가 있으며 진술을 거부할 권리가 있습니다.

스즈란이 미란다원칙을 설명하는 동안 유우키는 수갑을 꺼내서 현정의 손목에 채웠다.

현정은 체포되는 순간 저쪽에 서 있던 친구들을 또 한 번 돌아보았다. 서로 의미 있는 눈빛을 교환하며 보일 듯 말 듯 고개를 끄덕였다.

스즈란과 유우키는 현정을 호송차에 태웠고 그 사실을 현지경찰에게 무전으로 알렸다. 고고우치에 출동했던 현지경찰들은 작전 종료 소식을 듣고 일제히 철수했다.

—체포전담조의 추적을 따돌리다니, 아직 어린 여자가 참 대단해. 도대체 어디에 숨어 있다가 나타난 거야?

유우키는 호송차 안에서 혀를 내두르며 말했다.

―사토시 성기를 자른 것이 당신 맞죠?

스즈란은 도쿄경시청에 도착해서 '용의자 검거'라고 발표할 생각에 성급히 물었다.

―불리한 질문에 묵비권을 행사할 수 있다고 했죠?

그러나 현정은 그 말 한 마디만 하고는 입을 다물었다. 스즈란은 그런 현정에게 사실은 유학을 온 것이 아니라 몸을 팔러 왔던 것 아니냐는 식으로 감정을 자극하여 흥분시키려 해보았다. 현정이 흥분하여 이성을 잃고 대들면 말다툼을 하는 척 유도신문을 할 생각이었다. 그러나 현정은 냉정하게 이성을 유지했고 끈질기게 반복되는 스즈란의 감정자극과 자존심 공격에 전혀 동요하지 않았다. 긴 이동시간 중에 단 한 번도 다시 입을 열지 않고 침묵으로 일관했다. 결국 스즈란이 지쳐서 손을 들었고 지독한 년, 하고 마음속으로 욕했다. 하긴 그 정도 지독하니 그런 끔찍한 살인을 저질렀겠지만.

이때, 슈이치는 야쿠자 지방조직 보스에게서 걸려온 전화를 받고 있었다.

―경찰의 교란작전에 말려들었어요. 현지경찰이 주변도로를 차단하고 검문검색을 강화하며 시모이즈미에 있는 여관을 포위한 것을 보고 우리 애들은 그쪽에 이현정이 있다고 판단했대요. 현지경찰이 우리 애들 이목을 그곳에 묶어놓는 사이 도쿄경시청에서 달려온 형사들이 고고우치 오이신사에서 이현정을 체포해갔다는군요.

야쿠자 지방조직 보스는 경찰에게 속아서 작전에 실패했다고 보고했다. 그러나 실은 교란작전이 아니라 현지경찰도 거짓신고에 속았기 때문이었다. 영주와 민지가 의도적으로 거짓신고를 한 결과였다. 그녀들은 현지경찰에 전화해서, 이현정으로 보이는 여자가 시모이즈미 방면으로 가는 것을 목격했다는 신고를 했고 시간차를 두고 시모이즈미의 한 여관에 들어가는 것을 보았다는 신고를 또 했다. 다른 한편으로는 도쿄경시청에 전화해서, 이현정이 고고우치 방면으로 향하고 있다고 신고했다. 현정과 함께 고고우치 오이신사로 향하면서 한 신고전화들이었다. 현정의 목숨을 노리는 검은 일당에게 먼저 발각되는 사태를 막기 위한 조치였다. 현지경찰을 엉뚱한 곳으로 유인해서 현정의 목숨을 노리는 검은 일당을 혼란에 빠뜨리려는 계책이었다.

현지경찰을 지휘하던 보안과장은 현정의 생김새뿐 아니라 옷차림과 목격시간, 이동할 때 이용한 차량 등 신고내용이 너무도 구체적이라 신빙성이 있다고 판단했고 그렇다면 도쿄경시청에서 오고 있는 형사들보다 자신이 먼저 현정을 체포해서 성과를 올리겠다는 욕심을 부렸다. 그래서 경찰력을 시모이즈미에 집결시키고 현정이 빠져나가지 못하게 포위망을 친 채 여관을 집중적으로 수색했다.

─이런 머저리들.

슈이치는 이를 뽀드득 갈며 중얼거렸다. 현정을 죽일 수 있는 절호의 기회를 놓쳤다. 생각할수록 분노게이지가 치솟았고 분해서 팔짝팔짝 뛰었다. 보이는 물건을 아무거나 주워들고 마구 집어던지며 분풀이했다. 현정을 죽일 수 있는 마지막 기회였기에 아쉬움이 크게 남았다.

현정을 압송한 승합차는 한밤중이 되어서야 도쿄경시청에 도착했다. 유우키와 스즈란은 현정을 데리고 후문을 통해 몰래 청사 안으로 들어갔다.

냄새를 맡고 경시청에 기자들이 몰려들었다. 유우키와 스즈란은 그러나 용의자 검거는 아니라고 부인했다. 기자들이 믿지 않고 집요하게 캐물었지만 제보자의 신변보호조치였을 뿐이라고 끝까지 오리발을 내밀었다. 서둘러 용의자 검거를 발표하라는 윗선의 지시에도 유우키와 스즈란이 부인으로 일관한 것은 확보한 물증의 신빙성 때문이었다. 만일 용의자를 검거했다고 발표했다가 물증의 오류가 드러나 무혐의가 입증돼버리면 경찰만 망신당할 것이었다. 유우키와 스즈란은 오는 도중 휴게소에 잠시 들러 커피를 마시며 그 문제를 의논했고 확실한 자백을 받아낸 후 발표하기로 의견일치를 보았던 터였다.

─고고우치엔 왜 갔으며 오이신사에서 무엇을 했죠?

철통보안 속에서 밤새 현정의 취조가 진행됐다. 그러나 현정은 주일한국대사관 영사 면담을 요구하며 일체의 심문에 응하지 않았다.

─그동안 누구 도움으로 어디에 숨어서 지냈는지 다 말해요.

스즈란이 추궁했고,

─나는 우리 대사관에 재외국민보호를 요청하며 대사관 법률지원센터를 통해 국제기준에 맞는 방어권을 보장받고자 합니다.

현정은 같은 말만 반복하며 진술을 거부했다.

유우키와 스즈란은 현정의 소지품을 수색해서 쪽지 하나를 발견했다. '60-오이신사-11'이라고 적혀 있었는데 필적이 현정의 것과 일치했다.

-이 쪽지에 대해 설명해줘야겠는데……?

-우리 대사관 관계자가 오면 말하죠.

현정의 고집은 완고했다.

17.

아무 소득 없이 날이 밝았다. 유우키와 스즈란은 하는 수 없이 주일한국대사관에 현정의 체포사실을 통보하고 관계자부터 면회시켰다.

현정의 체포 소식을 듣고 달려온 서우석 영사는 경시청에 도착하자마자 체포에 적법절차를 거쳤는지부터 확인했다. 일본경찰은 외국인 체포에 대한 사전통지 규칙을 위반했다. 우석이 그것을 문제 삼으며 따졌고 유우키는 긴급체포라고 둘러댔다. 체포 후 즉시통보 규칙도 위반했다. 이번엔 스즈란이 해명에 나섰다. 중대한 범죄에 연루된 용의자이고 공개수배는 했지만 수사 자체는 아직 비밀리에 진행중이라 비밀누설에 대한 우려 때문이었다. 언론에서 용의자 검거로 기사를 써버리면 곤란하다는 것이었다.

−언론기사를 두려워한다는 것은 확실한 증거도 없이 무리하게 체포했다는 얘기잖아요.

우석은 일본경찰의 외국인 인권차별에 불쾌감을 표했다.

−증거는 있어요. 다만 공범 때문에 비밀을 유지하려는 것뿐이에요.

유우키가 변명했다.

ㅡ우리가 외국인 수사를 처음 해봐서 절차에 매끄럽지 못한 부분이 있었던 모양입니다. 이해하세요.

스즈란은 유감을 표하며 자세를 낮췄다.

우석은 항의는 그 정도 해두고 현정을 만나보기로 했다. 일본경찰을 너무 강하게 몰아붙였다가는 오히려 역효과를 부를 수 있기 때문이었다.

스즈란과 유우키는 우석을 특별면회실로 안내했다. 현정이 먼저 와서 기다리고 있었다.

현정은 고국 사람을 보자 마음이 약해지며 눈물이 나려 했다. 하지만 나약한 모습을 보이지 않으려 이를 악물고 참았다. 우석은 그런 그녀를 물끄러미 바라보다가,

ㅡ말썽꾼들.

하고 혼잣말인 듯이 중얼거렸다. 타국에서의 불법행위에 대한 질책이었다. 그렇지만 지금은 그것을 탓할 때가 아니었다.

ㅡ정직하게 말해야 돼요. 정말 살인한 것 아니에요?

우석이 다시 말했는데 사실관계가 명확해야 도울지 말지 판단할 수 있다는 뜻이었다.

ㅡ저에게 적용된 혐의는 조작된 물증에 의한 터무니없는 누명이에요. 제 스스로 물증이 조작됐음을 밝힐 수 있어요. 다만 일본경찰이 한국인에 대한 편견으로 공정하지 못한 처리를 할 수도 있으니 영사님께서는 그런 일이 발생하지 않는지 점검해주세요.

현정은 오랜 도피생활과 구금으로 초췌한 모습이었지만 믿는 구

석이 있는 듯 불안에 떨지는 않았다.

　―뭘 믿고 큰소리치는지는 모르겠지만 변호사를 선임해서 대응하는 게 좋지 않겠어요? 어차피 불법성매매혐의에 대한 방어도 해야 할 테니…….

　―제 힘으로 벅차다는 판단이 서면 그때 변호사를 요청할게요.

　―살인에 대한 무혐의 입증을 자신하는 건가요?

　우석의 물음에 현정은 네, 하고 짧게 대답했다.

　―그 계획을 들어보고 싶은데요.

　―제가 오이신사에 간 것은 친구가 보내주기로 한 결백증명자료를 가지러 간 거였어요. 애초 잠적한 것도 일본경찰이 사토시 살해범으로 나를 의심한다는 것을 알았기 때문이거든요.

　―그래서 결백을 증명할 자료는 확보했나요?

　―물론이죠. 곧 일본경찰 손에 그 자료가 들어가도록 조치를 취해뒀어요.

　―왜 지금이 아니고 '곧'이죠?

　우석은 지금 그것을 경찰에게 제시하고 석방되는 것이 정상이 아니냐고 묻고 있었다.

　―증거를 조작한 사람이 있어요.

　―그게 누군지 안다는 얘긴가요?

　―아직 확실하지 않아서 기다리고 있는 거예요. 저쪽에서 준비한 카드가 더 있을 거예요. 그것을 쓸 때까지 기다리면 내게 누명을 씌운 자의 정체도 드러나겠죠.

　―저쪽에서 어떻게 나오는지를 보고 나서 방어에 나서겠다는 뜻이

군요?

우석이 말했고 현정은 무겁게 고개를 끄덕였다.

―솔직히 믿음이 가지 않는군요.

―나 혼자가 아니라 친구들이 돕고 있어요.

―당신들은 불법성매매 원정으로 국가적 망신을 초래했고 몰카에 찍혀서 교민들에게도 민폐를 끼쳤어요. 당신이 친구라고 지칭하는 그 누군가와 무슨 일을 꾸미는지는 모르겠지만 더는 나라 욕 먹이는 짓은 하지 않았으면 좋겠군요.

우석은 불편한 기색이었지만 측은지심 또한 없지 않은 표정이었다.

―억울하다고 말할 자격은 없겠지만 우리도 함정에 빠진 거예요.

―범법자도 조국이 보호해야 할 교민이니 돕긴 하겠지만 무슨 함정에 어떻게 빠졌다는 건지를 구체적으로 말해야 도울 방법을 찾지 않겠어요?

―일단 지켜봐달라고 말씀드리고 싶어요. 솔직히 많이 떨리네요.

―뭐 말하기 싫다면 강요하지 않겠어요. 부탁한 일본경찰 수사상황은 지속적으로 체크하도록 하죠. 그건 그렇고……, 한국의 가족들에겐 어떻게 할까요?

―아빠가 지금 많이 힘든 상황이세요. 내가 체포됐다는 사실, 일본에서 부끄러운 돈벌이를 했다는 사실을 알게 되면 충격에 쓰러지실 거예요.

현정은 결국 꾹 참고 있던 울음을 터트리고 말았다. 슬프게 흐느끼며 가족들에게는 알리지 말아달라고 신신당부했다.

―그렇게 해줄 테니 그 점은 걱정 말아요.

우석은 말한 후 그녀 감정이 가라앉을 때까지 한참동안 기다려주었다.

―나와의 면담이 끝나면 곧바로 경찰심문이 시작될 거예요. 오늘 심문엔 내가 참관을 할 수 있도록 경찰에 양해를 구해볼게요.

우석은 현정이 눈물을 멈춘 후에도 한참을 기다렸다가 다시 말했다. 그녀는 심호흡을 크게 한 후 고개 숙여 감사를 표했다.

본격적인 심문이 시작됐다. 일단 스즈란이 심문을 진행하기로 했다. 우석은 유우키와 스즈란 양해 하에 유우키와 함께 뷰어룸에서 하프미러를 통해 심문과정을 지켜보았다.

현정은 심하게 떨렸지만 우석이 지켜보고 있다고 생각하니 다소 심리적 안정을 얻을 수 있었다. 침착하자 침착하자 마음속으로 되뇌며 심문에 응했고 스즈란의 추궁엔 혐의를 전면 부인했다. 그동안 잠적했던 것은 원정녀 몰카시리즈 관련 사토시 고소를 취하하지 않으면 살해하겠다는 괴한의 협박을 받은 데다 경찰도 사토시 살인사건을 몰카에 대한 보복살인으로 보고 고소인인 자신을 의심하는 눈치였기 때문이라고 했다.

―이현정 씨 지문이 뚜렷한 살해도구가 살해현장 1킬로미터 지점에서 발견됐는데도 계속 부인할 거예요?

스즈란은 물증을 들이밀며 추궁을 이어갔다.

―가위를 보니 피가 흐른 자국이 없고 많이 묻지도 않았더군요.

현정은 자기 지문과 사토시 혈흔이 묻은 그 가위가 자신이 사용하던 가위와 똑같이 생겼지만 그것을 집 밖으로 들고 나간 적은 없다고 진술했다. 진범이 훔쳐서 사토시의 피를 묻히고는 자기에게 누명을 씌우려 한다는 주장이었다. 말이 아주 안 되는 주장은 아니었다. 그녀 지문이 묻은 가위에 사토시의 피를 묻힌다면 간단히 물증이 조작될 것이었다.

－물증분석은 우리가 해요. 당신은 묻는 말에 대답만 하면 돼요.

유우키와 스즈란은 염려가 현실이 된 것에 곤혹스러워했다. 자신들이 염려했던 대로 현정은 물증의 모순점을 파고들었다. 그렇지만 여러 정황상 현정이 범인이 아니어서는 안 되기에 물증의 모순을 인정할 수 없었다. 그래서 물증이 담겼던 비닐봉투에 대한 의문 등은 알면서도 묵과한 채 현정을 몰아붙였다.

－방어를 못하게 한다면 나도 묵비권을 행사할 수밖에요.

－사토시가 살해된 6월 15일엔 어디서 무엇을 했죠?

스즈란은 난감한 표정을 들키지 않으려는 듯 얼른 다른 질문을 던졌다. 현정은 당시 괴한의 협박에 시달렸고 때문에 생명의 위협을 느꼈으므로 일하던 업소에 출근하지 않고 친구 집에 피해 있었다고 진술했다. 친구 누구의 어디에 있는 집인지에 대해서는 그 친구가 경찰조사에 시달릴 수 있고 자신을 협박한 괴한의 보복을 당할 염려도 있으므로 밝힐 수 없다고 했다.

－친구 누구의 집이었는지 밝히지 않으면 알리바이도 없는 거예요.

스즈란은 알리바이가 입증되지 않으면 결백도 증명되지 않는다며 말을 하라고 압박했다.

－알리바이가 없다고 반드시 살인하는 것도 아니죠.

－물증이 있는데도 거짓말할 거예요?

－조작된 물증이라니까요. 나를 해치려는 자들을 피해 내가 자취

방을 비운 사이 진범이 몰래 내 방에 들어가서 그 가위를 훔쳤을 거예요.

−당신을 해치려는 자들이 누구라는 거죠?

−사토시 고소를 취하하라고 협박한 자요. 내 핸드폰으로 전화를 걸어왔으니 통화기록을 분석해보면 알 수 있을 거예요.

−통화기록을 보니 사토시 사건이 일어나기 얼마 전부터 공중전화에서 걸려온 전화가 여러 통 있긴 하더군요. 하지만 그게 협박전화라는 걸 어떻게 알 수 있겠어요?

−목격자를 찾아봐주세요. 그놈이 사토시를 살해한 진범일 거예요.

−우린 그렇게 한가하지 않아요. 일반적으로 사람들은 협박을 받으면 그 내용을 녹음하죠. 그런데 당신은 녹음을 해두지 않은 모양이군요?

−당시엔 너무 떨리고 경황이 없어서 미처 거기까진 생각을······.

−한두 통의 협박전화를 받은 것도 아니고 하루 이틀만 협박에 시달린 게 아닌데 경황이 없었다고요? 여러 날에 걸쳐 여러 번 협박을 받았다면 그중 한 번은 녹음을 떠올렸겠죠. 단 한 차례도 녹음해둔 게 없으면서 그 말을 믿으라는 건가요?

−그땐 내가 이런 일에 휘말릴 거라고는 예상치 못했으니까요. 사토시가 누굴 시켜서 협박하나보다고 단순하게 생각했던 것이 내 실수라면 실수였겠죠.

−물증이 나온 이상 발뺌해도 소용없어요. 그동안 어디 숨어 있었는지 누구 도움을 받았으며 도피자금은 어디서 마련했는지 말해요.

−여기저기 떠돌았지만 나를 도와준 사람들에 대해서는 말할 수

없어요. 나를 숨겨줬다는 이유로 해코지를 당할 수 있으니까요. 일본 경찰은 2차 피해를 막아줄 만큼의 능력이 없잖아요.

현정의 말에는 일본경찰에 대한 비아냥거림이 들어 있었다. 스즈란은 그 말이 귀에 거슬리는 듯 인상을 찌푸렸지만 반박은 하지 않았다.

-그건 천천히 알아보면 되겠지. 그런데 오이신사엔 왜 갔어요?

-내 결백을 증명해줄 자료를 거기 가져다놓겠다는 연락을 받았거든요.

-그 자료를 건네겠다고 한 사람이 누구죠?

-그것도 말할 수 없다는 걸 아시잖아요.

-그 사람을 대지 못하면 진술의 신빙성을 인정받을 수 없어요.

-그래도 할 수 없죠. 나를 돕는 분을 위험에 빠뜨릴 수는 없으니까요.

심문이 거듭되는 동안 현정은 점차 안정을 찾아가고 있었다. 목소리도 차분해졌고 당당하기까지 했다.

스즈란은 '60-오이신사-11'이라고 적힌 쪽지가 약속장소를 적은 건지 물었고 현정은 증거자료를 건네겠다고 한 사람이 그런 문자 메시지를 보내왔다고 진술했다.

-난 그것이 '60번국도 오이신사 11시 방향'이라고 해석했어요. 그렇다면 오이신사 11시 방향에 있는 건물 영새부봉안전의 11시 방향에 안치된 위패 밑이 아닐까 짐작했죠. 하지만 내가 해석을 잘못했던 모양인지 가서 보니 그곳엔 아무것도 없더군요. 사람들 눈에 띌 것 같아서 일단 철수하고 숫자 '11'과 관련된 다른 장소를 생각해서 다

시 찾아 나서려 했는데 신사를 나서다가 경찰에 체포되고 말았어요.

－당신은 휴대폰을 소지하고 있지 않았잖아요.

－나를 도와준 사람의 휴대폰으로 보낸 문자였어요.

－그 휴대폰 소지자에 대해서도 말을 않을 건가요? 그걸 말하지 않
으면서 믿어달라고 말한다면 모순이겠죠?

－다시 말하지만 내가 결백을 증명하지 못해서 살인누명을 쓰는
경우가 발생하더라도 나를 도와준 분들에 대해 발설할 순 없어요. 비
밀을 지키겠다고 약속하고 그분들께 도움을 청했으니까요.

현정은 한사코 범행을 부인했지만 의미 있는 진술이 하나 나왔다.
스즈란은 심문을 중단하고 취조실을 나왔고 유우키를 불러서 어디
론가 사라졌다.

현정의 혐의를 입증할 유일한 물증인 가위가 증거능력을 의심받
고 있었으므로 현정의 증거물 조작 주장을 무시할 수 없었다. 가위
를 발견하고 수상한 물건이 있다고 경찰에 알려준 신고자 신원도 불
명확했기에 더욱 그랬다. 현정의 자백 없이는 기소가 어렵다는 뜻이
었다.

－이현정의 준비가 철저한 것 같으니 일단 심문을 중단하는 것이
좋겠어요. 우리 또한 치밀하게 작전을 짜서 심문을 재개해야겠다는
뜻이에요.

스즈란이 말했고,

－그 여자가 지치길 기다렸다가 심문을 재개하는 방법이 좋겠어.

유우키는 공감하며 고개를 주억거렸다.

그때부터 유우키와 스즈란은 현정을 취조실에 앉혀놓기만 하고

들어가서 심문을 진행하지 않았다. 아무것도 묻지 않고 혼자 우두커니 취조실을 지키고 있게 했다. 시간 되면 식사를 들여 주고 시간 되면 유치장으로 돌려보내 잠자게 했고 또 시간이 되면 취조실에 불러다 앉혀놓고는 들여다보지도 않았다. 그렇게 하면 현정은 머리가 복잡해지고 생각이 많아져서 판단력이 흐려질 것이고 외로움과 고독감이 밀려들면서 심경의 변화를 일으킬 것이라는 계산이었다.

현정은 이틀 동안 아무도 없는 취조실에 앉아서 혼자 시간을 보냈다.

18.

스즈란과 유우키는 서로 상의하고 형사를 지원받아서 오이신사에 급파하기로 했다. 영새부봉안전 11시 방향 위패 밑을 다시 살펴보게 하려는 것이었다. 현정이 체포된 이후에 현정의 협조자가 자료를 가져다놓았을지도 모르기 때문이었다.

스즈란의 부탁을 받은 직속상관 성범죄수사팀장 가즈키는 세이코 형사를 지원해주었다. 유우키와 스즈란은 세이코에게 오이신사 영새부봉안전 11시 방향에 아무것도 없으면 숫자 11과 관련된 신사 내의 모든 장소를 수색해달라고 부탁했다.

세이코가 오이신사를 향해 출발할 때 슈이치는 카나미라는 어떤 여자와 함께 이미 그곳에 가 있었다. 은밀히 알아본 바에 의하면, 현정은 자신의 결백을 증명할 수 있는 자료가 오이신사에 숨겨져 있어서 그것을 찾으러 갔다가 체포됐다고 주장한다는 정보였다.

슈이치는 현정이 암살당할 수도 있는 위험한 상황에서 굳이 오이신사에 나타날 이유가 없으므로 그곳에 결백증명자료가 있다는 말이 사실일 확률이 상당하다고 판단했다. 만에 하나 그것이 사실일 경우 그녀의 협조자가 아직 고고우치에 머물지도 모르고 결백증명자료 또한 그곳에 있을지도 몰랐다. 그렇다면 자신이 직접 가서 그녀의 협조자가 누군지 알아보고 결백증명자료도 빼돌려야 할 일이었다. 그래서 휴가를 내고 다급히 고고우치로 달려갔던 터였다.

세이코가 떠난 후 유우키와 스즈란은 현정의 심문을 재개했다. 이 번엔 유우키가 들어가고 스즈란은 뷰어룸에서 지켜보았다.

―사토시 몰카에 당신이 찍힌 사실은 알고 있었죠?

유우키가 물었고 현정은 예, 하고 짧게 대답했다.

―그렇다면 죽이고 싶도록 사토시가 미웠겠군요?

―물론이죠. 몰래 찍었으면 혼자 감상하며 자위나 할 것이지……
정말 비열한 작자예요. 죽어서 싼 인간쓰레기이긴 하지만 나는 죽이 지 않았고 그를 두 번 다시 만난 적도 없어요.

―이것 봐요, 이현정 씨. 정말 이렇게 비협조적으로 나올 거예요? 당신이 찍힌 몰래카메라 동영상을 촬영하고 유포한 사토시가 남근 이 잘려서 죽었어요. 왜 하필 남근이었을까요. 몰래카메라 때문에 죽 였다는 걸 강조하려는 뜻 아닌가요?

―내가 한 짓이라고 스스로 광고하고 죽였다는 건가요?

―그뿐 아니에요. 당신을 사토시에게 소개하고 사토시의 잘린 남 근을 미망인에게 배달한 것으로 추정되는 다이치마저 성기가 잘려 서 죽었어요. 이걸 우연의 일치라고 할 수는 없지 않겠어요?

―우연이라고 말한 적 없어요. 누군가가 내게 죄를 뒤집어씌우려 고 한 짓이었고 난 그 증거자료를 가지러 고고우치에 갔었다니까요.

―그렇다면 그 자료가 나왔어야 되는 것 아닌가요?

―착오가 있었던 것 같아요. 아니면 나를 협박한 자들에 의해 방해

를 받고 있는 거거나.

현정은 경찰의 관심을 자신을 협박한 자들에게 돌려보려 애쓰는 눈치였다.

—자료를 주겠다고 한 사람이 자료의 내용에 대해서도 귀띔했겠군요.

—진범을 누가 알고 있는지를 말해주는 간접 증거자료라고 했어요. 문자로는 길게 얘기하지 못하기에 그렇게만 짧게 알려왔어요.

—그 사람은 왜 굳이 암호형식으로 애매모호하게 자료가 있는 위치를 알려줬을까요?

—신분이 밝혀지는 걸 극도로 꺼리는 데다 그것을 도중에서 낚아채려는 자들이 있기 때문이에요. 내게 보낸 문자가 나를 해치려는 자들 손에 들어가면 나의 결백증명도 물거품 되니까요. 다른 사람이 문자를 보더라도 쉽게 위치를 파악하지 못하게 하려는 의도죠.

—그렇게 중요한 자료라면 직접 만나서 건네거나 믿을 수 있는 심부름꾼을 통해야 상식에 맞는 것 아닌가요?

—신분노출을 꺼린다고 했잖아요.

—정확한 위치도 모른 채 달랑 암호문만 들고 거길 갔다는 게 말이 돼요?

침묵을 지키며 현정의 진술을 주의 깊게 듣고 있던 스즈란이 마이크를 통해 끼어들며 쏘아붙였다.

—한국 속담에 '물에 빠진 사람 지푸라기라도 잡는 심정'이라는 말이 있어요. 그 심정을 안다면 내가 거기 가지 않을 수 없었다는 것도 알 수 있겠죠.

현정은 뷰어룸 쪽 유리거울을 쏘아보듯 바라보며 말했다.

—이현정 씨는 사토시가 살해된 후 잠적했고 경찰 체포조 추적을 따돌리고 도망을 쳤어요. 도망을 쳤다는 것은 뭔가 찔리는 구석이 있었기 때문 아닌가요?

역시 스즈란의 추궁이었다.

—내가 경찰에 고소한 일본인 남성이 남근이 잘려서 죽었다잖아요. 경찰이 나를 의심하면 언론은 확인도 않고 살인자로 몰아갈 것이 뻔한 상황이었어요. 그런데도 가만히 앉아서 그 꼴을 당하라고요?

—사토시에 대해 더 말해 봐요. 동영상으로 봐서는 섹스에 능숙한 편도 아니고 물건이 대단한 것도 아니라서 자랑할 것도 없던데 왜 섹스장면을 수십 편이나 몰래 촬영해서 인터넷에 뿌렸을까요?

유우키였다.

—정직하게 말하면 물건이 아닌 고추죠. 실력도 부인이 가엾다는 생각이 들 정도였고. 나머지는 평범한 남자였어요. 다른 남자들은 본전 생각에 밤새도록 집요하게 파고들거나 괴롭히는데 그는 매우 신사적이었어요. 그래서 더 의심하지 않았죠. 동영상에 나오는 그대로예요.

—이현정 씨는 발뺌하고 있지만 다이치는 몰라도 사토시만큼은 죽일 이유가 분명히 있어요. 사토시를 다시 만난 적 있죠? 몰카 문제로 할 말이 있다고 불러냈나요?

—만난 적 없어요.

현정은 앞에 마주앉은 유우키 얼굴을 똑바로 쳐다보았고 여지를 남기지 않겠다는 듯 야무지게 부인했다. 유우키는 힘겨운 표정을 지으며 양쪽 손바닥으로 얼굴을 쓸어내렸다.

19.

여자들이 해변으로 몰려들고 남자들 또한 여자들 뒤를 좇아서 해변으로 달려가는 피서철이 이어지고 있었다. 해변의 여자들은 최소한만 가렸고 남자들은 시도 때도 없이 서는 것이 있어 불편했다. 선 것은 가린 것을 뚫을 기세였고 가린 것은 뚫리지 않으려는 듯 알아서 스스로 흘러내렸다.

뜨거운 태양은 사람들로 하여금 땀을 흘리게 하고 그 땀과 함께 분비된 섹스페르몬은 이성의 후각을 자극했다. 이에 이끌린 암컷과 수컷이 서로 달라붙어 끈적거리는 땀을 섞으면 왕성한 도파민이 분비되며 황홀경에 빠져든다. 그러나 휴가는 꿈도 꾸지 못하고 무더위와 씨름하며 도시를 지키고 있는 사람들도 많았다. 유우키와 스즈란도 그들 중 하나였다.

―그럼요. 어떻게 알았는지 동료가 생일이라고 집에 초대해서 근사하게 생일상까지 차려주던 걸요. 동료들이 저녁에 생일파티도 해준다고 했어요.

―…….

―네, 그럴게요. 낳아주셔서 고맙습니다, 어머니.

유우키는 청사 구석에서 어머니와 통화 중이었다.

유우키는 스즈란과 함께 어제 밤늦게까지 현정을 취조했고 그다음엔 녹화테이프를 반복해서 돌리며 진술분석을 하느라 새벽이 돼서야 잠자리에 들 수 있었다. 그것도 사무실 구석에 놓인 간이침대에서.

날이 밝은 줄도 모르고 정신없이 자고 있는데 성범죄수사팀장 가즈키가 출근해서 스즈란과 유우키를 깨웠다. 부스스 눈을 뜨는 두 사람에게 성급히 수사상황과 진술분석 결과를 물었다. 위에서 가즈키에게 상황보고를 요구했기 때문이다.

―아직 잠도 다 깨지 않았는데……. 세수 좀 하고 올게요.

유우키는 말한 후 화장실을 향해 걸어갔다. 그 사이 스즈란은 지원팀에서 녹화 내용을 활자화시켜둔 파일을 가져다 가즈키에게 한 부 건넸고 커피를 뽑아 마시며 유우키가 돌아오길 기다렸다.

―내가 먼저 말할까요, 반장님?

정신을 차리기 위해 세수를 하고 막 돌아온 유우키에게 스즈란이 물었고 유우키는 수건으로 얼굴에 남은 물기를 훔치며 고개를 끄덕였다.

―여기 이 부분요. '60-오이신사-11'이라고 적힌 쪽지에 대한 진술 부분 말예요. 이현정은 '내게 증거자료를 건네겠다고 한 분이 그런 문자메시지를 보내왔어요. 난 그것이 60번국도 오이신사 11시 방향이라고 해석했어요'라고 진술했잖아요. 그런데 60번국도 오이신사의 숫자 '11'이 의미하는 많은 것들을 제쳐두고 굳이 '영새부봉 안전 11시 방향'을 선택한 이유를 설명하지 않고 있어요. 자기 진술

을 믿게 해야 할 입장에서 말이죠. 그곳이라고 확신할 근거가 부족한 상태에서, 숫자 11과 관련된 신사 내의 다른 여러 장소는 가보지 않고 단 한 곳 영새부봉안전 11시 방향만 가보고 빈손으로 돌아 나왔단 말이죠. 그것도 지명수배가 된 것을 알면서도 심부름꾼을 보내지 않고 자신이 직접 갔다는 거잖아요. 그건 우리로 하여금 숫자 11이 영새부봉안전 11시 방향을 의미하는 것이라고 믿게 하기 위한 거짓말이에요.

─그녀가 왜 그런 거짓말을 하고 있는 걸까?

─세이코가 갔으니 곧 무슨 연락이 오겠지만 그녀가 그곳에 간 것은 자신의 결백을 증명할 자료를 찾으러 간 것이 아니라 뭔가를 숨기러 갔을 가능성도 배제할 수 없어요.

─어떤 이유에서든 이현정이 숫자 11의 의미를 숨기고 있는 것만은 분명해요.

유우키는 스즈란에 이어 말한 후 계속해서 진술분석 결과 드러난 모순을 설명했다.

─이 부분, '내용도 모르고 정확한 위치도 모르는 채 암호만 들고 거길 갔다는 게 말이 돼요?'라고 스즈란 수사관이 묻는 질문에 한국 속담을 들먹이며 '물에 빠진 사람 지푸라기라도 잡는 심정'이었다고 대답하잖아요. 스즈란 수사관의 질문은 '근거가 매우 부족한 상태'에서 영새부봉안전 11시 방향이라고 믿은 이유를 묻는 것인데 엉뚱하게 '물에 빠진 사람 심정'을 들먹이며 빠져나간단 말이죠. 이건 여성 피의자들이 잘 이용하는 눈물작전으로, 자신을 약자로 둔갑시켜 동정심을 유발함으로써 추궁예봉을 무디게 만들려는 의도예요. 자

신의 진술에 모순이 있다는 것을 스스로 알고 있다는 뜻이죠.

　─그녀는 심문에 대비해 준비를 잘 한 것 같은데 왜 그런 모순이 발생했을까?

　가즈키가 물었다.

　─거짓말은 모순을 낳고 모순은 진실로 통하는 길을 열죠. 여기 이 부분을 보세요.

　유우키는 가즈키가 들고 있는 진술지의 한 부분을 볼펜으로 체크해주었고,

　─'이현정 씨는 사토시가 살해된 후 잠적했고 경찰 체포조의 추적을 따돌리고 도망을 쳤어요. 도망을 쳤다는 것은 뭔가 찔리는 구석이 있었기 때문 아닌가요?'라고 물었죠? 이에 이현정은 '과거에 나와 동침했던 일본인 남성이 남근이 잘려서 죽었다잖아요'라고 말하거든요. 그것은 결백증명에 자신이 없어서 도주를 택했다는 뜻이 되거든요.

　하고 설명을 이어갔다.

　─자신이 사토시 살인용의자로 지목될 것을 미리 예상했단 말이지?

　─뿐만 아니라 자신이 범인이라는 물증이 나올 것도 미리 알고 있었던 것 같아요. 그녀는 한사코 누군가에 의해 조작된 물증이라고 주장하고 있는데 자신의 결백을 증명할 자료를 자신이 아닌 다른 협조자가 준비했다고 진술하고 있거든요. 도피 중에 이미 이런 경우를 예상하고서 대응방법을 연구했다는 뜻이잖아요. 이건 오버일지 모르지만 그녀가 경찰에 체포된 것도 의도적일 가능성이 있어요.

　─의도적으로 체포되었을 가능성에 대한 근거는?

—그녀는 우리 경찰을 피해 다닌 것이 아니라 보이지 않는 누군가의 음모와 싸우고 있다고 주장하거든요. 그녀가 협조자들에 대해 함구하는 것도 우리 경찰에게 감추려는 게 아니라 자신을 협박한 자들에게 비밀로 하려는 것이라고 주장하고 있고요. 그녀의 진술을 어느 정도 믿는다면 그녀는 보이지 않는 누군가로부터 안전을 확보하기 위해 일부러 체포됐을 가능성이 있다는 얘기죠. 그러므로 숫자 11은 그녀가 지어낸 얘기일지도 몰라요.

유우키가 말했다.

—내 생각엔 그녀가 사토시를 살해한 것까진 맞는 것 같아요. 경찰 수사망이 좁혀오고 물증까지 나오자 더는 빠져나갈 구멍이 없다고 생각하고서 시간을 버는 것 같아요. 사토시 사건을 최대한 이슈화시켜서 원정녀 몰카를 제작한 사토시의 부도덕성을 부각시킴으로써 그 반대급부를 노리려는 것이겠죠. 사토시의 부도덕성이 강조되면 그녀는 피해자로서의 동정여론을 등에 업게 되겠죠. 뿐만 아니라 한국에서는 구명운동이 일어날 수도 있겠고. 그것들을 재판에서 유리하게 이용하려는 것 아닐까 싶어요.

스즈란이 이어서 말했다.

—그렇다면 다이치는 누가 죽였다는 거야?

가즈키가 물었고,

—그 또한 살해수법으로 보면 이현정이 유력하지만 다른 공범이 존재한다면 공범의 짓일 가능성도 배제할 수 없어요.

스즈란이 대답했다.

—이것이든 저것이든 분명한 것은 그 여자가 숫자 11에 대해 거짓

말을 하고 있다는 거지?

가즈키의 질문에 스즈란과 유우키는 예, 하고 동시에 대답했다.

가즈키는 이어서 전체적인 수사상황을 브리핑 받았다. 스즈란과 유우키는 수사 진행상황을 브리핑하면서 확보된 물증의 모순에 대해서도 설명했다. 그것 때문에 현정을 검거하고도 용의자 검거로 발표하지 못하고 있다는 것이었다. 하지만 현정이 모든 단서를 쥐고 있다고 확신했고 그녀가 검거된 이상 그녀의 협력자든, 아니면 그녀를 곤경에 빠뜨린 음모자든 조만간 모습을 드러낼 것이므로 사건해결도 머지않았다고 자신했다.

가즈키는 위에서도 관심 많은 사건이니 더욱 분발하라는 격려의 말을 한 후에야 유우키와 스즈란을 놓아주었다.

-뭘 먹지?

유우키는 자리에서 일어나며 아침식사부터 하자는 뜻으로 스즈란에게 물었다.

-간단하게 우동 어때요?

-그러지 뭐.

-그럼 먼저 가서 내 것까지 주문해줘요. 난 눈곱 좀 떼고 갈 테니.

스즈란은 말한 후 후닥닥 화장실을 향해 달렸다. 볼일이 몹시 급한데 참고 있었던 것이다.

스즈란이 볼일을 본 후 세수까지 하고 단골로 정한 우동집으로 향해가고 있을 때였다. 계단을 통해 청사 1층으로 내려갔는데 유우키가 아직 청사를 나가지 않고 저쪽 구석에서 누군가와 통화를 하고 있었다. 들려오는 통화내용으로 봐서는 어머니와 통화 중이고 오늘이 생일인 듯했다.

—오늘이 생일이었어? 어머니는 아들이 생일날 굶고 다닐까봐 걱정이 많으신 모양이네.

스즈란은 혼자 중얼거렸다. 어머니가 안타까워할까봐 지어낸 거짓말로 안심을 시키고 있는 그의 모습을 보니 안쓰러웠고 한편으로는 마음 찡했다.

유우키가 통화를 끝내고 돌아섰다. 스즈란은 아무것도 모르는 척 다가갔고 우동집을 향해 나란히 걸었다. 그때 스즈란 휴대폰으로 세이코의 전화가 걸려왔다. 영새부봉안전 11시 방향에 놓인 위패들 밑을 샅샅이 살펴봤고 숫자 11과 관련된 모든 것들을 살펴봤지만 아무것도 나오지 않았다는 것이었다.

—위패 중에 한국인이 싫어하는 A급 전범이 합사됐는지도 알아봤는데, 그런 것도 없었어요.

세이코는 현정이 한국인이므로 반일감정이 개입된 사건이 아닐까라는 생각까지 했던 모양이었다. 스즈란은 알았다고 하고 전화를 끊었다.

—이럴 게 아니라 우리가 직접 오이신사에 가봐야 할 것 같지 않아요?

걸어가면서 스즈란이 말했다. 오이신사 앞에서 현정을 체포했을 때 신사에서 무엇을 하고 나왔느냐는 스즈란의 질문에 현정은 아무 대답도 하지 않았다. 그렇지만 신사 경내의 CCTV 녹화영상을 통해 현정이 영새부봉안전에 들어갔다 나온 것을 확인할 수 있었다.

그때 유우키는 현정을 호송차에 태워 스즈란에게 맡겨두고 영새부봉안전 내부를 수색했다. 그러나 아무것도 발견할 수 없었다. 그렇지만 현정의 지어낸 거짓말로 치부하고 넘어가기엔 뭔가 개운치 않았다.

영새부봉안전 11시 방향은 나중에 심문 과정에서, 현정이 소지하고 있던 메모지의 '60-오이신사-11' 내용을 추궁하던 중에 나온 말이었다. 60번 국도를 따라가면 오이신사가 나오므로 60과 오이신사 부분은 해결됐다. 나머지 숫자 11이 문제였는데 진술분석에서는 현정이 숫자 11과 관련해 거짓진술을 한 것으로 드러났다. 또 다른 장소를 가리키고 있을 것이라는 게 스즈란의 생각이었다.

유우키는 오이신사에 직접 가보자는 스즈란의 제안이 이유 있다고 생각했고 기꺼이 동의했다. 스즈란은 즉시 세이코에게 전화했고 수고했으며 이제 그만 귀환해도 좋다고 말했다. 자존심이 상할까봐 자신들이 직접 가겠다는 말은 하지 않았다.

세이코가 스즈란과 통화할 때 가까운 곳에서 경치를 감상하는 척하며 귀를 쫑긋 세우고 통화내용을 엿듣는 여자가 있었다. 그녀는 세이코가 통화를 끝내고 차에 오르는 것까지 지켜본 후 어디론가 걸어갔다. 슈이치와 함께 온 카나미였다.

슈이치는 카나미로부터 세이코가 아무것도 찾지 못하고 철수했다는 애기를 듣고 안도했다. 경찰이 다시 와서 수색하고도 아무것도 찾지 못했다면 결백증명자료 따위는 없다는 이야기가 된다. 그는 현정의 거짓말에 경찰이 놀아나고 있다는 결론을 내렸고 자기도 그만 도쿄로 돌아가기로 결정했다.

유우키와 스즈란은 우동으로 아침식사를 한 후 청사 주차장으로 돌아왔고 유우키의 차에 올라앉았다. 유우키가 운전대를 잡았다.

　-유우키, 신토메이 고속도로를 타고 갈 거죠? 가다가 경치 좋은 곳에 모텔이 보이거든 들러요.

　스즈란은 피곤한 듯 의자에 몸을 깊이 묻으며 말했다.

　-그래, 나도 잠을 충분히 못 잤더니 머리가 무겁고 눈이 아파. 가다가 잠깐 쉬고 가자고.

　유우키는 차 시동을 걸었고 안전벨트를 매며 출발했다.

　-생일이라고 왜 말 안 했어요?

　스즈란은 졸리는 모양인지 눈을 감고 말했다.

　-들었어? 바쁜데 생일은 무슨…….

　-생일선물을 준비했어요. 그러니 방은 하나만 잡아요.

　스즈란이 말했는데 유우키는 깜짝 놀라는 표정을 지으며 그녀를 돌아보았다. 그 말의 의미를 알기에 얼굴에 환한 미소를 머금었고 주먹을 불끈 쥐며 마음속으로 쾌재를 불렀다. 피로가 싹 가시며 정신이 맑아지는 듯했다.

　유우키는 신토메이 고속도로를 따라 달리다가 신후지 톨게이트를 빠져나갔고 후지강변의 모텔 주차장에 차를 댔다. 보조석에 구겨지듯 웅크리고 잠든 스즈란을 깨웠는데 그녀는 모텔임을 확인하고는 벌떡 몸을 일으켰다.

　-아직 이른데 오전에도 손님을 받나?

　그녀는 차에서 내리며 중얼거렸다. 자신이 앞장서서 모텔로 들어섰고,

　-잠깐 쉬어갈 수 있을까요?

카운터에 사람이 있는 것을 확인하고는 물었다.

-307호로 가세요.

카운터의 사람은 대답 대신 열쇠를 내밀었다. 그녀는 자신의 카드로 요금을 치렀고 유우키 팔짱을 끼고는 엘리베이터를 타고 룸을 찾아 올라갔다. 유우키는 그렇듯 적극적인 그녀가 낯설었지만 싫지 않았다.

스즈란과 유우키는 현정을 검거하고도 아무 소득이 없어서 바짝 약이 올라 있었다. 자존심에 큰 상처를 입은 것이다. 둘은 구겨질 대로 구겨진 자존심을 펴기라도 하려는 듯 모텔 침대 위에 포개져서 서로의 살을 다듬질했다. 그 자세를 유지한 채 침대에 수사 자료를 펼쳐놓고 섹스 겸 회의를 했다.

-이현정이 이상한 암호문 같은 걸로 우리를 오이신사로 유인하고 있는 느낌이야.

유우키가 스즈란 위에 엎드려뻗쳐 자세를 하고서 그녀 얼굴을 내려다보며 말했는데, 그것을 알면서도 말려든다는 건 어리석은 짓 아닐까라는 뉘앙스였다. 자신이 섹스 중임을 잊지 않으려는 듯 말하는 사이사이 허리에 반동을 주었다.

-낚시를 하겠다면 기꺼이 미끼를 물어줘야죠. 우린 낚시꾼 얼굴을 확인하고 싶은 물고기니까요.

-이현정이 어떤 목적을 가지고 의도적으로 고고우치를 택해서 체포됐다는 생각인 거지?

-나는 그렇게 생각해요. 이현정은 도대체 우리에게 뭘 보여주려

는 걸까요? 유우키, 세게 좀 해봐요.

스즈란은 한 손에 자료를 들고 들여다보며 말했다. 유우키가 세고 빠르게 허리를 움직였고 그녀는 잠시 눈을 감고 느낌을 즐겼다.

—우리를 농락하며 시간을 벌어보자는 수작일 가능성도 배제할 수는 없겠지.

유우키는 하던 행동을 멈추고 가쁜 숨을 몰아쉬며 말했다.

—의도적으로 시간을 끄는 느낌은 있지만 '왜?'인지 감을 못 잡겠어요. 틀림없이 어떤 노림수가 있어서 시간을 끄는 것 같은데 말이죠.

—이현정의 태도로 봐서는 '60-오이신사-11'이 가리키는 어떤 장소에 뭔가가 숨겨져 있는 건 분명한 것 같은데…… 그게 뭘까?

—유우키, 할 건 해가면서 말해야죠.

스즈란은 유우키의 펌핑이 멈춘 것을 알고 자기 몸을 흔들며 말했다.

—발기가 죽어버렸어.

유우키는 난감한 표정으로 스즈란을 내려다보고 있었다.

—뭐야. 정말 오래 굶주린 것 맞아요?

—여자의 야한 신음소리가 아닌 업무용 멘트를 듣고 있는데 발기가 유지되겠어?

—유우키, 줘도 못 갖는 거예요?

—생일선물이 딴짓을 하고 있으니 그렇지.

유우키는 스즈란 손에 들린 자료를 빼앗아 침대 위에 내려놓았고 그녀 손을 끌어다 자신의 가슴에 얹으며 말했다. 잠깐이나마 수사는 잊고 섹스에 집중하자는 뜻이었다. 그녀는 그의 가슴을 부드럽게 쓰다듬으며 야한 미소를 머금었다.

　－당신은 깨물어주고 싶도록 귀여워.

　스즈란이 유우키의 하체 쪽으로 얼굴을 가져가며 말했다. 순간 유우키는 스즈란의 이마에 손바닥을 가져다대고 세게 밀쳤다.

　－왜 그래요?

　스즈란이 어리둥절한 표정으로 유우키를 쳐다보았다.

　－자기가 그 말을 하는 바람에 사토시와 다이치가 떠올라서. 하필 그 순간에 그 말을 할 게 뭐람.

　유우키는 자신의 돌발행동에 자신도 놀란 듯 당혹스러운 표정이었다.

20.

유우키와 스즈란은 고고우치에 도착하자마자 11번지, 오이신사에서 11시 방면, 60번 도로에서 오이신사로 향하는 길 열한 번째 집을 살펴보았는데 의미 있는 것을 발견하진 못했다. 오이신사에서 가까운 열한 가구를 수색한다거나 11미터 떨어진 곳을 살펴보았고 오이신사에 안치된 위패 중에서 11개의 글자를 추출하여 관련성을 찾아보는 등 숫자 11로 할 수 있는 모든 것을 해보았다. 그러나 아무것도 나오지 않았다.

－더 해볼 게 없을까요?

오이신사 주차장에서 스즈란은 절망적인 표정으로 물었고,

－오이신사에서 11킬로미터 떨어진 지점은 어떨까?

유우키가 말했다.

－맞아, 그것도 해봐요.

스즈란은 다시 힘을 내며 밝은 모습을 되찾았고 냉큼 차에 올라앉았다.

유우키는 차를 몰고 오이신사 앞에서 시작해 안부시산 방면 산악도로를 달리며 거리를 쟀다. 고불고불한 산고개를 계속 달려 11킬로

미터 지점에 차를 멈추었고 차에서 내렸다. 그러나 그곳엔 아무것도 없었다. 산으로 오르는 길이나 골짜기로 내려가는 길도 없고 양쪽이 모두 산일뿐이었다. 도로 양쪽 옆으로 흩어져서 주변을 살폈지만 이상한 점을 찾진 못했다.

–유우키, 혹시 이현정이 고의로 순서를 바꾸어서 메모했던 건 아닐까요?

스즈란은 그래도 희망의 끈을 놓지 않고 말했다.

–무슨 뜻이야?

–'60–오이신사–11'이 아니라 '오이신사–60–11'이 아닐까라는 말이죠.

스즈란이 말했고,

–충분히 가능한 얘기지.

유우키는 바로 그것이라는 듯 눈을 크게 떴다. 단순한 순서의 바뀜이지만 그것은 전혀 다른 의미가 될 수 있었다. 즉 '60번 도로를 따라가서 오이신사의 11'이 아닌 '오이신사에서 60번 도로를 따라가서 11'이라는 뜻으로 풀이될 수 있기 때문이다.

–빨리 차에 타.

유우키는 말한 후 급히 운전석에 올라앉았다. 스즈란이 차에 올라앉자마자 거칠게 차를 돌렸다. 오이신사 방면으로 되돌아가면서, 현정이 생각보다 영악해서 그녀의 고도의 술수에 말려들었던 것 같다며 혀를 내둘렀다.

유우키는 오이신사 앞에서 잠시 차를 멈추었고 미터기를 조작해서 0이 되도록 했다. 거기서부터 새롭게 차를 출발시켜 60번 도로 북

쪽으로 11킬로미터 되는 지점에 가서 멈추었다. 둘은 갓길에 차를 대고 내렸고 주변을 살폈다. 그곳 또한 산기슭을 따라가는 도로일 뿐이라서 별다른 것이 있을 것 같지는 않았다.

여름의 긴 해였지만 얼마 후면 어둑어둑해질 것이고 그러면 수색이 힘들어질 터였다. 유우키와 스즈란은 서둘렀고 도로변 남북으로 흩어져서 훑었다.

도로 아래쪽은 완만한 비탈의 울창한 숲을 이룬 야산이었고 위쪽은 울퉁불퉁한 돌이 노출된 가파른 절개지였다. 도로 위쪽으로는 사람이 오를 만한 길이 보이지 않았다. 유우키와 스즈란은 도로 아래쪽을 집중적으로 살폈다. 그런데 얼마 지나지 않아서 유우키가 스즈란을 부르는 소리가 들렸다.

─스즈란, 빨리 이리 와봐. 여기야, 여기!

스즈란은 유우키의 다급한 목소리를 듣고 소리가 들리는 곳으로 황망히 달려갔다.

유우키는 다가오는 스즈란에게 도로 아래쪽 산비탈을 손가락질해 보였다. 스즈란은 유우키 손가락이 가리키는 곳을 보았다. 거기 사람이 움직인 흔적이 남아 있었다. 나뭇가지가 부러져 있었고 빗물에 씻기긴 했어도 사람 발자국이 선명히 남아 있었다. 신발 크기로 볼 때 남자 같았다. 그러나 남자라고 단정할 수 없는 것이, 여자가 남자 장화를 신고 움직였을 수도 있었다.

─발자국은 발가락 쪽에 힘이 주어진 것과 뒤꿈치에 힘이 더 들어간 것이 동시에 나 있는데 자세히 보면 발가락 쪽에 힘이 주어진 것이 위에 찍혀 있어. 경사진 비탈임을 감안한다면 숲에서 나왔다가 들

어간 것이 아니라 숲으로 들어갔다가 나왔다는 뜻이야. 그렇다면 저 아래에 가서 무슨 일인가를 하고 돌아 나왔다는 뜻이잖아?

유우키는 발자국을 살펴보며 말했다. 오이신사에서 60번 도로를 따라가서 11킬로미터 지점이고 숲에 들어갔다가 나온 흔적이 있으므로 누가 무슨 목적으로 들어갔다가 나왔는지 알아볼 필요가 있지 않겠느냐는 말이었다.

—나뭇가지와 풀이 부러진 방향도 두 방향이에요. 들어가면서 부러뜨린 것과 나오면서 부러뜨린 것.

스즈란도 유우키의 의견에 공감하는 뜻에서 고개를 주억거리며 말했다.

유우키와 스즈란은 일단 흔적을 따라가 보기로 했다. 도로변이긴 하지만 이런 야산에 사람이 드나들 이유는 많지 않았다. 물론 약초꾼이나 나물꾼 사냥꾼이 드나들었을 가능성도 있지만 오이신사에서 정확히 11킬로미터 떨어진 지점이기에 다른 가능성도 충분히 의심해볼 수 있었다.

유우키는 차로 돌아가서 야전삽을 꺼내들고 왔다.

—발자국을 건드리지 말고 따라가 보자고. 내가 앞장설게.

유우키가 길을 열며 먼저 비탈로 들어섰다.

—내 손을 잡아.

유우키가 비탈 위의 스즈란을 돌아보며 다시 말했고 손을 내밀었지만,

—내 걱정 말고 가시에 눈 찔리지 않게 당신 앞이나 잘 봐요.

스즈란은 유우키의 손을 잡지 않았다. 유우키는 스즈란이 '당신'이

라고 불러줘서 기분이 좋았고 그래서 그녀를 돌아보며 다정한 미소를 머금었다.

　－발자국이 저쪽으로 갔어. 우리도 저쪽으로 가야할 것 같은데…….

　유우키는 앞쪽의 무성한 풀숲을 바라보며 말했다. 발자국을 따라가려면 방향을 바꾸어야 하고 그러려면 풀밭으로 들어서야 하는데 뱀이 걱정이었다. 뱀을 쫓기 위해 나뭇가지 하나를 부러뜨려서 손에 쥐었고 나뭇가지로 풀숲을 헤치며 조심조심 앞으로 나아갔다.

　스즈란은 뱀이라면 질색이었다. 유우키에게 업어달라고 말하고 싶었지만 나약한 모습을 보이지 않으려 애써 두려움을 참았고 유우키의 발자국을 따라 걸었다. 풀벌레들의 움직임에 풀밭에서 작은 움직임만 느껴져도 등골이 오싹하고 소름이 끼쳤지만 비명을 지르지 않기 위해 이를 악물었다. 풀밭에 놓인 나뭇가지를 밟았을 땐 밟힌 나뭇가지가 휘면서 옆의 풀들을 흔들었다. 스즈란은 뱀을 밟은 줄 알고 소스라치게 놀랐지만 이내 나뭇가지를 확인하고는 크게 안도했다. 그러나 식은땀이 흘렀고 오줌까지 지렸다.

　무사히 풀밭을 지나고 소나무 숲에 들어섰다. 솔갈비가 쌓인 숲은 풀밭만큼 위험하진 않았다. 스즈란은 비로소 안심하며 앞에 걸어가고 있는 유우키를 바라보았다. 시골출신인 유우키는 숲을 잘 알아서 여유가 있었다. 다행히 스즈란이 오줌까지 지렸다는 사실은 눈치채지 못한 듯했다. 스즈란은 자신의 나약함을 그에게 들키지 않은 것에 안도했다.

　그들이 산비탈을 따라 50미터가량 내려갔을 때였다. 빗물과 지반

침하가 만들어낸 가파른 구릉이 나타났다. 땅이 꺼지면서 거기 섰던 큰 나무들이 여러 그루 쓰러져서 구릉 아래로 거꾸로 쓰러져 있었다. 유우키는 스즈란을 구릉 위에 남겨둔 채 걸쳐진 나무를 타고 혼자서 아래로 내려갔다.

구릉 아래쪽엔 절개지에서 계속 흘러내리는 흙이 쌓여가고 있었다. 그중 일부 불룩한 흙더미가 수상했다. 인위적으로 쌓은 것 같았는데 주변에 삽자국과 발자국 등이 일부 남아 있었다.

유우키는 훼손된 인체가 묻히지 않았길 바라며 야전삽으로 조심스럽게 흙더미를 헤쳐보았다. 얼마 파지 않았는데 플라스틱 상자로 보이는 것의 윗부분이 드러났다. 위에 덮인 흙을 걷어냈고 상자를 들어올렸다. 흙더미 위에 올려놓고 긴장하며 뚜껑을 열었는데 투명한 비닐팩에 견고하게 싸인 두 종류의 것이 들어 있었다. 하나는 인체의 일부분이었고 다른 하나는 USB메모리였다.

─찾았어!

유우키는 상자를 들어 구릉 위에 서 있는 스즈란에게 보여주며 소리쳤다. 드디어 해냈다는 자신감 가득한 얼굴이었다. 스즈란 또한 범죄자의 잔머리를 정복했다는 자신감에 주먹을 불끈 쥐며 야호! 하고 탄성을 질렀고 유우키에게 잘했다는 칭찬으로 박수를 보냈다.

스즈란과 유우키는 상자를 들고 차로 돌아갔다. 숲 앞쪽에 폴리스라인을 쳤고 현지경찰에게 현장보존 경력지원을 요청했다. 그러고는 도쿄경시청 감식반에 연락하여 현장출동을 요청했다.

어느 듯 어둠이 내려앉고 있었다. 유우키와 스즈란은 차 안에 앉아서 현지경찰이 도착하기를 기다렸다. 통행량이 많지 않은 도로였다.

스즈란은 차가 지나가지 않을 때 유우키를 끌어안고 진한 키스를 했고,

　－이건 상자를 찾아낸 것에 대한 칭찬이에요.

　하고 말했다.

　－다이치 성기겠지?

　유우키는 아니면 어쩌나 걱정하는 투로 말했다.

　－당연히 그럴 거예요. 그런데 USB메모리에는 뭐가 들었을까? 정말 궁금하네. 만일 이현정의 주장대로 그녀 결백을 증명하는 자료면 수사가 더 꼬일 수도 있겠죠?

　스즈란은 만일 그렇게 되면 여태까지 현정을 범인으로 단정하고 진행해온 모든 수사가 헛수고되고 원점에서 다시 시작해야 한다는 점을 걱정했다.

　유우키는 그렇지 않길 바라야겠지만 그렇더라도 수사가 더 꼬이진 않을 것이라고 예상했다. 찾아낸 것이 무엇을 말해 줄진 모르겠지만 어떤 경우라도 진실을 향해 진일보하게 될 것만은 분명하다고 했다. 경찰은, 특히 생명이 희생된 살인사건을 다루는 형사는 실적보다 진실을 추구해야 하므로 찾아낸 것이 자신들의 기대를 저버리더라도 결과적으로 수고를 더 하게 되는 것일 뿐 수사의 후퇴는 아니라는 것이다.

2부

다리 사이의 죽음

1.

화면에는 시커멓게 부패된 남근을 찍은 영상이 흐르고 있었다. 감식반은 유우키와 스즈란이 찾아낸 상자 안에 든 인체부위가 DNA검사 결과, 다이치의 사라진 성기로 확인됐다고 설명했다. 다이치의 성기가 마침내 행방을 드러내는 순간이었다.

─특이한 점은 그것이 비닐팩에 담긴 시기와 상자가 땅에 묻힌 시기에 현격한 차이가 난다는 점이에요.

감식반은 다이치 살해범이 시신에서 성기를 잘라낸 후 비닐팩에 보관하다가 상당시일이 흐른 최근에야 상자에 담아서 땅에 묻었다고 했다. 성기의 심한 부패 정도를 볼 때 실온에서 오랜 기간 보관했을 것이며 그것이 담겼던 플라스틱 상자에 벌레가 생긴 흔적이 발견되지 않았다는 것은 최근에야 성기가 상자에 넣어진 정황이라고 했다. 상자가 아무리 견고해도 인체가 들어서 썩고 있으면 주변에 벌레가 들끓기 마련이었다. 부패하는 냄새를 맡고 벌레들이 몰려들기 때문이다. 그런데 상자엔 벌레 분비물이나 배설물 등의 흔적이 발견되지 않았다.

─소금에 절여져 보관된 흔적은 발견되지 않았나요?

유우키가 물었다.

―전혀요.

감식반 대답에 유우키는 의아한 표정을 지었다.

―동일범의 소행이 아닐 가능성도 있겠어.

유우키가 스즈란에게 속삭였다. 사토시의 성기는 소금에 절여져 있었기 때문이다. 성기 보관 방법에 차이가 있으므로 사토시 살해범과 다이치 살해범은 동일인이 아닐지도 몰랐다.

스즈란은 유우키 말에 이렇다 할 반응을 보이지 않은 채,

―이현정 주장대로라면 그것이 그녀 결백을 증명해줄 자료여야 하는데 그럴 만한 뭔가가 보이던가요?

하고 감식반장에게 물었다.

―상자에 함께 들어 있던 USB메모리는 견고하게 랩에 싸고 팩에 넣어서 습기가 스며들지 않도록 해두었더군요. 땅에 묻어도 내용이 보존되게 하려는 것이죠. 그런데 그것을 넣은 사람은 우리가 너무 빨리 그 내용을 확인하는 걸 원하지 않았던 것 같아요. 약간의 시간이 필요했던 모양인지 파일에 암호를 걸어두었더라고요. 암호를 풀어봐야 그 질문에 대한 정확한 답변을 할 수 있을 거예요.

감식반장은 암호가 풀릴 때까지 기다려달라고 말했다.

―그렇다면 상자를 묻은 정확한 시점이 언제인가요?

영상화면이 바뀌며 현장에 남겨진 발자국 사진이 올라왔다.

―발자국이 빗물에 씻긴 정도, 상자에 빗물이 스민 정도 등 모든 상황을 종합해볼 때 그 시기는 지금으로부터 7일에서 5일 전의 어느 날로 보여요. 발자국이 빗물에 씻긴 것은 한 번이었는데 고고우치 지

역에는 4일 전에 비가 내렸으며 8일 전에도 비가 내렸기 때문이에요. 발자국이 8일 전의 비는 맞지 않았으나 4일 전의 비는 맞았거든요. 부러진 나뭇가지에서 흘러나온 진액의 건조 상태와 나무의 자연 치유력으로 추출한 추정치는 보다 정확할 수 있는데…… 5일 전인 것으로 나왔어요.

감식반의 설명을 들으며 유우키는,

―그렇다면 이현정 자작극은 아니잖아.

하고 스즈란에게 속삭였다. 상자가 묻힌 시점에 현정은 유치장에 갇혀 있었기 때문이다. 스즈란 또한 같은 생각이라며 고개를 주억거렸다.

감식반은 상자 무게와 삽의 무게 등을 더해서 상자를 묻은 사람 발자국으로 추산해보면 키 165가량에 몸무게 55킬로그램 전후의 남성으로 추정된다고 했다. 여성이 아닌 남성으로 추정하는 근거는 남성화 족적과 나뭇가지가 부러질 때 가해진 순간적 충격이라고 했다. 여성의 몸으로 밀어서는 휘기만 해야 할 나뭇가지마저 부러져 있었다는 것이다. 여성이었으면 소심하게 헤쳤을 숲을 조심성 없이 거칠게 치고 나갔다는 뜻이었다.

감식반의 브리핑이 끝난 후 스즈란과 유우키는 현정을 심문하기 위해 취조실로 향했다. 둘은 약간 흥분된 상태였다. 현정이 작성한 메모지 내용과 일치하는 지점에서 다이치의 성기가 나왔다. 그렇다면 이제는 현정의 입에 기대를 걸어봐도 되지 않을까. 그녀 입으로도 자신의 결백을 증명할 자료라고 말했으니 상자 안 내용물에 대해 어떤 식으로든 입을 열 것으로 예상했다.

–왜 메모지의 숫자 11에 대해 거짓말했어. 그건 오이신사 11시 방향이 아니었잖아. 숫자 '60'을 맨 앞에 적어서 우릴 혼란에 빠뜨린 건 의도적이었던 거야. 그렇지?

유우키는 자료를 봐가며 현정을 심문했다. 외국인에게 공손하던 태도도 바뀌어서 매우 거칠었다.

–있는 그대로 말했을 뿐이에요.

현정은 당황하지 않았고 기죽지 않고 당당했다.

–우리가 다 밝혀냈으니 거짓말하지 말고 솔직히 말해.

–뭘 밝혀냈다는 거죠?

–오이신사에서 60번 도로를 따라 정확히 11킬로미터 간 지점에서 다이치의 사라졌던 성기가 발견됐어. 다이치 성기가 어째서 너의 결백을 증명할 자료라는 거지?

–그러게요. 나도 그 점이 이해가 되지 않는군요. 내게 결백증명자료를 준다던 사람이 결백을 증명해준 게 아니라 오히려 나를 다이치까지 죽인 범인으로 몰려는 것 같으니 말예요.

현정은 곤혹스러워하며 울상을 지었다. 거짓으로 쇼를 하는 건지 진짜 곤혹스러운 건지 구분이 가지 않았다.

바로 그때였다. 특별수사본부로 한 건의 신고가 들어왔다. 다이치의 원룸을 수리하던 수리공이 신발장 뒤에서 커터칼을 발견했는데 마른 피가 묻어 있다는 것이었다. 스즈란은 즉시 출동해서 커터칼을 수거했다. 감식결과, 피는 다이치의 것이었고 이번에도 칼 손잡이에서 현정의 지문이 나왔다.

그토록 애타게 찾던 두 번째 살인의 직접적 증거물이 나왔다. 수십 번 다이치의 방을 수색하고 금속탐지기까지 동원하고도 못 찾았던 칼이 어떻게 신발장 뒤에서 발견될 수 있었을까. 당시 수색했던 경찰이 신발장을 들어내고 뒤와 밑까지 샅샅이 뒤졌는데 말이다.

스즈란은 현정을 취조실로 불러냈고 다이치가 살해된 7월 5일의 이미 확인한 알리바이를 재차 물었다.

—히타치시에 있는 게스트하우스에서 잤어요.

현정의 답변은 바뀌지 않았다. 그녀가 투숙했다는 게스트하우스 주인은 그녀를 기억하고 있었고 그녀 말이 다 맞는다고 확인해주었다. 그러나 자는 척하고 몰래 빠져나가서 도쿄에 다녀오기에 충분한 거리였다.

스즈란은 증거물을 내보이며 그 칼을 기억하는지 물었다. 현정은 칼을 자세히 살펴보았다. 학교에서 사용하던 칼 같은데 그것이라면 사물함에 들어 있었을 것이다. 휴학하면서 사물함을 비우지 않았는데 누군가가 훔쳐가서 증거물로 조작한 것이 아닐까 싶었고 그래서 그렇게 말했다.

—다이치 피만 묻히면 조작은 간단하잖아요?

현정은 다이치 살해 당시엔 없던 증거물이 이제야 나타난 것만 봐도 조작이 분명하다고 주장했다.

—또 조작설인가요?

—그 칼로 성기를 잘랐다면 피가 칼날에만 묻었을까요? 또 내가 범인이라면 멍청하게 내 지문이 묻은 범행도구를 범행현장에 버렸을까요?

현정이 반박했고 스즈란은 할 말을 잃고 머쓱해서 얼굴을 붉혔다.

혈흔은 칼날에만 있고 손잡이엔 없었다. 시약검사에서도 손잡이 쪽에선 혈흔반응이 전혀 나타나지 않았다. 성기 자른 칼날 혹은 다이치 피를 묻힌 칼날을 현정의 지문이 묻은 칼집에 갈아 끼웠을 수도 있다는 뜻이었다.

스즈란은 현정이 다녔던 대학교 사물함의 CCTV를 확인하려 했지만 CCTV는 출입구에만 설치돼 있고 사물함을 직접 비추는 것은 없었다.

진실은 어디에 숨죽인 채 숨어있는 것일까.

2.

  유우키와 스즈란이 학수고대 기다리던, 다이치 성기와 함께 발견된 USB메모리의 파일 암호가 마침내 풀렸다. USB메모리에는 음성파일 하나와 동영상파일 하나, 이렇게 두 개의 파일이 들어 있었다. 유우키와 스즈란은 보안에 신경 쓰면서 취조실에서 동영상파일부터 열어보았다. 그런데 내용이 사뭇 충격적이었다.

  ―내 아들이 한국여자들에게 그런 짓을 했다는 게 믿기지 않아요. 피해여성들에게 조금이나마 위로가 된다면 이 몸은 얼마든지 '한국남자'에게 바치겠어요.

  말하고 있는 여자 얼굴을 유우키가 알아보았다. 의외이긴 하지만 다이치 엄마인 건 확실했다. 얼굴만 닮은 게 아니라 목소리까지 같았다.

  ―나는 '우리 한국의 딸들'을 대신해 개 같은 자식을 낳은 그 어미에게 사과 받으러 왔어요. 준비됐으면 이리 가까이 와요.

  무릎 아래 다리만 살짝살짝 카메라에 잡힌, 한국인으로 추정되는 어떤 남자가 말했다. 다이치 엄마는 그 사람 앞에 벌거벗고 서 있었는데 차마 말로 표현할 수 없는 수치스러운 모습을 하고 있었다.

남자가 카메라를 들고 있었고 다이치 엄마는 남자가 지시하는 대로 쭈뼛쭈뼛 행동했다. 춤을 추라고 하면 벌거벗은 몸으로 춤을 추었고 무릎을 꿇으라고 하면 무릎을 꿇었다. 남자의 그것을 두 손으로 소중히 받들며 고개 숙여 예를 갖추기도 했다.

동영상은 다이치 엄마가 어떤 남성의 요구에 성적으로 굴종하는, 수치스럽기만 한 것이 아니라 치욕적인 내용이었다. 중년의 일본여성이 젊은 한국인 남성에게 능욕을 당한다는 설정인 듯했다. 그것을 본 일본인이라면 누구나 일본여성을 능멸한 한국남성에게 치를 떨며 분개할 것이었다. 한국남성을 저주할 것이며 한국인에게 복수하고 싶을 게 뻔했다.

—저 동영상이 이현정의 결백과 무슨 상관이 있다는 것일까?

동영상이 끝난 후 유우키가 스즈란을 돌아보며 물었다.

—다이치 엄마가 다이치의 죄를 대신 뉘우친다는 의미에서 한국남자에게 몸을 바치는 장면이잖아요. 그렇다면 다이치 살인사건은 다이치가 저지른 죄 때문에 일어났다는 뜻 아니겠어요? 그러므로 저 동영상은 이현정의 결백과 무관하고 오히려 그녀가 범인이라고 지목하고 있어요. 살인 혹은 살인교사.

—일본어를 유창하게 잘하는 한국남자에게 협박을 받은 모양인데, 저런 걸 찍혔으면서 내가 갔을 땐 왜 말을 안 했을까? 그러고보니 다이치 엄마는 바람이 난 게 아니라 저놈 협박에 굴복해서 성을 바친 모양이군. 그렇다면 위조번호판을 단 스즈키 웨건R이……?

유우키는 아차, 큰 단서를 놓쳤구나 싶었다. 그때 우오누마에 다시 가서 다이치 엄마를 감시했더라면 동영상 속 그 남자를 검거할 수 있었을 것이고 더 많은 뭔가를 캐낼 수 있었을 것이라는 아쉬움이었다.

　―다이치가 사토시에게 한국여자들을 소개해서 몰카에 찍히게 만들었다는 이유만으로 다이치 엄마가 저렇듯 벌벌 떠는 건 좀 이상하지 않아요?

　스즈란이 말했는데, 다이치가 한국여자들을 상대로 또 다른 죄를 저질렀던 건 아닐까라는 뜻이었다. 유우키는 다시 한 번 동영상을 재생시키며 살펴보았다. 하지만 거기에 대한 단서는 나오지 않았다.

　―음성파일을 열어보죠. 거기에 그 답이 들어있을지도 모르니.

　스즈란이 말했고 유우키는 고개를 끄덕이며 음성파일을 클릭했다.

　―네 엄마가 발가벗고 다리를 활짝 벌린 채 나의 그것을 애타게 기다리는 사진을 보니 기분이 어때? 그 동영상이 세상에 뿌려지길 바라나? 그걸 원하지 않는다면 내가 보낸 사토시의 그것을 그놈 마누라에게 가져다 줘.

　어떤 남자의 협박 목소리였고,

　―네놈이 이런 짓을 하고도 살 수 있을 것 같아? 네놈이 누군지를 밝히는 건 아주 간단하다는 걸 잘 알 텐데?

　놀랍게도 죽은 다이치의 목소리였다. 물론 유우키와 스즈란이 다이치 목소리를 알아들은 건 아니었다. 대화 도중 '다이치'라고 부르는 협박범의 목소리가 들어 있었기에 알 수 있었다. 아마도 다이치가 복수에 쓰려고 전화통화를 녹음했을 것이다.

　―잠깐 멈춰보세요.

　스즈란이 요구했고 유우키는 일단멈춤 버튼을 눌렀다.

　―다이치를 협박한 자 목소리가 다이치 엄마를 농락한 자 목소리

와 비슷해요.

스즈란이 말했고,

ㅡ나도 그렇게 들었어. 음성분석을 통해 확인해 봐야겠어.

유우키도 공감하며 고개를 끄덕였다.

ㅡ대화내용으로 볼 때 저 동영상이 촬영된 시기는 다이치가 죽기 전이라는 거잖아요. 동영상에 등장하는 남자가 저 동영상 속 한 장면을 캡처했고 그 사진을 다이치 원룸 출입문에 끼워놓고는 말을 듣지 않으면 동영상을 유포하겠다고 협박하여 다이치에게 사토시의 성기를 배달하게 했다는 건데……. 이렇게 되면 사토시 사건과 다이치 사건은 동일인 소행이 아닐 수도 있다는 얘기겠죠? 그렇다면 얘기가 더 이상해지는데요. 저 녹음파일은 틀림없이 다이치 휴대폰에 들어 있었을 거고 다이치 휴대폰은 다이치를 죽인 자가 가져갔을 거잖아요. 그런데 다이치를 죽인 자가 자신의 목소리가 담긴 음성파일을 USB메모리에 담아서 스스로 이현정에게 주려고 했다? 이게 상식적으로 가능한 얘기일까요?

ㅡ다른 누군가가 다이치 살인범에게서 훔친 것일지도 모르지. 저것들을 보관하고 있던 자는 다이치 엄마의 동영상을 촬영한 자와 다이치를 협박한 자가 동일인이고 다이치를 죽인 것도 그 자라는 얘기를 하고 싶었던 것 같아. 그래야 이현정이 다이치 살해혐의 하나는 벗게 될 테니까.

ㅡ녹음내용을 좀 더 들어보죠.

스즈란은 USB메모리를 현정에게 주려 했던 자의 다른 의도가 있을 것이라고 생각하며 말했다.

-내가 누군지 어떻게 알아낼 텐가. 네 엄마에게 '엄마, 누구에게 몸을 줬어요?' 하고 물어볼 텐가?

-못할 것도 없지.

-얼마든지 해봐. 그 순간 세상 모든 사람이 그 동영상을 보게 될 테니까.

협박범이 말하는 '그 동영상'은 방금 전에 봤던 다이치 엄마의 동영상일 터였다. 음성파일은 다이치가 흥분해서 거친 숨소리를 내뱉고 있는 상태에서 끝났다. 협박범이 먼저 전화를 끊은 듯했다.

-다이치가 한국여자들에게 한 짓이 정확히 무엇이었는지는 나오지 않았지만 정황으로 봐서는 업소 한국여성들을 사토시에게 소개한 그것일 거야.

유우키는 거기에 너무 연연하지 말자는 뜻으로 말했다.

-다이치 엄마가 열쇠를 쥐고 있어요.

-그래, 맞아. 동영상 내용으로 볼 때 다이치 엄마는 다이치를 죽인 범인이 누군지도 알고 있을 가능성이 높아. 그러면서도 왜 침묵한 걸까? 아들 죽인 원수를 왜 감싸고 있는 걸까?

유우키는 이해할 수 없다는 표정을 지으며 고개를 갸웃거렸다.

-동영상 공개가 두려운 거겠죠.

-과연 동영상 공개가 아들을 죽인 것까지 모르는 척해야 할 정도의 두려움일 수 있을까? 협박을 받고 어쩔 수 없이 그랬으니까 피해자 이미지가 강해서 오히려 동정 받을 수 있는데도 말이야. 어쨌거나 단서는 나왔어. 동영상을 촬영한 놈이든 살인범이든 다이치 엄마를 족치면 둘 중 하나는 나오겠지. 동영상을 촬영한 놈이 밝혀지면 그

파일들의 흐름도 파악이 될 거고. 다이치 엄마를 참고인 자격으로 소환조사해야겠어.

─전화로 통보하면 도망칠지도 모르니 직접 가서 데려와야 해요.

─그럴 수도 있겠군. 신변보호를 핑계로 청에 데려다 가두고 조사하는 건 어떨까?

─그게 더 좋겠어요.

스즈란이 동의했다.

유우키가 동행명령서를 발부받아 다이치 엄마를 데리러 우오누마로 향하고 있을 때 '니혼일심회' 회장 하야시와 검찰수사관 슈이치는 골프회동을 하고 있었다.

15.1킬로미터 길이의 도쿄만 아쿠아라인은 가나가와현 가와사키시와 지바현의 기사라즈시를 연결한다. 그 긴 교량고속도로를 건너 보소반도의 기미쓰시에 소재한 한 골프장.

유우키와 스즈란이 확보한 다이치 사건 관련 동영상파일과 음성파일 사본이 경찰 내의 협력자의 도움으로 하야시와 슈이치 손에 들어갔다. 유우키와 스즈란이 사토시와 다이치 살인사건 관련 동영상과 음성파일을 확보했다는 정보를 입수하고는 정확히 어떤 것들이 형사들 손에 들어갔는지 알아보기 위해 경찰인맥에게 사본을 부탁했던 터였다.

하야시와 슈이치는 골프를 치며 그 대책을 의논하고 있었다.

─파일 원본은 아키히로가 갖고 있었고 사본은 딱 한 본 떠서 내가 갖고 있어요. 아키히로는 휴대폰을 분실한 적이 없다고 말하고 있고요. 그렇다면 누군가가 아키히로의 휴대폰을 해킹했을지도 몰라요.

그래서 전문가에게 맡겨 해킹 흔적이 있는지 살펴보는 중이에요.

명품 골프웨어가 어울리지 않아서 눈에 거슬리는 통통한 몸매의 슈이치가 발뒤꿈치를 들며 이상한 자세로 아이언샷을 스윙한 후 스윙을 준비하고 있는 하야시에게 다가가며 말했다. 그는 자신이 보관 중인 사본은 깊은 곳에 숨겨져 있고 2중3중 보안장치가 되어 있어서 유출 가능성이 전혀 없다고 말했다.

－음성파일은 아키히로가 다이치를 살해했거나 살해에 관여했다는 정황증거로 활용될 거야. 내가 보기엔 다이치의 휴대폰에 들어 있던 녹음파일 같은데 말이야. 다이치의 성기를 갖고 있었고 다이치 휴대폰도 지니고 있었다면 다이치를 죽인 자가 이현정을 돕고 있다는 얘기잖아.

하야시의 걱정은 한결같았다. 현정의 뒤에 자신들의 사업을 방해하려는 세력이 있다는 것이다. 그 세력을 찾아내서 손을 쓰지 않으면 후에 큰 우환이 될 거라는 우려였다.

－회장님 말씀대로 다이치를 죽인 자가 드디어 움직이기 시작한 것 같아요. 그 자는 이현정을 통해 우리에게 전쟁을 선포한 겁니다. 하지만 우리 사업을 방해하려는 목적인지 아니면 다른 의도가 따로 있는 것인지 아직은 확실하지 않아요. 무엇 때문에 우리와 싸우려는 것인지가 분명치 않으니 방어에 만전을 기할 수 없는 것이 문제예요.

－아키히로의 정체가 드러나면 어떻게 되지?

하야시는 멋진 자세로 시원하게 스윙한 후 슈이치를 돌아보며 걱정스런 얼굴로 말했다.

－아키히로가 어떻게 하느냐에 따라 다르겠지만 나와의 관계를 숨

기긴 힘들겠지요. 경우에 따라서는 회장님과 우리 사업까지도……

슈이치는 곤혹스런 표정이었고 하야시와 함께 공이 날아간 곳을 향해 걸음을 옮겨놓았다.

―경찰 수사가 우리 쪽으로 향하는 걸 무조건 막아야 돼. 수단과 방법을 가리지 말아야 한다고.

하야시는 더위를 견디기 힘겨운 듯 잠깐 걸음을 멈추고 말했다. 짧게 한숨을 쉬었고 하늘을 쳐다보았다. 맑게 펼쳐진 푸른 하늘에 뜨거운 햇살이 작렬하고 있었다. 그 뜨거운 열기를 온몸으로 받으며 매 한 마리가 꼼짝도 않고 하늘 높이 떠 있었다. 사냥감을 발견하고 그 움직임을 예의주시하는 중이었다. 그것도 모르고 사냥감이 수풀 사이를 나선다면 매는 쏜살 같이 내려와서 날카로운 발톱으로 등을 낚아챌 것이었다.

―이렇게 된 이상 아키히로에게 모든 걸 뒤집어씌우는 쪽으로 가야지 어쩌겠어요. 두 건의 살인사건 범인이 밝혀지면 경찰이 수사를 더 진행할 이유가 없을 거예요.

―아키히로에게 뭘 어떻게 뒤집어씌우자는 말이지?

하야시는 흥미롭게 매를 지켜보며 말했다.

슈이치 또한 발걸음을 멈추고 하야시가 바라보는 곳을 함께 바라보았다. 매는 그러나 사냥감이 눈치채고 도망쳐버린 듯 긴장을 풀고 다시 날개를 움직이기 시작했고 유유히 저쪽 산 너머 하늘로 사라져버렸다. 하야시는 실망하여 고개를 저었고 하늘에서 눈길을 거두고는 앞을 바라보며 다시 걸음을 옮겨놓았다.

―사토시는 이현정, 다이치는 아키히로. 이렇게 되는 거죠. 경찰수

사를 조기에 종료시키려면 어쩔 수 없잖아요. 꼬리를 잘라서 포식자에게 던져줘야 해요.

　―아키히로를 다이치 살인범으로 둔갑시키자는 거야? 그랬다가 아키히로가 억울하다고 반발하며 모두 불어버리면……?

　―입을 봉해야지요. 숨이 없는 놈이 어떻게 입을 열겠어요.

　―하지만 그건 너무 위험해. 다른 방법은 없겠나?

　―수단방법을 가리지 말아야 한다고 말씀하신 건 회장님이셨어요. 아키히로가 잡히지 않거나 죽지 않으면 경찰이 수사를 끝내지 않을 거예요. 경찰 수사가 계속되면 우리가 비밀리에 추진해온 사업이 몽땅 드러날 거고요.

　―그렇다면야 어쩔 수 없겠군. 그나저나 다이치를 죽인 놈이 그 동영상까지 봤다면 아키히로가 한 일을 다 알고 있다는 얘기잖아. 그놈이 우리 비밀을 어디까지 알고 있는 걸까?

　―이현정은 그 자의 정체를 알고 있을 거예요. 그런데 그 여자가 경찰 손에 들어가 있어서 손을 쓸 수 없고 그놈 정체 또한 감조차 잡을 수 없으니……. 어쨌거나 이제 그놈이 움직이기 시작했으니 우리 계획을 밀어붙이면 놈이 정체를 드러내지 않을까 싶습니다만.

　슈이치는 서둘러서 다음 계획을 실행하자고 말했다.

　―그것보다 급한 것은 다이치 엄마야. 저 동영상을 본 경찰이 다이치 엄마를 조사할 테니까.

　하야시는 다이치 엄마를 빼돌리고 그 입을 막자고 했다.

　―그럴 필요 없이 경찰 조사를 받도록 내버려두는 게 나아요.

　슈이치는 반대했다. 경찰이 다이치 엄마를 통해 아키히로에 대한

정보를 얻도록 내버려두자는 것이다. 아키히로가 자연스럽게 다이
치 살해용의자로 떠오르게 하자는 뜻이었다.

3.

　-넌 분명 알고 있어, 다이치의 성기를 지니고 있던 자가 누구인지를. 그 자가 다이치를 죽였고 너희를 대신해 다이치 엄마에게 추악한 분노의 복수를 자행했어. 그 자가 누군지 말해!

　유우키는 현정을 취조실로 불러서 거칠고도 강하게 심문했다.

　-나는 몰라요.

　-말하지 않으면 사토시와 다이치를 살해한 혐의로 기소될 거야. 물증이 있으니까 혐의 입증엔 문제가 없거든.

　-기소하면 변호사를 선임할 거예요. 그러고는 물증조작 가능성을 집중 제기할 생각이죠. 법원이 문제 있는 물증을 증거로 채택할까요?

　-사건 후 도주를 해서 오랫동안 잠적했다는 것은 네가 혐의사실을 간접적으로 인정한 거나 마찬가지야. 기소되기 싫으면 말해, 그 자가 누군지를.

　-일본경찰은 조작된 물증으로 내게 누명을 씌우려는 자들에게 휘둘리고 있어요. 그게 진실이에요.

　-누가 무슨 이유로 네게 그런 누명을 씌우려 한다는 거지?

―일찍도 물어보시는군요. 그 질문을 오랫동안 기다렸는데 이제야 하시다니…….

현정은 일본경찰이 한심하다는 듯 고개를 절레절레 저었다.

―지금 나를 조롱하는 건가?

―예. 일본경찰은 한 한국여성의 인권에 대해서는 전혀 관심이 없더군요. 내가 누명을 쓴 거라고 그렇게 주장해도 귓등으로 흘려듣고는 물증조작 가능성에 대해 수사를 시작하지도 않았어요. 오로지 내게 자백을 강요하며 범행증거만 찾으려고 혈안이었죠.

―네가 물증조작 가능성 수사를 강하게 요구하지 않았잖아! 그래, 좋아. 누가 네게 누명을 씌우려 한다는 거지?

―사토시에게 몰카를 찍으라고 시킨 놈들이요.

―그게 누군데?

―수사를 해서 그걸 밝혀달라는 건데 내게 물으면 어떡해요?

―이 여자가 사람을 가지고 노는군. 쓸데없는 말로 요지 흐리지 말고 그 자가 누구인지나 말하란 말이야!

유우키는 머쓱한 표정이면서도 수사의 결함을 감추려는 듯 더 큰 소리로 윽박질렀다.

이때 스즈란은 신변보호를 핑계로 다이치 엄마를 간접구금상태에서 조사하고 있었다. 다이치 성기와 함께 발견된 USB메모리 동영상을 다이치 엄마에게 보여주었다. 그러고는 동영상 속 그 남자가 한국인이 확실한지, 신분을 아는지를 물었다. 그러나 다이치 엄마는 입을 굳게 다물고 묵비권을 행사했다.

―그 자가 아들을 죽였을지도 모르잖아요. 아들 죽인 원수를 감싸

려는 이유가 뭐죠?

스즈란은 집요하게 묻고 또 물었다.

다이치 엄마는 망설이는 기색이 역력했다. 다이치를 죽인 범인은 꼭 잡고 싶지만 자신을 협박한 남자에 대해 발설했다가는 자신의 수치스럽기 짝이 없는 굴욕적 동영상은 물론 다이치가 저지른 죄까지 낱낱이 세상에 공개될 것이다. 그녀를 협박한 자는 다이치가 사토시를 시켜서 자신이 관리하는 한국여성들의 섹스장면을 몰카로 찍었고 그것으로 그 여성들을 협박해서 번 돈을 모두 토해내게 했다며 다이치의 비행을 열거했다. 다이치는 돈을 내놓지 않은 여성들의 몰카 동영상을 인터넷에 뿌렸는데 얼굴과 주요부위가 적나라하게 노출된 것들이었다. 그중 한 여성의 아버지가 동영상에 등장한 딸을 알아보았고 그 바람에 그 여성은 결국 자살에 이르렀다는 것이다. 그 증거로 자살한 한국여성에 관한 지역신문 기사와 다이치가 관리한 업소여성 명단, 연락처 등이 적힌 수첩을 보여주었다. 거기엔 자살한 여성 이름과 전화번호도 적혀 있었다.

−그게 당신 아들의 실체야.

그 자는 말을 듣지 않으면 그 수첩을 공개하고 다이치의 만행도 까발려서 천하의 인간쓰레기라는 지탄을 받게 만들겠다고 했다. 분노한 한국인들이 자신에게 다이치 살해를 청부했으며, 그러나 자신은 다이치를 죽이는 것보다는 개 같은 아들을 낳은 그 어미에게 대신 복수하는 것이 더 확실한 복수라고 판단하고 찾아왔다고 했다. 그러면서 만에 하나 경찰에 신고하거나 자기에 대해 말하면 다이치는 물론 가족들까지 모두 죽이겠다고 협박했다.

다이치는 이미 죽어버렸고 다이치를 죽인 그놈은 정체조차 파악이 되지 않고 있는데 어떻게 입을 열까. 다이치 엄마는 자기만 입을 꾹 다물면 죽은 다이치의 명예를 지킬 수 있고 가족들의 생명도 지킬 수 있다고 생각했고 그래서 좀처럼 용기를 내지 못하고 있었다.

　ー그놈이 무슨 짓을 더 저지를지 알 수 없어요. 흉악한 놈이니 빨리 잡아야죠.

스즈란은 포기하지 않고 끈질기게 설득했다.

　ー무엇이 부인을 두려움에 떨게 하고 있는 거죠?

스즈란이 다시 말했다.

　ー그놈은 다이치가 저지른 죄에 앙갚음했던 거예요.

다이치 엄마가 말했는데 다이치가 지은 죄를 인정하는 듯한 뉘앙스였다. 죽을죄를 져서 죽임을 당했다는 뜻일까?

　ー다이치가 한 짓이 무엇이든 이미 죽었으니까 경찰은 문제 삼지 않고 비밀을 지켜줄 거예요. 그러니 그 점에 관해서는 걱정하지 마세요.

스즈란은 다만 놈이 찍은 다이치 엄마의 동영상이 공개되는 것이 걱정일 텐데 경찰이 비밀수사로 그 자의 정체를 밝혀내고 조용히 체포하면 공개를 막을 수 있을 것이라고 회유했다.

　ー우리 경찰의 능력을 믿어보세요. 실패할 확률보다 성공할 확률이 훨씬 높으니까요.

스즈란의 오랜 설득 끝에 다이치 엄마는,

　ー우리 가족들을 보호해주세요.

라고 말하며 마침내 입을 열었다.

—그 자의 신상에 관해서는 아는 것이 전혀 없어요. 다이치를 살리고 싶으면 자기 요구에 복종하라고 하더군요.

 다이치 엄마는 한국인이라고 주장한, 그럼에도 일본어가 유창한 어떤 남자에게서 받은 협박 내용을 다 말했다. 다이치를 살리기 위해 시키는 대로 다 했음에도 끝내 다이치를 죽였다며 분개했다.

 —나도 따라 죽을까 몇 번이나 생각했지만 용기가 없어서…….

 —아드님이 몰카 동영상 제작 유포에 일정부분 관여한 정황이 있는 건 사실이지만 몰카 동영상으로 한국여성들을 협박해서 돈을 갈취했다는 사실은 확인된 게 없어요. 그 자가 사실을 부풀리고 거짓말을 보태서 협박했을 가능성이 높아요.

 스즈란은 놈이 다이치를 죽이기로 이미 결정해놓고서 다이치 엄마를 협박했을 것이라고 했고 극악무도한 놈이니 꼭 잡아야 한다며 얼굴 생김새를 물었다. 다이치 엄마는 그 자의 생김새에 대해 구체적으로 진술했다. 그 자에게 당한 일이 아직도 수치스러워서 연신 울먹였고 한국 놈들은 진짜 잔인하다며 혀를 내둘렀다.

 원정녀 몰카에 대한 한국 놈들의 조직적인 보복이다! 물론 현정도 그들 중 하나다. 유우키와 스즈란은 그렇게 잠정 결론지었고 다이치 엄마의 기억에 의존하여 몽타주를 작성했다.

 —이현정이 입을 열지 않으니 우리가 찾아야지 어쩌겠어. 그 자가 직접 상자를 묻었다면 고고우치에 목격자가 있을 테니 탐문해 봐야겠어. 사토시와 다이치 주변 인물들을 상대로도 조사해 봐야겠고.

 유우키는 공개수배를 하면 빠르겠지만 그럴 수 없는 사정이니 보안에 각별히 신경 쓰는 게 좋겠다고 말했다.

4.

나가노현에 속한 이이지마는 덴류강 중류에 있는 산골 소읍이었다. 쥬오 자동차도로와 신슈카이도 도로가 있긴 하지만 아카이시산맥과 기소산맥 사이에 끼여 있어서 교통이 편리한 편은 아니었다. 아키히로는 이이지마에서도 서쪽 협곡에 있는 이이지마초 근처 펜션에 숨어 있었다. 접근이 용이하지 않은 협곡인 데다 숲속이어서 외부와 완전히 차단된 듯 조용하고 아늑한 산사 같은 분위기였다.

아키히로 혼자 펜션에 머물고 있는 건 아니었다. 규리의 친구들이 그와 함께 있었다. 그녀들은 전화가 걸려온 휴대폰을 아키히로에게 내밀었고,

ㅡ규리예요.

하고 말하며 받아보라는 시늉을 했다.

펜션 앞을 흐르는 계곡물가의 평상에 앉았던 아키히로는 뭔가 불편한 기색을 하고서 신경질적으로 휴대폰을 건네받았다.

ㅡ지금 병 주고 약 주는 거야? 네년을 가만두나 봐라.

전화를 받은 아키히로는 대뜸 규리에게 화부터 냈다. 그녀가 주는 술을 마시고 정신을 잃지만 않았어도 이런 일은 일어나지 않았을 것

이다. 정신을 잃고 쓰러져 있는 사이 그녀가 그의 휴대폰에서 다이치 엄마의 동영상을 복사해간 모양이었다. 그는 그 사실을 까맣게 모르고 있다가 그녀로부터 슈이치가 자신의 목숨을 노리고 있다는 얘기를 전해 듣고서야 알게 됐다.

아키히로는 이틀 전 규리와 함께 호텔 룸에 누워 있다가 새벽 1시에 슈이치의 문자를 받았다. 이 시간에 만나자는 것을 보면 급한 일이 있는 모양이었다. 다이치 엄마 동영상의 유출경로를 파악하기 위해 전문가에게 휴대폰 해킹여부를 알아봐달라고 의뢰했는데 그 결과가 나왔을지도 몰랐다. 그는 알았다고 답신을 보냈고 일어나 옷을 입고 나가려 했다.

—나가지 말아요. 나가면 죽어요.

규리가 다급히 아키히로를 불러 세우며 말했다.

—내가 누굴 만나러 가는 줄 알고 그런 말을 해? 한 번만으로는 아쉬워서 그러는 거야?

아키히로는 규리의 말을 심각하게 듣지 않고 장난스럽게 받았다.

—유출된 동영상 때문이에요. 당신 휴대폰에 들었던 다이치 엄마 동영상.

규리가 말했을 때 아키히로는 눈이 휘둥그레지며 대경실색했다.

—네가 어떻게 그 일을 알고 있지?

문제의 동영상 유출에 관한 내용은 그녀가 알아서도 안 되고 알 수도 없는 일이었다. 혹시 슈이치가 벌써 그 동영상을 사용한 것일까?

—당신이 잠든 사이 내가 그 동영상을 복사해서 경찰에 넘겼거든요.

—뭐야?

아키히로는 뒤통수를 크게 한 방 얻어맞은 사람처럼 순간적으로 얼어붙었다. 어떻게 이런 일이……. 정신이 아찔했고 너무 충격을 받아서 한참동안 꼼짝할 수 없었다.

─그 일로 궁지에 몰린 슈이치가 당신을 죽여서 자신이 살려고 하고 있어요. 그래서 유인하는 거니 나가지 말아요.

─네가 슈이치는 또 어떻게 알지?

아키히로는 혼미한 정신을 원래대로 돌리려 애쓰며 물었는데 목소리가 떨리고 있었다. 그녀가 슈이치를 알고 있고 동영상까지 보았다면 자신이 한 일도 전부 알고 있을 가능성이 높았다. 어쩌면 정작 아키히로 자신은 왜 했는지도 모르고 한 일들의 그 '왜?'까지 그녀는 알고 있을지도 몰랐다.

─우리 가게에 수많은 손님들이 출입하는데 그 정도 정보수집이야 식은 죽 먹기죠.

─너 혹시 처음부터 그 동영상 존재를 알고 의도적으로 내게 접근한 거였니?

─아뇨, 그럴 리가. 나는 사토시를 죽인 진범에게 관심이 있을 뿐이에요. 내 친구가 누명을 썼거든요. 그 진범을 찾다가 우연히 그 동영상을 발견한 거고요.

─내가 사토시를 죽였다고 생각했다는 거니? 무엇 때문에, 왜 그렇게 생각한 거지?

아키히로는 저 여자에게 꼬리를 밟힌 거라면 지금 죽여야 한다는 생각을 하면서 물었다.

─지금 그게 중요한가요? 슈이치가 당신을 죽이기로 작정했는데

그런 게 다 무슨 소용이냔 말이죠.

―그렇다면 다이치 성기 든 상자도 네가……?

아키히로는 문득 생각난 듯 물었고, 그렇지만 믿을 수 없다는 표정으로 멍하니 규리를 쳐다보았다.

―당신이 하나 더 알아둘 건 다이치 성기가 발견될 시점에 당신은 그것이 묻혀 있던 고고우치 지역에 가 있었다는 사실이에요. 경찰은 내가 아닌 당신을 의심할 걸요?

규리는 여유롭게 미소까지 지으며 고개를 끄덕였다. 현정이 고고우치에 나타나고 결백증명자료가 오이신사에 숨겨져 있다고 진술하면 틀림없이 아키히로가 그곳으로 달려갈 것이라고 예상하고 판 함정이었다. 슈이치와 아키히로는 멍청하게도 그녀들의 함정에 쉽게 걸려들어 주었다.

―나를 미행까지 했단 말이지. 네 뒤에 누가 있는 거야?

아키히로는 저 여자 정체가 뭘까, 궁금해하며 물었다. 단순한 술집 여자가 아닌 것만은 분명했다. 어떻게 술집여자의 정보력과 조사력이 경찰의 능력을 뛰어넘을 수 있단 말인가. 배후에 막강한 세력이 있지 않고서는 있을 수 없는 일이었다.

―지금 그것을 말하면 당신이 나를 죽여 버릴지도 모르잖아요. 나를 살려둘 필요성을 남겨둬야 하니까 그건 나중에 말할게요.

―그렇다고 내가 널 살려둘 것 같아?

아키히로는 그제야 혼미한 정신을 어느 정도 수습하고 화를 낼 수 있었다.

―급한 건 내가 아니라 당신이라니까요. 나보다 당신이 먼저 죽게

생겼으니까요.

　-상황을 설명하면 슈이치도 이해할 거야.

　-슈이치가 단순히 동영상 유출 때문에 당신을 죽이려는 걸까요? 천만에. 슈이치는 당신을 희생시켜서 경찰수사가 자기에게 미치는 것을 차단하려 하고 있어요. 당신이 모든 죄를 뒤집어쓰는 거죠. 경찰에 체포돼서 진실을 말하면 큰일이기에 죽여서 시신상태로 경찰에 넘길 계획이래요. 정확한 정보예요.

　-슈이치는 그럴 사람이 아냐.

　아키히로는 규리의 말을 믿지 않았다.

　-과연 그럴까요? 당신을 살려두면 경찰 수사가 하야시에게까지 미칠 텐데도?

　-넌 누구지?

　아키히로는 팔을 축 늘어뜨리고 넋 나간 모습을 하고서 물었다. 규리 입에서 하야시의 이름까지 나왔다는 건 그들이 한 일을 전부 파악하고 있다는 뜻이었다. 그 일이 알려지는 날에는 세상이 발칵 뒤집힐 것이다. 그 진상을 알 수 있는 사람은 이 세상에 딱 세 사람, 하야시와 슈이치 그리고 아키히로 자신뿐이어야 했다. 그 비밀을 감추기 위해 슈이치가 동지인 자신까지 버렸다고 그녀는 말하고 있었다. 절대적으로 지켜져야 할 비밀이기에 그녀의 그 말은 설득력이 있었다.

　슈이치와 하야시는 그 비밀을 지키기 위해 무슨 짓이라도 할 위인들이었다. 규리의 말을 믿지 않을 수 없는 이유였다. 그런데 그 비밀을 알고 있는 또 한 사람이 있다? 아키히로는 그렇다면 그녀를 죽여서 입막음을 해야 하는 것이 당연한 순리라고 생각했다. 하지만 자신을 버린 하야시와 슈이치를 위해 과연 그녀를 죽여야 하는 걸까? 그는 다시 더 큰 혼란에 휩싸여서 아무런 판단도 할 수 없었다.

－알면서 뭘 그런 걸 물어요. 술집여자잖아요.

－내 말은 그런 걸 어떻게 알아냈냐는 거지.

－하야시 차에 도청장치를 설치했어요. 사람도 붙였고. 왜인지는 말하지 않아도 알 거라고 생각해요.

규리는 그러면서 살고 싶으면 자기 말대로 하라고 했다.

－당신이 약속장소에 나타나지 않으면 슈이치는 당신을 죽일 사람들을 이쪽으로 보내겠죠?

그녀는 은신처를 제공할 것이며 외부인의 접근을 감시할 여자들도 붙여주겠다고 제안했다.

－네가 왜 내게 친절을 베풀려는 거지?

아키히로는 당연히 그녀의 저의를 의심했다.

－나 때문에 당신 목숨이 위태로워졌으니까요.

－너를 어떻게 믿지?

－당신을 죽이면 슈이치와 하야시가 뜻을 이루게 되고 살리면 내 친구가 누명을 벗게 돼요. 내가 어느 쪽을 택하겠어요?

－경찰에 넘기는 쪽을 택하겠지.

－경찰에 넘기는 건 지금도 할 수 있어요. 전화 한 통이면 되니까.

－왜 그렇게 하지 않는 거지?

－일본경찰도 슈이치와 하야시 편이니까요. 당신도 경찰이 당신 말을 믿어줄 거라고 생각하지 않는 게 좋아요.

규리가 말했는데 아키히로는 설득력 있게 받아들였다. 슈이치는 검찰수사관이어서 경찰인맥이 튼튼했다. 아키히로가 슈이치의 눈을 피해 경시청에 몰래 들어가서 자수하더라도 자기가 저지른 죄에 대해서만 처벌받는다는 보장이 없었다. 현정이 그랬듯이 슈이치가 검찰수사관 신분을 이용하여 작정하고 누명을 씌운다면 빠져나가기가 힘들 것이다.

아키히로는 규리의 도움을 받는 것이 더한 덫이 될 것임을 알고 있었다. 그러나 당장 발등에 불이 떨어졌으므로 선택의 여지가 없었다.

—좋아, 일단 너를 믿어볼게. 하지만 거짓말일 땐 각오해야 할 거야.

아키히로는 이런저런 것 따져보는 일은 나중에 하기로 하고 일단 몸을 피해 목숨부터 보전하기로 했다. 나머지는 그다음에 생각해도 된다는 판단이었다.

규리는 누군가에게 전화를 했고 호텔 후문에 차를 대기시키게 했다.

—서두르는 게 좋을 걸요? 후문으로 나가면 내 친구들이 안전한 곳으로 안내할 거예요. 아직까지 주변에 수상한 자들은 보이지 않는대요.

규리가 아키히로의 등을 떠밀며 말했다.

아키히로는 규리가 시키는 대로 후문을 빠져나갔다. 어떤 여자가 자연스럽게 다가와 팔짱을 끼면서 주차된 승용차로 안내했다. 운전석과 보조석에 두 여자가 앉아서 기다리고 있었다. 아키히로와 그를 안내한 여자가 뒷좌석에 올라앉자 차는 출발했다.

그녀들은 어딘가를 향해가다가 외진 산골에서 차를 바꾸었다. 큰 상자가 실려 있는 화물차였다. 아키히로는 적재함으로 올라가서 상자 속 짐이 되었다. 승용차를 운전한 여자는 그 승용차를 몰고 사라졌고 나머지 두 명의 여자들이 화물차에 올라 아키히로와 함께 움직였다.

아키히로가 상자에서 나왔을 땐 안개가 짙게 깔린 이른 아침이었다. 안개 때문에 가시거리는 20미터도 되지 않았고 낮인지 밤인지도 구분하기 힘들었다. 그녀들은 그를 데리고 펜션으로 들어갔다.

아키히로는 슈이치가 진짜 자신을 죽이려하는지 그 의중을 떠보고 싶어서 안달했다. 규리 친구들은 그의 부탁을 받고는, 그에게 모자를 씌우고 장화를 신기는 등 어부로 위장시켰다. 그러고는 오늘 새벽 그를 화물로 가장하여 화물차에 싣고 멀리 떨어진 곳 나고야까지 나갔고 부둣가 으슥한 골목에서 내려주었다. 그는 어부인 척 행세하며 공중전화부스를 찾아갔고 슈이치에게 전화를 걸었다. 예상대로 슈이치는 약속장소에 나오지 않았다는 이유로 벼락같이 소리치며 화부터 냈다.

–혹시 나를 죽이려 했나요?

아키히로는 역정 내는 슈이치 말을 막으며 대뜸 물었다.

–미, 미쳤어? 내가 너를 왜 죽이려고 하겠어!

슈이치는 시침을 뗐지만 당황하는 기색이 역력했다.

–슈이치 씨, 그것 아세요? 당신이 나를 죽여 경찰수사가 배후에 미치는 것을 차단하려 한다는 것을 또 다른 누군가가 알고 있다는 사실요.

–그게 누구야? 누가 알고 있어?

슈이치가 크게 놀라며 소리쳐 물었다. 하야시와 자신만 알고 있는 그 계획을 누가 눈치채고 아키히로에게 귀띔했단 말인가. 너무 당황한 나머지 누가 알고 있는 거냐고 물어버렸다. 얼떨결에 그 계획이 사실이라고 실토해버린 꼴이었다.

  ―아냐, 절대 아냐. 누가 그런 모함을 하는 거야, 도대체?

  슈이치는 뒤늦게 실수를 깨닫고 발언을 수정했지만 이미 전화가 끊어진 뒤였다.

  아키히로는 그제야 슈이치가 자신을 죽이려 한다는 규리 말을 완전히 믿을 수 있게 됐다. 하지만 자신을 궁지로 몬 규리를 용서할 수 없었다. 그 모든 일이 규리 때문에 일어났으므로 이를 갈며 저주했다. 그러나 슈이치에 대한 배신감에 비하면 아무것도 아니었다. 그에게 이용만 당하고 버림받은 것을 생각하니 그놈을 '금이빨 빼고' 싹 다 갈아서 먹어버리고 싶었다.

  아키히로가 은신처로 숨어들고 처음 걸려온 규리 전화였다. 그녀의 전화를 받고 버럭 화가 치미는 것은 당연했다.

  ―다이치 엄마가 경찰에서 당신 몽타주를 작성했다는 소식이에요. 경찰이 당신 몽타주를 들고 신원을 묻고 다닌다기에 내가 오늘 경시청으로 제보를 했어요, 몽타주가 아키히로라는 사람 얼굴과 많이 닮았다고. 하지만 카나미에 대해선 아직 밝히지 않았으니 안심하고요. 경찰도 수고 좀 해야지 너무 거저먹으면 보람이 없잖아요.

  규리는 같이 흥분해서 소리치지 않고 침착하게 자기 할 말을 했다.

  ―미쳤어? 나를 죽이려는 거야?

  ―죽일 생각이었으면 슈이치에게 연락했지 경찰에 제보했겠어요?

  ―뭐하자는 짓이야, 대체!

  ―이 상황이 어떤 상황인 줄은 당신도 알겠죠? 슈이치에게는 시간이 얼마 없다는 뜻이고 당신은 더 깊이 숨어야 한다는 뜻이에요.

―그런데 카나미는 또 어떻게 알았어?

 ―다 아는 수가 있죠. 난 당신 동영상을 훔친 게 미안해서 보호해줬던 거예요. 이쯤 했으면 충분한 보상이 된 것 같으니 친구들을 철수시킬게요. 그 말 해주려고 전화했어요.

 ―뭐야? 아직은 안 돼!

 아키히로가 절박하게 외쳤다.

 ―내가 죽으면 네 친구 누명은 영원히 못 벗게 될 거야.

 아키히로가 다시 말했다.

 ―내 친구 결백은 다른 방법으로 증명할 수 있게 됐기에 우리도 당신이 필요 없어진 거예요. 그러니 이제부터는 당신 살길 당신이 스스로 찾아봐야겠네요. 미안해요.

 ―결백을 증명할 다른 방법이라는 게 뭔데?

 아키히로는 규리가 허풍을 치고 있다고 생각하고 물었다.

 ―경찰에 카나미에 대한 자료만 넘겨도…….

 ―뭐, 뭐라고? 나를 죽이겠다는 거야?

 ―그러니까요.

 ―부탁이야, 조금만 더 도와줘.

 ―좋아요. 그렇다면 내 요구 하나만 들어줘요.

 ―내가 어떻게 하면 되겠어?

 ―사토시와 다이치 살해도구 물증을 조작한 건 당신이라고 경찰에 전화 한 통 해주면 돼요. 사토시와 다이치 살인을 자백하라는 게 아니라 물증조작 사실만 자백하라는 건데, 그건 할 수 있겠죠?

 규리는 그렇게 해주면 더 안전한 장소에 숨겨주겠다고 약속했다.

앞으로도 절대 경찰에 신고하거나 슈이치에게 그 소재지를 밝히지 않을 것이라고 했다. 만일 제안을 거부하면 그녀는 친구들을 철수시키며 방금 전까지 아키히로가 그곳에 있었다고 경찰에 전화할지도 몰랐다. 어쨌거나 진범이 잡혀야 현정이 풀려날 것이기 때문이다.

　―우리가 우리 친구 현정이를 오랫동안 안전하게 숨겨온 사실을 당신도 알죠? 당신도 그렇게 해줄 수 있어요.

　아키히로가 머뭇거리자 규리는 회유했다.

　아키히로는 규리의 저의를 알 수 없는 상태에서 당장 뭐라고 대답할 수 없었다. 고민을 좀 해볼 문제라고 하고 일단은 전화를 끊었다.

　아키히로는 자신을 보호하고 있는 규리 친구들을 잡고 규리의 정체가 뭔지 계속 캐물었지만 그녀들은 때가 되면 알게 될 거라는 말만 반복했다. 그는 그녀들 입을 통해 규리 정체 캐는 걸 포기했고 규리의 제안을 받아들일까 말까를 고민했다.

　아키히로가 사토시와 다이치의 살해도구 물증을 조작한 것이 자신이라고 밝히면 살인용의자 선상에 오르겠지만 당장 죽지는 않을 것이다. 하지만 규리 친구들이 철수한다면 수일 내에 슈이치 손에 죽게 될 것이 확실했다. 슈이치는 검찰수사관으로 오래 근무했으므로 힘이 있었고 정보원도 도처에 깔려 있었다. 그의 조종을 받는 야쿠자 세력도 있었다. 아키히로 하나 죽이는 것쯤은 일도 아니었다.

　아키히로는 당장 죽을 것이냐 조금 더 살다가 죽을 것이냐를 고민했다. 조금 더 살다보면 자연사할 때까지 살 방법이 생길지도 모른다는 일말의 희망을 품었다. 한참의 고민 끝에 마침내 결심하고 규리 친구들에게 휴대폰을 달라고 했다.

규리 친구들은 구입해서 한 번도 사용하지 않은 대포폰을 꺼내 전원을 켰고 아키히로에게 건넸다. 대포폰에 저장된 번호는 단 하나, 유우키 휴대폰번호였다.

아키히로는 휴대폰을 들고 오래 망설이다가 초록색 통화버튼을 꾹 눌렀다.

―동영상에서 다이치 엄마를 협박한 그 목소리를 기억하죠? 그게 나예요.

유우키가 전화를 받자 아키히로는 규리의 친구들이 써준 대본을 읽었다. 그다음엔 대본 없이 사토시와 다이치의 살해도구 물증을 어떻게 조작했는지 그 과정을 상세하게 말했다. 가위와 커터칼 모두 자신이 현정의 빈 자취방에 침입해서 훔쳐 나온 것이며 사토시 살해도구인 가위의 피는 잘라낸 성기에서 묻혔다고 했다. 즉 살해에 쓰인 가위는 따로 있다는 뜻이었다.

―커터칼은 다이치 피를 묻힌 칼날을 나중에 이현정 지문 묻은 칼집에 바꾸어 끼웠고요, 다이치 자취방 신발장 밑에 가져다놓을 땐 우편배달원으로 가장해서 들어갔어요.

―다이치를 죽인 게 당신이라고 시인하는 건가요? 사토시를 죽인 여자를 아나요? 이현정과는 어떤 관계죠? 이현정의 결백증명을 돕는 이유가 뭐죠? 당신은 거류민 후세인가요?

유우키가 정신없이 질문을 던졌지만 아키히로는 더 이상 대답하지 않았고 자기 할 말은 그것이 전부라고 하고는 전화를 끊었다.

규리 친구들은 아키히로가 전화를 끊자마자 사용한 휴대폰을 불태워버렸다. 그러고는,

—경찰이 핸드폰 발신지 추적을 하고 있을 거예요. 서둘러 여길 떠야 해요.

아키히로를 화물차 적재함에 실린 상자 속에 숨기고 급히 펜션을 떠났다.

규리 친구들이 아키히로를 데리고 펜션을 떠난 지 약 30분 뒤였다. 펜션 주차장에 세 대의 검은 승용차가 달려와 멈췄다. 승용차에 나눠 탄 한 무리의 장정들은 차에서 내리자마자 펜션으로 뛰어들었다. 이미 텅 빈 펜션을 확인하고는 전화로 누군가에게 그 사실을 보고했다.

—놈이 이미 탈출했다는군요. 경찰 무전을 감청하고 먼저 달려갔는데도 놓친 모양이에요. 멀리 못 갔을 거예요. 애들이 주변을 뒤지고 있으니 곧 무슨 연락이 있겠죠.

슈이치는 하야시에게 전화로 보고했다.

하야시는 놓쳤다는 말에 실망해서 한숨을 내쉬었고 현정 때처럼 실수하지 말고 반드시 찾아내서 죽여야 한다고 강조했다. 현정이 그랬듯이 아키히로 또한 경찰이 검거해버리면 큰일이라는 걱정이 뒤를 이었다. 그러고는 다시금 물었다.

—그런데 말이야, 아키히로가 경찰에 전화해서 다이치사건 물증도 자기가 조작했다고 밝혔다는데 진짜 그놈 짓일까?

—그놈이 무슨 생각에서 그런 짓을 했는지는 몰라도 사실인 것 같아요.

슈이치는 그러나 아키히로의 배신은 아닐 것이며 충성심 과잉이 빚은 결과가 아닐까 생각한다고 말했다.

5.

스즈란은 송대 성리학자 한유(韓愈)의 성정론(性情論)에 동의하고 싶지 않았고 당대 유학자 이고(李翱)의 복성설(復性說)에는 동의하는 편이었다.

'성(性)은 태어남과 동시에 생기고 정(情)은 사물과 접촉한 후에 생긴다'고 본 것이 성정론이었다. 성에는 세 가지 품격이 있다는 한유의 성삼품설에 따르면 상품은 오로지 선하고 중품은 이끌기에 따라 다르며 하품은 오로지 악하다고 하였다. 성을 이루는 '인예신의지(仁禮信義智)' 오덕 중 하나에 집중하면서 나머지 넷도 행하면 상품, 하나가 지나치게 많거나 적은데 나머지 넷이 뒤섞여 어지러우면 중품, 하나만 걸치고 나머지 넷도 바르지 못하면 하품이라는 것이다.

성은 태어남과 동시에 그 품질이 정해지고 정은 성의 영향을 받는다. 그러므로 상품은 정의 근본이 되는 '희노애구애오욕(喜怒哀懼愛惡欲)' 칠정의 기율에 맞지 않을 때가 없고, 중품은 칠정의 어떤 것은 지나치고 어떤 것은 결핍되어 있으며, 하품은 칠정 모두 과도하거나 결핍되어 있다. 이것이 한유가 정의한 인성이다.

복성설의 이고는 성이 선의 근원이고 정은 악의 근원이라고 보았다. 성과 정은 서로 앞서지 않지만 성이 없다면 정은 생겨날 수 없다. 정은 성에서 생겨나는 것이며 정 스스로 정일 수 없고 성에 의지하여 정이 된다. 그렇기에 성 또한 스스로 성일 수 없으며 정으로 인해 존재한다고 보면서, 선하지 않은 것이 없는 성이 망령되고 사악한 정을 만나 혼탁해진다고 했다. 그러므로 정을 없애면 인간의 본성은 맑고 투명해진다는 것이다.

범죄의 세계는 하품들의 세계였다. 한유의 성정론에 의하면 하품들의 성정은 태어나면서부터 그 근본이 결핍이거나 과잉이므로 교화가 불가능할지도 모른다. 그러나 이고의 복성설은 물을 혼탁하게 만드는 모래를 가라앉히면 물은 원래의 맑고 투명한 상태로 돌아가므로 하품을 중품으로 만드는 교화가 가능할 것이다.

스즈란은 범죄자들을 많이 상대했다. 그중 상당수는 자신의 성정에서 스스로 정을 억제하고 정화하려는 노력을 보였다. 진심으로 죄를 뉘우치며 반성하는 사람들이 그들이었다. 그들은 태어날 때부터 하품은 아니었으며 어쩌면 상품이거나 중품이었지만 정이 오염되어 하품으로 전락한 경우일 것이다. 그들은 벌을 피하지 않으며 자신을 바로잡을 기회로 삼는다. 그러므로 교화가 가능하다. 그러나 스스로 정을 억제하려는 노력을 않는 사람들은 죄를 뉘우치지 않으면서 세상과 남을 원망하고 탓한다. 그들은 날 때부터 하품이었던 모양인지 벌을 두려워하면서도 자신을 바로잡으려 하지 않는다. '어쩔 수 없는 인간형'으로 교화가 불가능하다.

교화는 물을 흔드는(정을 흔들어 성을 혼탁하게 하는) 요인을 제거하여 고요한 상태로 돌려놓을 수 있도록 도움을 주는 방식이 되어야 한다. 죄 지은 사람이 뉘우침으로 모래를 가라앉혀 마음의 평화를 얻고 그 고요함에 힘입어 영혼을 맑고 투명하게 만드는 기회부여가 되어야 한다는 뜻이다. 그러나 스스로의 뉘우침이 없고 의지가 없는 죄인들에게 기회부여는 오히려 성정을 더욱 혼탁하게 만들 뿐이다. 그들은 뉘우침 대신 원망을 품으며 의지 대신 분노를 표출하기 때문이다. 원망과 분노로 물을 더욱 휘저어 이미 가라앉은 모래까지 떠오르게 한다. 그들이 하품이다.

하품들은 자신의 죄를 인정하지 않기에 뉘우침이 없고 뉘우침이 없기에 교정 의지가 없다. 교화가 불가능한 이 하품들을 상대하는 일은 경찰로서는 힘이 빠지는 일이다. 벌을 줘도 뉘우치지 않는 자들은 다시 똑같은 범죄를 반복해서 저지르기 때문이다. 그들을 잡아 가두는 것은 반성의 기회를 주는 것이 아니라 피해자들을 보호하고 범죄를 예방하기 위한 조치일 뿐일지도 모른다.

스즈란은 성범죄 전문수사관이었다. 성범죄를 저지른 남자들 중 상당수는 '도끼질론'을 들어 자신의 범죄에 정당성을 부여하려 한다. '열 번 찍어 안 넘어가는 나무 없다'는 말은 열 번을 구애해서 여자 마음을 얻으라는 뜻이라고 해석했다. 열 번 구애를 하는 과정에서 약간의 오버가 있었을 뿐인데 어떻게 그게 범죄가 되느냐는 것이었다. 그들이 말하는 '약간의 오버'는 성추행이거나 성폭행이었다. '약간의 오버를 하게 된 이유'는 좋으면서도 빼는 줄 알았기 때문이라는 것이다. 여자는 튕기는 습성이 있으며, 내심 좋으면서도 겉으로는 싫은 척하는 일이 다반사다. 허락 없이 만졌다고 짜증을 내는 것은 빼는 것이고 좋으면서 싫은 척하는 것이기에 힘으로 제압하고 성기를 접촉한다고 해서 죄가 되진 않는다는 것이 그들의 주장이었다.

─그렇다면 부끄러움을 무릅쓰고 당신을 고소한 것에 대해서는 어떻게 생각해요?

─만족을 못했기 때문이에요. 하고 나서 생각보다 시시하니까 짜증나서 고소한 거예요. 만족했으면 고소 대신 감사를 했을 걸요? 충분히 만족을 시켜주지 못한 게 죄라면 죄겠죠.

그렇게 말하는 사람들에게 성은 쾌락의 도구일 뿐이다. 그들에게 성은 사랑을 확인하는 과정인데 진심으로 사랑해서 상대를 아끼는 마음이 절절했다면 그런 행동을 할 수 있겠느냐는 말 따위가 무슨 필요가 있을까. 그들에게 애초 사랑이라는 것이 있기나 한 걸까.

─여성분이 술에 취해서 저항을 할 수 없는 상태였잖아요.

─자기도 내가 마음에 있으니까 무저항 상태가 되도록 안심하고 술을 마셨겠죠.

─당신이 흑심을 품고서 억지로 먹인 건 아니고요?

─술을 마시면 정신 줄 놓을 수 있다는 건 삼척동자도 아는 사실인데 남자가 무서우면 억지로 먹인다고 먹겠어요? 다 어떻게 해주길 바라고서 펑펑 마셔댄 것이지.

혹은 '도끼질론'을 열 번 건드려 흥분 안 하는 여자 없다는 말로 해석하는 남자들도 있었다. 열 번을 추행하면 결국 흥분을 해서 스스로 하자고 덤빈다는 것이다.

─어린애였잖아요.

─태어날 때부터 끼를 타고 태어난 애들도 있다니까요.

─그 끼가 당신을 위한 끼라고 누가 그래?

―끼를 발산할 기회를 주었을 뿐인데 나만 나쁜 쪽으로 몰지 말아요.

―이런 개 쓰레기 같은……

스즈란은 그런 남자를 볼 때마다 성기를 뿌리째 뽑아버리고 싶은 충동이 일곤 했다. 태어날 때부터 하품인성을 타고 태어나서 죄를 죄로 인식하지 못하는, 말이 통하지 않고 교화가 불가능한 '어쩔 수 없는 인간형'에 속하는 자들. 그들을 대할 때면, 마음으로는 절대 그러고 싶지 않지만 한유의 성정론에 어쩔 수 없이 동의를 하게 되곤 했다.

사토시와 다이치 사건도 처음엔 그런 자들에 대한 응징인 줄 알았다. 사토시가 몰래 찍은 원정녀 몰카시리즈가 원인일 거라고 믿었다. 그런데 수사를 진행하면 할수록 그것과 거리가 점점 멀어지는 느낌이었다.

이제 스즈란도 현정이 범인이 아닐 수 있다고 생각하기 시작했다. 다이치 엄마를 협박해서 동영상을 제작한 아키히로가 사토시와 다이치의 살해도구 물증을 조작한 것도 자기였다고 자백한 것이 생각을 바꾼 결정적 계기였다. 그런데 아키히로는 왜 자신이 누명을 씌우려했던 현정을 위해 물증조작 사실을 자백하게 된 것일까. 그것을 알 수 없었다. 스즈란은 그래서 현정이 공범일 가능성은 배제하지 않기로 했다. 아키히로가 경찰에 구금된 공범 현정을 구출하기 위해 그녀의 결백을 증명해주려는 것일지도 모른다는 생각이었다. 사토시를 죽인 건 여자였기에 현정과 아키히로의 합작 가능성이 있다고 본 것이다. 하지만 아무리 뒤져봐도 현정과 아키히로 사이를 잇는 끈이 찾아지지 않아서 헷갈림만 깊어지고 있었다.

―복잡할수록 단순하게 생각하면 해답이 쉽게 얻어지기도 하는데

말이야.

스즈란은 혼자 중얼거렸다. 다이치 엄마는 아키히로의 사진을 보고 자신을 협박한 바로 그놈이라고 확인해주었다. 몽타주에 나타난 얼굴 특징도 비슷했다.

―이놈 정신병자가 아닐까?

스즈란이 그렇게 생각한 것은, 아키히로가 한국인도 거류민 후세도 아닌 나고야 출신의 순수 일본인이었기 때문이다. 도쿄에서 대학을 다니며 화학을 전공했고 키 168 몸무게 55킬로그램의 어깨가 좁고 호리호리한 체격으로 한때 제약회사 영업사원으로 일했으나 공금횡령 사실이 드러나서 해고된 후 현재는 실직상태를 유지하며 시부야에 살고 있었다.

―혹시 아키히로로 신분을 세탁한 한국인이거나 거류민 후세일지도 모르지.

스즈란은 그렇게 생각하며 조사를 더 해보기로 하고 아키히로의 주소지를 찾아갔다. 그러나 아키히로의 자취방은 비어 있었다. 집주인은 실업자인 그가 세를 밀린 적이 없었고 생활은 여유가 있는 것 같았다고 했다. 이웃주민들은 자주 눈에 띄더니 약 1주일 전부터 모습을 볼 수 없었다고 말하였다. 고고우치에 가서 다이치 성기가 든 상자를 묻고 돌아와서도 한동안 태연히 예전 같은 생활을 했다는 얘기였다. 그러나가 다이치 엄마의 협조로 몽타주가 작성되자 비로소 달아난 모양이었다.

유우키는 유우키대로 아키히로 명의의 카드사용내역을 들여다보고 있었다. 거기에 그의 동선이 나타날 것이기 때문이었다. 그러나 아키히로는 카드를 거의 사용하지 않았고 교통카드도 그의 명의로 된 것은 아예 없었다. 그것은 자신의 행적을 기록으로 남기지 않으려 의도적으로 그런 것 같았다. 다이치 엄마의 동영상을 촬영하러 우오누마에 다녀온 흔적을 카드사용내역에 남기지 않은 것만 보아도 알 수 있었다.

―영악한 놈.

유우키는 아키히로가 타인 명의의 카드를 사용하고 다녔을 가능성을 염두에 두고 조사했다. 누구 명의의 어떤 카드를 사용하고 다녔는지 알아내기 위해 그의 거주지 주변 음식점과 술집 커피점 주유소 등등을 돌며 카드로 결재한 것을 찾아보려 했다. 그러나 쉽지 않았다. 그가 타인 명의의 카드를 사용했더라도 그것을 받아서 긁은 사람이 기억하지 못하면 그만이었다. 교통카드충전소에서 충전한 적이 있다는 얘기를 들었지만 충전을 해준 사람은 누구 명의의 카드였는지는 기억하지 못했다.

유우키는 아키히로의 생활반경 내를 지나다니는 노선버스 블랙박스를 다 확인했다. 그래서 그의 집에서 약 1킬로미터가량 떨어진 시내버스정류장 앞쪽에서 그가 술에 취해 택시에 오르는 모습이 찍힌 영상을 확보했다. 영상분석을 통해 택시 넘버를 알아냈고 시바사키까지 가면서 카드로 결재한 사실을 밝혀냈다. 카드 명의자는 행방을 찾을 수 없는 노숙자로 밝혀졌다.

유우키는 영장을 발부받아 카드사용내역을 들여다봤다. 카드는 현금인출에 주로 사용됐고 호텔과 요식업체 등에서도 사용됐다. 사용된 위치는 대부분 도쿄와 그 주변이었는데 특정호텔에서 반복 사용된 흔적이 남아 있었다.

유우키는 현금이 특히 자주 인출된 ATM기 CCTV를 확인했다. 그런데 아키히로가 아닌 어떤 여성이 찍혀 있었다. 여자에게 심부름을 시켰던 것일까?

유우키는 카드가 반복 사용된 호텔을 찾아갔다. 크고 화려한 호텔이 아니라 별 세 개 2급의 수수하고 조용한 호텔이었다.

호텔 측은 처음엔 고객 사생활보호를 내세우며 협조를 거부했다. 유우키는 두 건의 살인사건 관련 수사라며 설득했고 마침내 지배인의 협조를 이끌어냈다. 지배인은 카드를 사용한 사람이 카나미라는 여자로, 슈이치라는 남자의 여자친구라고 확인해주었다. 호텔 예약과 체크인 체크아웃을 모두 그녀가 했다.

―카나미? 그녀가 아키히로와 같은 카드를 사용했단 말이지.

유우키는 혼자 중얼거렸다. 새로운 인물이 또 등장한 것이다.

6.

 에어컨이 쌩쌩 돌아가고 있었지만 바깥의 푹푹 찌는 날씨 때문에 실내도 후텁지근했다. 날씨 때문인지 땀 냄새 때문인지 유우키는 수사회의를 하다가 문득 스즈란을 안고 싶은 충동을 느꼈다. 지난 번 생일선물을 주고도 그녀는 여전히 그에게 마음을 열지 않고 있었다. 수사에 쫓기는 빠듯한 일상으로 인해 매일 얼굴을 마주보면서도 사적 감정을 교환하지는 못했다. 오늘 저녁 그녀에게 수사를 잠시 잊고 데이트를 하자고 말해볼까, 하고 생각했다. 데이트라야 도쿄만 근처 경치 좋은 카페에서 차를 마시고 저녁 겸 술 한잔하면서 그녀를 향한 자신의 절절한 마음을 전하는 것이 전부겠지만 말이다.

 오랫동안 굶주린 짐승이 피 냄새를 그리워하듯 유우키 또한 여자 냄새가 간절했고 그래서 스즈란에게 넌지시 데이트를 신청했다. 혹시 모를 일이었다. 자신이 얼마나 그녀를 간절히 원하는지를 알게 된다면 그녀가 감동 받아서 몸과 마음을 활짝 열지도. 유우키는 은근히 기대했지만 스즈란은 피식 웃음을 흘렸고,

 ―아키히로 잡고 나서요.

 하며 거절의 뜻을 표했다. 그것은 유우키 마음에 대한 거절이 아니

었다. 남자인 유우키는 아무 때나 발기가 되는지 몰라도 자신은 현정을 검거하고도 기소는커녕 범죄사실조차 입증하지 못하고 있는 이 현실에 약이 올라서 도저히 섹스 생각이 나지 않는다고 거절 이유를 밝혔다.

―지금 기분에서는 이현정 그 여자와 하라면 할 수 있을 것 같아요. 그 여자만 보면 화가 나서 피가 끓어오르거든요.

스즈란은 빨리 아키히로를 검거하여 현정의 결백이든 혐의입증이든 양단간에 결론을 내리고 싶은 욕망뿐이었다. 유우키는 그런 그녀의 심정을 이해한다는 듯 고개를 주억거렸지만 자신을 돌아봐주지 않는 야속한 그녀에 대한 원망의 눈빛도 살짝 비쳤다.

유우키와 스즈란이 아키히로 조기검거를 위해 머리를 맞대고 방법을 의논하고 있을 때였다. 도쿄경시청으로 경찰의 무능을 질타하는 시민들의 항의전화가 빗발쳤다. 갑작스럽게 너무 많은 전화가 한꺼번에 걸려 와서 업무가 마비될 지경이었다.

―시민들이 갑자기 왜 이러지?

경시청장은 무슨 일인지 물었다.

―해외서버 인터넷 성인사이트들에 일제히 동영상이 떴는데 한국인 남성이 일본인 중년여성을 성적으로 굴종시키는 장면이에요.

민원담당자들은 시민들이 그 동영상을 보고 전화하는 것이라고 대답했다. 다이치 엄마의 동영상이었다.

감히 일본인 중년여성을 성노예로 삼은 한국인 남성에 대한 일본인들의 분노가 하늘을 찔렀다. 경찰이 빨리 수사에 착수해서 그놈을 찾아내고 공개처형해야 한다고 목소리를 높였다. 이성을 잃고는, 일본에 거주하고 있는 한국인들을 모두 내쫓아야 한다고 핏대를 세우는 사람도 있었다.

―이거 난감하게 됐군. 아키히로가 입을 연 다이치 엄마에게 복수를 시작한 모양이야. 이제 무슨 낯으로 다이치 엄마의 얼굴을 대하지?

내용을 전달받은 유우키는 곤혹스러워서 고개를 숙이며 손바닥으로 얼굴을 쓸었다. 해외 인터넷에 동영상을 올린 사람이 아키히로라고 생각한 것이다. 아키히로는 다이치 엄마가 경찰수사에 협조하는 바람에 자신의 신분이 드러났다고 생각했을 것이다. 다이치 엄마가 그토록 염려했던 일이 현실화되어버렸다. 비밀수사로 동영상 유포를 막아주겠다고 한 약속은 지킬 수 없게 됐다.

―지금 그게 문제가 아니에요. 우리는 다이치 엄마를 성적으로 굴종시킨 자가 한국인이 아니라 순수 일본인 아키히로라는 것을 수사로 밝혀냈어요. 그런데 저 동영상이 공개돼버렸으니 그 사실을 발표할 수도 없게 된 거라고요.

스즈란은 사실대로 발표했다가는 일본사회가 발칵 뒤집힐 것이라고 우려했다. 다이치 엄마 동영상 건도 사토시 다이치 사건과 묶어서 수사가 다 끝난 후 결과를 종합검토해 발표하고 묻을 건 묻으려던 계획에 차질이 빚어지게 생겼다. 그 동영상을 본 일본국민들의 분노가 극에 달하여 새로운 골칫거리가 되어버린 것이다.

경시청장이 직접 유우키와 스즈란을 호출했고 다이치 엄마 동영상을 거론하며 동영상에 등장하는 한국인 남성에 대해 아는 게 있는지를 물었다. 스즈란은 곤혹스러운 표정을 지었고 사실대로 아키히로라는 일본인이 한국인 행세를 한 것이라고 대답했다.

─일본인 짓이라고?

경시청장은 좋지 않은 징조를 예감하고 짙게 인상을 찌푸렸다.

─어떻게 한다? 지금 들끓는 민심에서는 우리 경찰이 진실을 밝힐 수도 없는 거잖아.

경시청장이 다시 말했다.

─예, 그렇습니다. 지금 상태에서 다이치 엄마를 성적으로 굴종시킨 남자가 사실은 한국인이 아니라 일본인이라고 발표했다가는 경찰이 매국노 취급을 받을 겁니다.

스즈란은 국민감정에 반하는 발표를 했다가는 경찰이 감당할 수 없는 비난여론에 뭇매를 맞을 것이라며 진실을 묻고 가야 한다는 뜻을 간접적으로 표했다.

─묻을 수 있겠어?

경시청장이 앞에 앉은 두 사람을 번갈아 바라보며 걱정스럽게 물었다.

─그러려면 아키히로를 검거하는 것이 무엇보다 시급합니다. 놈을 검거한 후 거래를 해서 입을 봉해야지요.

스즈란은 지금으로서는 그 수밖에 없다고 했다.

─유우키, 자네는 왜 아무 말이 없지?

경시청장이 유우키를 돌아보며 물었다.

─진실을 묻는다는 게 생각처럼 쉽겠습니까만 일단은 모르는 척하는 게 맞는 것 같습니다. 다만 한 가지 마음에 걸리는 것은, 이현정과 아키히로의 관계가 설명되지 않는다는 것인데, 두 사람이 적인지 동

지인지 도무지 감이 잡히지 않습니다.

　─무슨 뜻으로 하는 말인가?

　─아키히로가 이현정과 같은 편이라면 진실을 묻기 쉽겠지만 그렇지 않다면 시한폭탄을 우리 경찰이 떠안게 될 수도 있습니다. 이현정은 영악해서 우리 경찰이 진실을 폭로할 수밖에 없도록 만들지도 모른다는 뜻입니다.

　─알아듣기 쉽게 말해봐.

　─이현정에게 자신의 결백을 증명할 진짜 자료가 따로 있을지도 모른다는 거지요.

　유우키는 현정이 결백증명을 자신하며 아직도 굽히지 않고 당당한 걸 보면 그녀를 돕는 자가 아키히로가 아닐 수도 있다고 우려했다. 아키히로가 돕는 거라면 차라리 쉽겠지만 그게 아니라면 아키히로 또한 협박을 받고 있다는 뜻이고 그것은 아키히로의 약점을 현정의 협조자가 잡고 있다는 얘기가 된다는 것이다. 즉 진실을 밝히느냐 묻느냐는 일본경찰이나 아키히로가 아닌 현정의 손에 달렸다는 말이었다.

　해외서버 인터넷에 다이치 엄마 동영상이 올랐다는 소식은 하야시 귀에도 들어갔다.

　─자네 짓인가?

　하야시는 슈이치에게 전화해서 크게 역정을 내며 물었다.

　─내가 왜 그런 짓을 하겠어요?

　─그럼 누구야! 누가 이런 짓을 해서 아키히로를 자극하는 거야?

—아키히로가 화나서 한 짓이 아닐까요? 우리에게 '나를 희생양으로 삼으면 모든 것을 폭로해버릴 수도 있다'라는 경고를 보낸 것 아닐까라는 말이죠.

슈이치는 아키히로가 경찰에 전화를 걸어서 자신이 물증을 조작했다고 자백했던 것도 같은 맥락이었을 거라고 말했다.

—그러게 아키히로를 희생양으로 삼는 건 신중하자고 그랬잖아. 아키히로가 이판사판으로 나온다면 큰일인데…….

—차라리 잘된 일이에요. 동영상 공개로 우리 목적은 달성될 테니까요.

—아키히로 입이 문제지. 만일 놈이 발설하면 우린 그날로 파멸이야.

—아키히로가 지금 저러는 건 살려달라는 발버둥으로 봐야지 진짜 발설할 생각은 아닐 거예요.

슈이치는 아키히로가 경찰에 붙잡히더라도 감히 입을 열지 못하도록 여러 조치를 취하는 중이라며 하야시를 안심시켰다.

7.

유우키는 아라카와 강변을 따라 천천히 차를 몰았다. 햇살에 반짝이는 강물, 물새떼, 수면 위로 튀어 오르는 물고기…… 모두 아름다웠다. 운전을 하면서도 틈틈이 아름다운 경치에 눈길을 주며 슈이치와 카나미에 대해 생각했다.

조사를 해보니 슈이치는 도쿄지검 특수부 검찰수사관이었다. 검찰수사관의 애인 카나미가 왜 아키히로와 같은 카드를 사용했는지 이해가 되지 않았다. 슈이치가 만들어준 카드라는 뜻으로밖에 해석할 수 없었다. 그렇다면 아키히로는 슈이치의 정보원이라는 얘긴데…… 검찰 정보원이 왜 그런 추잡한 일에 개입된 거지? 파면 팔수록 밝히면 밝힐수록 꼬이고 어두워지는 고약한 사건이었다.

아무래도 슈이치를 직접 만나서 물어봐야 할 것 같았다. 그러나 슈이치는 지금 지방에 내려가고 없었다. 검사실에서는 비밀내사 때문이라서 행선지를 밝힐 수 없다고 했다.

카나미의 신원을 추적하고 있는 스즈란도 애를 먹고 있었다. 카나미를 봤다는 목격자는 있지만 그녀의 정확한 신상을 아는 사람은 찾기 어려웠다. 카나미가 현금인출기에서 인출한 현금을 추적하던 중 그 돈이 다량 한국으로 송금된 것을 확인했다. 스즈란은 돈을 대신 송금해준 브로커에게 처벌 엄포를 놓아서 한 한국여성의 부탁으로 송금이 이루어졌다는 진술을 받아냈다. 불법송금 브로커는 그녀가 일하는 S캬바쿠라 근처 커피숍에서 그녀를 만나 돈을 건네받았고 송금영수증을 건넬 땐 S캬바쿠라 앞으로 찾아가서 건넸다고 했다.

  ─이거 뭔가 이상한데?

  스즈란은 고개를 갸웃거렸고 곧바로 그 사실을 유우키에게 알렸다.

  ─알았어. 내가 그 여자를 조사해볼게.

  유우키는 청사로 향하다가 도중에 차를 돌렸고 예의 한국인 여성이 일하고 있는 것으로 추정되는 S캬바쿠라를 찾아갔다.

  아직 영업이 개시되기 전이었지만 캬바쿠라 출입구엔 벌써 알록달록한 조명이 밝혀져 있었다. 신분을 밝히며 일하는 여성 중 한국여성을 찾았는데 지배인은 무슨 일로 그 여성을 찾는지를 물었다. 유우키는 이런저런 일이 있고 살인사건에 연루되었을 가능성이 있다며, 불법고용과 불법취업에 대해 문제 삼지 않을 것이니 협조를 부탁한다고 정중하게 요청했다. 지배인은 그렇다면 아마도 성규리일 것이라고 했고 마침 그녀가 일찍 출근해서 대기실에 있으니 불러오겠다고 했다. 지배인은 유우키를 룸으로 안내하고는 잠시 기다리라고 하고 나갔다.

  유우키는 룸에 멍하니 앉아서 벽에 걸린 야한 여성 사진을 보았고 목이 마른데 맥주를 시킬 걸 그랬나, 하고 생각했다. 날이 더워서 딱 한 잔이 간절했지만 업무시간엔 자제하는 것이 좋겠다며 고개를 저었다.

그때 누군가가 똑똑똑 노크했고,

—저를 보자고 하신 분인가요?

문이 열리며 피부가 눈부시게 하얗고 목이 길며 허리가 가늘고 길쭉한 매력적인 아가씨가 안으로 들어섰다.

유우키는 예상과 달리 눈부신 미모와 부드럽고 아름다운 목소리를 가진 규리를 보고 넋을 잃은 표정으로 아, 네, 하고 대답했고 그 얼굴에서 눈을 떼지 못했다. 한참 후 규리가 맞은편에 앉아서 무슨 일로 보자고 한 것인지 물은 다음에야 정신을 차리며 찾아온 목적을 말했다.

규리는 자신이 브로커에게 불법송금을 부탁한 사실을 부인하지 않았다. 그러나 돈의 출처에 대해서는 함구했다.

—글쎄요, 손님 중 누군가가 사용한 거겠죠.

규리는 돈이 다 같은 돈이지 누구 돈이라고 이름이 적혔느냐며 눈을 흘겼다.

—같은 인출기에서 인출된 돈이 다량 규리 씨 수중으로 유입됐어요. 한두 번이 아니라 여러 번에 걸쳐서. 특히 자주 상대한 단골 중에 현금만 사용한 사람이 있을 거예요.

—있죠. 있지만 말해줄 수 없어요. 내 고객을 내가 보호해야지 누가 보호하겠어요.

규리는 딱 잘라 거절했고 그 후로는 유우키의 질문에 일절 대답하지 않았다. 유우키는 마치 현정을 보는 듯했고 그래서 한국여자들은 다 저런가, 하고 마음속으로 생각했다.

유우키는 규리를 포기하고 돌려보냈고 캬바쿠라 지배인을 다시 불러서 규리에게 현금을 많이 사용했을 법한 인물을 물었다.

ㅡ그 돈은 아키히로라는 남자가 사용했을 거예요.

지배인은 자기 짐작이 거의 확실하다고 자신했다.

ㅡ아키히로?

ㅡ꽃미남이에요. 규리에게 빠져서 제정신이 아니었죠. 규리가 다른 남자와 2차를 못 나가게 하려고 상당히 많은 돈을 썼어요.

지배인은 아키히로가 참 착한 순정남이었다고 기억했다.

ㅡ아키히로가 성규리 단골이었단 말이죠? 그렇다면 성규리도 아키히로에 대해 잘 알겠군요.

ㅡ물론이죠. 얼마 전까지도 2차를 같이 나갔는데 무슨 일이 있는지 근래엔 안 오네요. 둘이 싸웠나?

ㅡ성규리는 어떤 여자죠?

유우키는 규리에 대해 지배인에게 꼬치꼬치 캐물었다. 형사 직감으로 뭔가 수상한 냄새를 맡았기 때문이다. 아키히로와 친했다면 그를 도와서 2건의 살인사건에 개입했을지도 몰랐다. 그가 그녀에게 건넨 돈의 성격은 그녀의 환심을 사려는 게 아니라 협조의 대가였을 수도 있었다.

하지만 지배인은 그럴 가능성을 일축했다. 규리를 따라다닌 것은 아키히로였고 그녀는 그를 별로 좋아하지 않았다는 것이다. 그녀는 도쿄에서 손꼽히는 인기여성이라서 가만히 있어도 찾아오는 단골이 끊이지 않는데 오히려 아키히로의 독점욕 때문에 단골이 끊기는 손해를 보았다고도 했다.

유우키는 그렇지만 지배인 말을 다 믿지는 않았다. 지배인에게 규리의 수상한 행동, 특히 아키히로와 몰래 연락하지 않는지를 눈여겨 봐달라고 부탁했고 성범죄수사팀의 세이코 형사를 지원받아서 규리를 밀착감시하게 했다.

다이치 살해용의자가 규리에게 빠졌다는 건 신기할 게 없었다. 다만 그 돈을 인출한 것이 카나미라는 여자라는 점이 이상했다. 카나미와 아키히로는 어떤 사이일까? 혹시 사토시를 살해한 것이 카나미 그 여자가 아니었을까? 가능성이 점점 짙어지고 있었다.

─그건 그렇고 내가 성규리를 어디서 봤더라?

유우키는 규리가 낯이 익다는 사실을 떠올리며 혼자 중얼거렸다. 그러다가 문득 아, 맞아! 하고 소리쳤다. 어쩐지 어디서 들어본 이름 같더라니.

규리는 원정녀 5호로 불리는 여자였다. 유우키는 원정녀 몰카에 찍힌 여성 중 신분이 확인된 여성들 명단을 갖고 있으면서도 그 이름을 떠올리지 못하고 있었던 것이다.

또다시 원정녀 몰카에 찍힌 피해여성이 사건 연관인물로 등장했다. 이것도 우연이라고 해야 하나?

유우키는 지배인의 협조에 감사를 표하고 캬바쿠라를 나섰다.

8.

　다이치 엄마 동영상이 공개된 후 한국인에 대한 저주어린 비난여론이 일본열도를 뜨겁게 달구었다. 그것을 본 일본인은 남녀노소 누구나 할 것 없이 모두 한국인에 대한 격앙된 반응을 보였고 복수를 다짐하는 극우단체의 결의도 잇달았다. 주일한국대사관에서는 사태가 심각하다고 판단하고 긴급공지를 통해 교민들에게 외출 자제를 당부했다.

　대낮에 공공장소에서 공공연히 한국인에 대한 테러가 자행되기도 했다. 피투성이가 되어 살려달라고 비명을 지르는 한국인 남성의 모습이 전파를 타고 텔레비전 뉴스로 방송됐다. '추한 한국인'이라고 비난을 퍼부으며 몰매를 가하는 일본인 남자들은 얼굴에 마스크를 쓰고 있었다. 신고를 받고 출동한 경찰은 멀리서 호루라기를 불어 가해 일본남자들에게 도망칠 기회를 주었고 뒤쫓는 척 흉내만 내다가 돌아있다.

　한국인이 사는 집에도 돌멩이와 화염병이 날아들었다. 한국인에게 집을 세놓은 집주인들은 집이 망가지는 것을 걱정하는 척하며 집을 비워줄 것을 요구했고 비우지 않으면 전기와 수도를 끊는 등, 관동 대지진 때의 한국인 대학살 이후 최악의 혐한광풍이 몰아치고 있었다.

　방송기자는 다이치 엄마 동영상으로 인해 일본사회의 반한감정이 극에 달했다는 뉴스를 전하면서, 한국정부가 대신 사과하고 범인 검거에 적극 협조하겠다는 약속이 뒤따른다면 일본인들의 자존심 회복과 분노를 달래는 데 조금은 도움이 될 것이라는 논조를 덧붙였다.

　한국정부는 당혹스러운 분위기 속에서 대책마련에 나섰다. 다이치 엄마를 협박한 남자의 일본어 발음이 정확하고 한국인이 일본말을 사용할 때의 몇 가지 특징이 보이지 않으므로 한국인이 아닐 수 있다며 일본경찰의 신속한 수사를 촉구했다. 그 정체불명의 남자가 자기 입으로 한국인이라고 말한 것 외에는 한국인이라는 증거가 없다, 그러므로 일본경찰이 공정하게 수사해서 합리적인 결과를 내놓으면 그때 입장을 밝히겠다며 입장표명을 유보했다. 재일교민의 안전에 심각한 우려를 표하며 일본정부에 강력히 대책을 요구했고 필요하다면 전세기를 동원한 교민철수까지 고려하겠다며 일본정부를 압박했다. 재일교민의 안전을 일본정부가 보장해주지 않아서 교민철수에까지 이른다면 한국정부도 주한일본인의 안전을 보장해줄 수 없다는 간접적 항의였다.

　한국인에 대한 테러장면 방송을 본 일본인들은 너나 할 것 없이 속이 후련하다며 통쾌해했다. 그러나 같은 방송을 본 규리는,

　－실컷 즐겨라, 즐긴 만큼 후회하게 될 날이 올 것이니.

　라고 하며 조소를 흘렸다.

9.

도쿄경시청 성범죄수사팀 사무실 창문턱에 비둘기 한 마리가 앉아서 구슬피 울고 있었다. 벌써 몇 시간째 그러고 있었는데 시선이 한 곳에 고정돼 있었다. 유우키는 무슨 일이 있나 싶어 창가로 가서 섰고 비둘기가 바라보는 곳을 함께 바라보았다.

비둘기는 경시청 옆 골목을 바라보고 있었다. 길바닥엔 비둘기 한 마리가 쓰러져 있었는데 움직임이 없었다. 먹이에 집중하다가 오는 차를 발견하지 못하고 치여서 죽은 모양이었다. 창문턱에 앉아 울고 있는 비둘기는 죽은 비둘기의 짝일 것이었다.

유우키는 죽은 비둘기를 애도하며 산 비둘기를 안쓰러운 눈으로 바라보았다. 짝 잃은 슬픔을 절절히 공감한 것은, 사랑하는 사람 곁에 있으면서도 사랑을 나눌 수 없는 자신의 처지 또한 그보다 나을 것 없기 때문일 것이었다.

―참, 내가 이렇게 한가로울 때가 아니지.

유우키는 어두운 표정으로 자리로 돌아가 앉았고 비둘기 때문에 중단했던 일을 계속했다. 아키히로와 카나미가 사용한 카드의 사용 내역을 살펴보던 중이었다. 사용된 날짜와 지역과 장소를 꼼꼼히 들여다보며 단서가 될 만한 것을 찾고 있었다. 조금이라도 이상한 것이 있으면 전화를 걸어서 카드 사용자를 기억하는지, 함께 온 사람은 없었는지를 물었다. 카드는 현금보다 많이 사용되고 있었고 특별한 일이 없는 한 계산자가 사용자 얼굴을 기억하기 힘들었다. 때문에 건진 건 별로 없었다.

그러던 중 예의 카드가 이카와의 한 식당에서 사용된 기록을 발견했다. 이카와는 고고우치로 가는 길목에 있는 마을이었다. 밥을 먹은 날짜도 다이치의 성기가 든 상자가 고고우치 지역에 묻힌 시점과 엇비슷했다.

─그래, 이거야!

유우키는 박수를 치며 크게 소리쳤다. 아키히로와 카나미가 한패라면 다이치의 성기가 든 상자를 고고우치 지역에 묻은 것도 그들일 것이라는 생각이었다. 그는 예의 식당으로 전화를 걸었고,

─20만 엔 정도 계산이 나왔으면 단체손님이었거나 특별히 비싼 음식을 주문한 것 같은데요.

식당주인에게 카드 사용자를 기억하는지 물었다. 식당주인 남자는 기억을 한다면서 어떤 여자가 사용했다고 말했다. 여자라면 아키히로가 아닌 카나미가 문제의 카드를 썼다는 얘기였다.

─찾아뵙고 확인할 게 있는데 오늘 식당에 계실 건가요?

─아마 그럴 겁니다.

유우키는 당장 사무실을 뛰쳐나가 차에 올라앉았고 이카와를 향해 급히 차를 출발시켰다.

한참 고속도로를 달리고 있는데 스즈란에게서 전화가 걸려왔다.

그녀는 드디어 카나미의 정체를 밝혀냈다고 들뜬 목소리로 말했다.

─아키히로가 카나미였어요. 슈이치가 만나는 카나미라는 여자가 알고 봤더니 남자였다고요. 남자로 행세할 땐 본명 아키히로를 쓰고 여자로 행세할 때는 카나미라는 가명을 사용했어요. 그 때문에 카나미라는 여자 이름으로는 신상추적이 되지 않았던 거예요.

스즈란은 대단한 발견이라도 한 양 신이 나서 떠들었다. 그도 그럴 것이, 두 사람을 동시에 아는 사람이 없어서 탐문수사에 좀처럼 진전이 없었기 때문이다. 그런데 아키히로 집 근처 골목 CCTV에 두 사람이 시간차를 두고 자주 찍혀 있었다. 혹시나 두 남녀가 동일인 아닐까, 라는 생각으로 알아본 것이 기적 같은 소득으로 이어졌다.

아키히로의 집 앞 우유대리점 사장은 카나미가 아키히로의 여자 친구인 줄 알고 있었다. 아키히로와 함께 있는 건 보지 못했지만 그의 집에 드나드는 여자였기 때문이다. 그러나 혼자 사는 옆방 총각은 아키히로가 카나미인 게 확실한 것이, 여자가 들어왔는데 남자가 나가고 남자가 들어왔는데 나갈 땐 여자일 때가 많았기 때문이라고 했다. 두 사람이 동시에 한방에 있었던 적은 없다는 것이 옆방 총각의 확신이었다.

─카나미가 아키히로라고?

유우키는 믿기지 않는다는 얼굴을 하고서 되물었다.

─그 여자, 아니 그놈은 남자일 땐 그저 잘 생긴 남자일 뿐이지만 여자로 변장하면 꽤나 미인이에요.

여장남자가 남자 애인 슈이치를 두고 규리에게 반해서 많은 돈을 여자 치마 밑에 갖다 바쳤다? 말이 안 되는 것 아닐까? 아키히로가 슈이치를 만난 사실을 다른 사람들에게 숨기려고 카나미 분장을 하고 연인 행세를 했다면 모를까. 만일 그렇다면 호텔에서 비밀한 대화가 오갔다는 얘기고 모종의 밀계가 꾸며졌다는 뜻일 터였다. 확실히 수상했다.

－사진상으로는 두 사람이 닮은 것 같지 않던데……?

유우키는 그래도 못 믿겠다는 듯 말했다.

－확실하다니까요. 눈썹 때문일 거예요. 카나미는 눈썹이 짙은데 아키히로는 눈썹이 거의 없으니까요. 화장술의 신비죠.

－그렇지만 아키히로가 카나미로, 카나미가 아키히로로 변장하는 것을 직접 목격한 건 아니잖아.

－옆방 총각은 카나미와 아키히로의 섹스를 엿들으며 자위하기 위해 부단히 애썼지만 단 한 번도 성공하지 못했대요.

스즈란은 얼마나 어렵게 알아낸 사실인데 믿지 않는 거냐고 투덜대며 섭섭함을 표했다.

－안 믿는 게 아니라 충격을 받아서 그래. 카나미가 찾은 돈을 아키히로가 썼으니 말이 안 되는 것도 아니지. 아, 그럼 그게……?

유우키는 뭔가 깨달은 듯 갑자기 눈이 휘둥그레지며 목소리를 높였다. 그러나 무엇을 깨달았는지는 설명하지 않은 채 일단 알았고 이따가 다시 통화하자고 말하고는 서둘러 전화를 끊었다. 운전에 집중하여 속도를 높이기 위함이었다. 그만큼 그는 마음이 급했다.

유우키는 한 번도 쉬지 않고 한걸음에 이카와로 달려갔고 예의 카드가 사용된 식당주인을 만났다. 신분증을 꺼내 보이며 어떤 사람이 그 카드를 사용했는지를 물었다.

—지나가는 길에 잠시 들른 손님 같았어요.

　식당 주인은 카드를 사용한 사람에 대해 똑똑히 기억하고 있었는데 비싼 복어요리를 먹었기 때문이라고 했다. 복어껍질과 사시미튀김 나베 등의 코스요리에 죠스이(죽)와 히레자케(복어꼬리를 구워서 넣은 독한 술)까지. 계산은 여자가 했는데 미인이었지만 얼굴과 매치되지 않는 탁한 목소리가 흠이었다고 했다.

　—어떻게 탁했다는 건가요. 담배를 많이 피워서 탁해진 목소리 같은 느낌?

　—아뇨. 내가 말한 '탁하다'는 곱지 않다는 뜻이었어요. 여성스러움이 부족하다는 쪽이랄까? 그것 있잖아요, 중성의 느낌.

　—중성의 느낌? 트랜스젠더의 느낌을 말하는 건가요?

　—네. 원래 탁한 목소리를 타고 났을지도 모르죠.

　—혹시 이 여자처럼 생기지 않았나요?

　유우키는 CCTV 영상을 캡처한 카나미 사진을 꺼내 보였다. 식당 주인은 눈을 가늘게 뜨고 사진을 자세히 들여다보았다. 그러고는,

　—맞아요, 이 여자였어요.

　하고 큰 소리로 말했다. 순간 유우키 눈에 번쩍 불꽃이 튀었다.

　차 트렁크에는 다이치 성기가 든 플라스틱상자가 들어 있었을 것이다. 감식반은 상자를 묻은 사람이 키 165센티미터 전후 몸무게 55킬로그램 전후의 남성일 것으로 추정했다. 아키히로 혹은 카나미의 체격과 차이가 크지 않았다.

　유우키는 사토시의 차에 동승한 그 여자가 카나미였다고 확신했다. 즉 아키히로가 여장을 하고서 사토시를 유인 살해한 것이다. 사

토시를 유인해서 죽인 여자가 드러나지 않았던 이유는 그 여자가 실은 남자였기 때문이다. 사토시 몸을 묶고 있던 밧줄의 그 단단한 매듭을 떠올리고 더욱 확신을 굳혔다.

그렇게 단정을 해놓고보니 그동안 납득가지 않고 이해되지 않던 많은 의문점들이 풀렸다. 아키히로가 사토시 살해에 개입한 정황이 뚜렷함에도 여자가 아니라는 이유로 주범에서 제외시켰으니 범인 윤곽이 잡힐 리가 없었다. 이렇게 되면 이현정은 혐의를 완전히 벗는 건가?

–동행한 사람에 대해서는 기억하나요?

유우키가 식당주인에게 물었다.

–남자 한 분이었어요.

–이 사람인가요?

유우키는 휴대폰을 열어서 슈이치의 사진을 보여주며 물었다.

–맞아요, 이 사람이 확실해요.

유우키는 또 다시 혼란에 휩싸였다. 식당주인을 앞에 세워두고 곰곰이 생각에 잠겼다.

–아키히로 또는 카나미가 다이치 성기가 든 상자를 묻으러 고고우치로 가는 길이었다면 슈이치는 왜 동행한 것일까? 슈이치가 공범이란 말인가? 검찰수사관이?

유우키는 생각을 멈추고 스즈란에게 전화했고 그녀 말대로 카나미가 아키히로인 것이 확실해졌다고 말했다. 그러면서 자신이 확인한 내용을 말했고 슈이치의 최근 행적을 조사해 달라고 요청했다.

–아키히로가 다이치 성기를 들고 고고우치로 향할 때 슈이치 수

사관이 동행을 했거든.

　-검찰수사관이 살인공모자라는 말인가요?

　스즈란은 그런 일은 있을 수 없다고 생각하는 것 같았다.

　-그걸 모르니까 조사를 해보자는 거지.

　-설마 그럴 리가요. 아키히로가 거길 왜 가는지 모르고 동행한 거 겠죠.

　스즈란은 도저히 믿지 못하겠다는 반응을 보였다.

　-그렇길 바라야지. 어쨌거나 수고 좀 해줘.

　유우키는 아키히로와 슈이치의 행적을 좀 더 알아보기 위해 그들이 차를 몰고 이동했을 것으로 예상되는 동선을 조사했다. 목격자를 찾고 CCTV를 확인했지만 더 이상의 성과는 없었다. CCTV의 경우 보관시한이 지나서 폐기한 곳이 많았다. 하지만 청으로 돌아가는 그의 몸과 마음은 가벼웠다. 일엽편주에 몸을 싣고 암흑의 망망대해를 떠다니다가 이제야 구름이 걷히며 나타난 북극성을 확인하고 육지를 가늠할 수 있게 된 느낌이었다. 겨우 나아갈 방향을 찾아서 노를 저을 수 있게 된 기분이었다.

10.

스즈란은 막 출근한 유우키에게 반갑게 인사를 건네며 모닝커피를 마시러 가지 않겠느냐고 물었다. 커피를 마시며 회의를 하자는 뜻이었다. 그러나 유우키는 고개를 저었다. 같이 갈 곳이 있다고 하면서 그녀 손을 잡아끌었고 황망히 영상분석실로 향했다.

ㅡ무슨 일인데 그래요?

스즈란이 물었지만,

ㅡ가보면 알아.

유우키는 더욱 발걸음을 재촉할 뿐이었다. 스즈란은 직감적으로 유우키가 결정적 단서를 확보했다는 것을 알 수 있었다.

유우키가 미리 부탁전화를 해둔 모양이었다. 영상분석팀장이 직접 나와서 유우키와 스즈란을 맞았다. 유우키는 팀장에게 인사말을 건넸고 사토시의 차 동승자가 찍힌 CCTV 자료와 아키히로 사진, 그리고 카나미가 찍힌 CCTV 자료를 동시에 내밀었다. 사토시가 살해되던 날 살해된 장소로 동행한, 사토시가 운전하는 차 옆자리에 탄 여성과 아키히로 그리고 카나미 사진을 비교해서 일치하는 부분이 있는지 찾아달라는 것이었다. 매우 시급한 일이니 당장 분석을 해야 한다고 재촉했다.

영상분석팀장은 시간이 좀 걸린다면서 앉아서 기다리게 했다. 그러고는 팀원 두 명을 불러서 함께 유우키가 부탁한 일을 처리했다.

분석원들은 모든 자료를 분석프로그램에 입력시키고 아키히로 혹은 카나미의 살이 드러난 부분을 오려냈다. 또한 사토시의 차에 동승한 여성의 살이 드러난 부분도 마찬가지로 오려냈고 그것들을 크게 확대시켰다.

이제 사진과 CCTV 자료는 그림이 아닌 사각형의 작은 면과 면이 펼쳐진 것처럼 보였다. 한참의 시간이 흘렀고 컴퓨터는 그 면과 면을 분석해서 그래프와 데이터로 뽑아내기 시작했다. 그리고 어느 순간 삐— 소리를 내며 한 모니터에 붉은 색 그래프가 그려졌다.

—찾았어요.

영상분석팀장이 프린터에서 출력물을 뽑아들며 소리쳤다. 유우키와 스즈란은 동시에 자리에서 일어나 모니터 앞으로 다가갔다. 팀장은 확대했던 영상을 축소시켰고 컴퓨터 프로그램이 표시한 부분을 손가락으로 가리켰다. 동시에 프린터로 출력한 그래프를 펼쳐보였다.

—세 사람 모두 턱선이 일치하는 것으로 나왔어요. 귓바퀴모양과 입술모양도 일치하고요. 특히 여기, 왼쪽 뺨 아래쪽에 표시가 돼 있는 이 부분 말예요. 아주 작은 점이거나 상처 같은데 정확히 같은 자리에 있는 것으로 분석됐어요. 여기 출력물에 빨간색으로 표시된 마지막 부분 있죠? 이것이 같은 자리에 같은 형태의 뭔가가 있다는 표시예요. 실물사진에서는 아주 작은 점이나 기미처럼 보이는 이 부분이에

요. CCTV가 찍은 사진에서는 너무 작은 것이 멀리서 찍혀 육안으론 확인이 되지 않지만 컴퓨터는 볼 수 있죠. 틀림없는 동일인이에요.

―사토시를 유인해서 살해한 건 여장 아키히로, 즉 카나미였어. 다이치도 마찬가지였고.

유우키가 스즈란을 돌아보며 말했는데 아키히로의 단독범행이라는 뜻이었다.

―말도 안 돼.

스즈란은 믿을 수 없다는 표정이었다.

―우리가 수사를 제대로 했다면 원정녀 몰카시리즈에 찍힌 한국인 여성들, 혹은 그 여성들을 대신한 보복살인이어야 하는 것 아닌가요? 아키히로의 짓이 되려면 이현정의 청부에 의한 살인이어야 말이 된단 말이죠. 그런데 내가 조사한 바에 의하면 아키히로는 전혀 외국인의 피가 섞이지 않은 순수 일본인이고 심지어 극우성향의 반한주의자였어요. 그런 자가 어떻게 한국인 유흥업소 종사여성들의 몰카를 찍은 사토시와 사토시에게 그녀들을 소개한 다이치를 살해할 수 있죠?

스즈란이 다시 말했는데 범행동기가 성립하지 않는 것에 대한 의문이었다. 돈 때문에 그런 일을 저지르기엔 그의 반한 혐한성향이 너무 뚜렷하다는 것이다.

―이유야 그놈을 체포해보면 알게 되겠지. 어쨌거나 그놈 짓이라는 증거를 확보했으니 놈을 공개수배하고 중간수사발표를 해야 해.

―지금 해외인터넷에 널리 퍼져 있는 다이치 엄마 동영상 때문에 일본사회 전체의 반한감정이 극에 달해 있고 일본국민 전부가 한국

놈들을 일본 땅에서 다 쫓아내야 한다며 격앙돼 있어요. 이런 분위기에서 중간수사발표를 하고 아키히로를 공개수배한다는 건 너무 위험해요. 놈이 자극받아서 다이치 엄마 동영상의 등장인물은 자기라고 공개자백을 해버릴지 모르니까요.

스즈란은 다이치 엄마를 협박해서 성적 굴종을 시킨 것이 실은 일본인이라는 사실이 밝혀지면 사토시 다이치 살인사건보다는 왜 일본인이 한국인 행세를 해서 혐한광풍을 불러일으켰느냐가 이슈로 불거질 것이고 일파만파 세계적 파문으로 확산될 것이며 그것은 일본에 치명적 타격을 입힐 것이라는 점을 들어 반대했다.

ㅡ하지만 범인을 밝히고도 발표를 못하는 건 말이 안 되잖아. 다이치 엄마 동영상 건과 별개로 2건의 살인사건에 대해서는 수사발표를 해야 한다고 생각해, 나는.

ㅡ우리끼리 결정하기엔 예상되는 사회적 파장이 너무 심각해요. 상부에 보고하고 상의한 후에 결정해야 해요.

스즈란은 설득 조로 말했다. 도주한 범인검거에 공개수배만한 압박수단도 없겠지만 지금은 일본사회가 받게 될 충격을 최소화할 방안부터 모색할 때라고 강조했다. 유우키는 심각하게 고민을 하더니 스즈란의 말이 옳다며 고개를 주억거렸다.

ㅡ그래, 그렇게 하지.

둘은 영상분석팀장에게 감사의 말을 한 후 영상분석실을 나섰다. 곧장 경시청장실로 달려가서 긴급면담을 요청했고,

ㅡ사토시 다이치 살해는 아키히로 단독범행으로 밝혀졌습니다. 아키히로가 여장을 하고서 두 남자를 유혹해 약물을 먹인 후 성기를

잘라서 죽인 겁니다.

하고 보고했다.

―이럴 수가! 도대체 범행동기가 뭐야?

경시청장은 의외의 결론에 충격 받아 인상을 굳히며 물었다.

―범인이 직접 자백을 하지 않은 상태에서 단정 짓기는 어렵지만 아키히로의 극우성향과 일부 정황으로 비춰볼 때 한국인여성 이현정에게 죄를 뒤집어씌우려 한 것이 아닐까 싶습니다.

스즈란이 말했다.

―이렇게 되면 이현정은 결백한 것이 되잖아. 아키히로 그 자는 자신이 그런 짓을 저질렀으면서 도대체 무슨 생각에서 자기가 범행물증을 조작했다고 자백한 것이지?

경시청장은 혹시 역으로 아키히로가 현정의 음모에 말려들어서 죄를 뒤집어썼을 가능성은 없는지를 물었다.

―모든 증거가 아키히로를 가리키고 있고 이현정은 아니라고 말하고 있습니다. 유감스럽게도 현재로서는 그럴 가능성이 전혀 없습니다.

유우키는 직접 수사해서 범인을 밝혀낸 자신도 믿기지 않는다며 절레절레 고개를 저었다.

―상황이 심각하군.

경시청장은 한숨을 길게 내쉬었다.

―저희들도 그래서 청장님과 의논을 하려고 찾아온 것입니다.

스즈란이 무거운 목소리로 말했다.

―아키히로가 범인이라고 발표하면 어떻게 될까?

경시청장이 물었다.

－범행사실과 물증조작 자백 사이에 모순이 있고 무엇보다 범행동기가 성립되지 않으므로 사실을 발표해도 국민들은 믿지 않을 겁니다. 뿐만 아니라 국민들은 다이치 엄마 동영상을 찍은 한국인 남성이 다이치 살해범이라고 굳게 믿고 있습니다. 이런 상태에서 다이치를 죽인 것이 일본인 아키히로라고 발표한다는 건 마치 자살폭탄을 안고 탱크 밑으로 뛰어드는 것이나 다를 바 없습니다. 다이치 엄마 동영상의 등장인물도 아키히로라고 발표하는 결과가 될 테니까요. 다이치 엄마를 성적으로 굴종시킨 자가 한국인이 아니라 한국인 행세를 한 일본남자라는 사실을 공개하고 그 뒷일을 감당하실 수 있겠습니까?

스즈란은 절대 일본국민들을 설득할 수 없을 거라고 걱정했다.

－아키히로와 연락할 방법이 있다면 다이치 엄마 동영상 건은 눈감아줄 테니 발설하지 말라고 타협할 수 있겠지만…….

유우키는 현재로서는 연락할 방법이 전혀 없어서 타협조차 할 수 없는 현실에 안타까움을 표했다.

－반한감정을 촉발시킨 다이치 엄마 동영상 때문에 세계인이 지켜보고 있는 사건이야. 그놈이 무슨 생각으로 저지른 짓이든, 다이치 엄마를 성적으로 굴종시킨 자가 한국인 행세를 한 일본남자라는 사실이 밝혀지는 순간 우리 국민들은 엄청난 충격을 받을 것이고 세계적으로도 큰 이슈가 될 게 뻔해. 국가적 충격과 세계적 비난여론을 감당할 수 없을 거야. 그러니 일단 발표는 보류해야겠어.

경시청장이 말했고 이 사실이 밖으로 새나가지 않도록 보안을 철저히 지키라고 지시했다. 중간수사발표가 급한 것이 아니라 아키히로 검거가 더 급하며, 발표는 그를 검거한 후 다시 논의하자는 얘기였다. 자기 선에서도 감당하기 벅찬 문제이므로 상부와 상의할 것이며 아키히로 검거팀을 더욱 보강해서 연고지와 예상동선 등에 배치하겠다고도 했다.

—그나저나 이현정은 어떻게 처리해야 할까요?

유우키가 물었다.

—유우키, 자네가 그랬지, 아키히로가 이현정의 적인지 동지인지 구분이 가지 않는다고? 만일 아키히로가 이현정의 적이라면 어떻게 될까? 이현정을 풀어주면 아키히로가 죽이려고 나타날 수도 있지 않겠느냔 말이지.

경시청장은 현정을 이용해서 아키히로를 유인해보는 것도 하나의 방법이 될 수 있지 않겠느냐고 물었다.

—이현정을 풀어주자는 말씀입니까?

스즈란이 물었고 경시청장은 고개를 끄덕였다.

—이현정을 풀어줘도 별로 소득은 없을 겁니다. 그 여자도 아키히로가 자신을 노린다는 걸 잘 알고 있을 것이기 때문입니다.

유우키는 현정이 주일한국대사관에 신변보호를 요청할 것으로 예상했다.

—그렇더라도 시도는 해볼 만합니다. 이현정이 풀려났다는 사실을 알게 되면 아키히로가 불안해서 스스로 모습을 드러낼 수도 있을 테니까요. 모습을 드러내지 않더라도 어떤 식으로든 대응을 하지 않겠습니까?

스즈란은 경시청장의 의견에 동의했다.

-어차피 구속기한 연장신청도 더 할 수 없어서 기소하지 않으면 풀어줘야 하는데 차라리 잘 됐어. 풀어주자고.

경시청장은 다만 현정이 아키히로의 범죄에 대해 알고 있을 가능성을 걱정했다. 나가서 입을 나불거리면 다이치 엄마 동영상에 등장하는 남성이 일본인이라는 사실이 세상에 알려질 수 있다며 각별한 입막음을 당부했다.

유우키와 스즈란은 침울한 표정으로 경시청장실을 나섰고 곧바로 현정의 석방절차를 밟았다. 현정을 불러서, 혐의를 벗어서 풀어주는 건 아니라는 점을 강조했다. 확보한 물증의 증거능력 부족으로 풀어주는 것일 뿐이며 아직은 비공개수사를 유지하고 있으므로 사건에 대해, 특히 아키히로에 대해 발설하면 불법매매춘혐의로 입건하겠다고 엄포를 놓았다.

현정은 증거불충분으로 풀려났지만 생명의 위협을 받고 있었다. 슈이치가 그녀의 목숨을 노리고 있을 게 분명했다. 유우키의 예상대로 현정은 풀려나는 즉시 주일한국대사관으로 달려갔고 신변보호를 요청했다.

우석은 현정이 범죄자들에게 이용됐을 가능성이 매우 높으므로 암살 위험이 있다고 판단했고 교민보호 차원에서 현정을 대사관 안채에서 지내게 배려했다.

11.

태극은 무극이다. 무극(無)은 원기가 아직 분화하지 않은 상태로, 무한의 카오스이다.

태극은 양동(陽動=빨강)과 음정(陰靜=파랑)을 낳아 이괘(離卦=불)와 감괘(坎卦=물)로 분화한다. 양은 움직임이고 음은 고요함이다. 음과 양이 교차하고 전화하면 비로소 코스모스를 얻어 금목수화토(金木水火土)의 오행을 낳는다. 오행이 질서 속에 조화로우니 사계절이 운행된다. 태극의 참과 음양오행의 정수가 오묘하게 합응하여 강건한 건도(乾道=하늘)와 유순한 곤도(坤道=땅)를 이루고, 이 두 기운이 교감하여 만물을 낳는다.

태극기에는 우주가 담겨 있었다.

게양대에 걸린 태극기가 바람에 휘날리고 있었다. 선글라스에 모자를 쓴 현정은 주일한국대사관 건물 앞에 서서 한참동안 태극기를 바라보았다. 세계에서 가장 철학적이라는, 아름답기까지 한 태극기를 눈이 아플 때까지 바라보다가 눈에 눈물이 고인 후에야 천천히 눈을 뗐고 대사관 앞을 떠났다. 그녀의 앞뒤를 건장한 장정 셋이 둘러싸고 이동하고 있었다.

도쿄 미나미아자부의 7층짜리 주일한국대사관 본관 뒤편 높은 담
장 아래 세워진 선팅 짙은 승합차 안에서 규리가 현정을 기다리고
있었다. 승합차 문이 열리자 현정이 올라탔고 장정들은 앞뒤에 세워
진 승용차에 나누어 올라탔다. 앞쪽에 서 있던 승용차가 먼저 움직였
고 승합차가 뒤따라 움직였으며 뒤에 서 있던 승용차도 승합차를 뒤
따랐다. 세 대의 차는 가이엔니시거리를 따라 천천히 움직였다.

승합차 안의 현정과 규리는 힘껏 끌어안고 그때까지 침묵한 채 눈
물만 흘렸다. 그러다가 현정이 먼저 너무 무서웠고 보고 싶어 죽는
줄 알았다는 말을 하며 규리를 감고 있던 팔을 풀었다. 규리도 그제
야 몸을 떼며 눈물 젖은 얼굴에 웃음을 지었다.

-고생 많았지?

규리는 측은한 눈빛을 보내며 현정의 손을 찾아 꼭 감싸 쥐고 위로
했다.

-간이 배 밖으로 나온 언니 때문에 내가 미쳐. 경찰에 체포되기 전
에 그놈들 칼부터 맞는 건 아닐까 얼마나 조마조마했다고.

현정은 도망 다니는 것보다 차라리 경찰에 체포돼서 경찰 보호를
받는 편이 더 안전하다고 말하며 고고우치 계책을 세운 규리를 회상
하며 말했다. 현정은 아직도 두렵고 떨리는 가슴을 진정시킬 수 없는
듯 척추를 구부리며 몸을 웅크렸다.

-이제 놈들이 스스로 무덤을 파고 들어갔으니 묻을 일만 남았어.

규리는 모든 일이 계획대로 잘 진행되고 있으니 걱정 말라고 위로
했다.

-언니들 도움 없었으면 난 이미 시체가 되었을 거야. 고마워, 언니.

―네가 우리 때문에 음모에 말려들었는데 어떻게 모르는 척을 해.

―나보다 언니들이 더 두려웠을 텐데 어떻게 견뎌냈어?

―솔직히 너무 큰 싸움이라 많이 두려웠던 건 사실이야. 하지만 어차피 이겨내야 할 두려움이었어. 두렵다고 피하면 우리가 죽는 전쟁이었기에 어쩔 수 없는 선택이었던 거지.

―어쨌거나 함께 용기를 내준 언니들이 너무 고맙고 또 미안해.

―미안한 건 우리지 네가 왜 미안해.

―나 때문에 언니들까지 위험에 휘말렸으니 그렇지.

현정은 끔찍한 악몽의 터널을 빠져나온 기분이라며 바르르 몸서리쳤다.

현정과 규리가 아키히로의 존재를 알게 된 것은 사토시가 죽기 얼마 전이었다. 어느 하루 어떤 사람이 현정에게 전화를 걸어왔고 원정녀 몰카시리즈와 관련한 사토시 고소를 취하하지 않으면 죽이겠다고 협박했다. 전화를 받은 현정은 두려워서 살이 부들부들 떨렸다.

현정은 몰카 피해여성모임에서 만나 알게 된 한국인 언니 규리를 찾아가서 의논했다. 그녀들은 몰카를 제작한 사토시에 대한 법적 대응과 함께 인터넷에서 동영상을 삭제하기 위한 노력을 함께하기로 뜻을 모았고 체계적 활동으로 효과를 극대화하기 위해 피해여성모임을 조직했던 터였다.

법적 대응은 현정이 하기로 했다. 일본경찰은 그러나 고소장을 접수하고도 수사에 착수하지 않고 있었다. 사토시는 일본인인 반면 몰카에 찍힌 여성들은 고소장을 낸 현정을 제외하고는 모두가 한국인 불법취업자들이었다. 불법체류 외국인여성을 위해 일본인을 벌할 필요가 있을까? 그것이 일본경찰의 인식이었다. 때문에 그녀들은 인터넷에 떠도는 동영상을 직접 삭제할 방법을 강구할 수밖에 없었다.

그럴 때 몰카 피해여성 중 한 명인 현정이 규리를 찾아왔고 정체를 알 수 없는 누군가로부터 살해위협을 받고 있다고 말했다.

─내 자취방을 감시하는 느낌도 받았어. 내 자취방을 감시하는 그놈을 역감시해서 정체를 알아보고 싶은데 방법이 없을까?

현정은 자신은 놈들에게 얼굴이 알려져서 안 되니 흥신소를 알아봐줄 수 있겠느냐고 물었다.

─돈만 주면 못 하는 게 없는 게 일본인데 왜 안 되겠어.

규리는 현정이 어떤 음모에 말려드는 건 아닌지 걱정했다. 일본인들은 음흉해서 늘 경계를 하고 살아야 한다는 것을 몸으로 경험했기에 예감이 좋지 않았다. 그래서 현정을 당분간 자신의 자취방에서 지내게 한 후 흥신소 사람을 고용했고 현정의 자취방을 감시하는 사람이 있는지 살펴봐달라고 요청했다.

규리가 고용한 사람은 현정의 자취방 주변을 감시했다. 이틀 동안은 의심스러운 움직임이 감지되지 않았다. 그러나 사흘째 되던 날 어떤 여자가 찾아와서 문을 두드리더니 어떻게 알았는지 전자도어록 비밀번호를 눌러서 현관문을 따고 안으로 들어가는 것을 목격했다. 흥신소 사람은 그 장면을 사진 찍었고 규리 휴대폰으로 전송했다.

현정의 자취방에 들어갔던 여자는 오래 머물지 않고 금방 돌아 나왔다. 뭔가를 훔쳐서 몸이나 핸드백에 숨겨 나온 듯했다. 흥신소 사람은 그 여자를 미행해서 세 들어 사는 방을 알아두었다.

규리는 흥신소 사람에게 그 여자 신분도 밝혀달라고 요청했다. 그런데 그 방에 여자가 아닌 아키히로라는 남자가 살고 있는 것으로 확인됐다는 흥신소 사람의 답변이었다. 그 여자는 아키히로의 여자친구가 아닐까라는 것이 그의 짐작이었다.

그 며칠 뒤였다. 신문과 방송에 사토시가 살해됐다는 기사가 났다.

사토시라면 그녀들의 몰카를 찍은 장본인이었고 피해보상을 해야 할 당사자였으며 법적 처벌을 받아야 할 범죄자였다. 그런 그를 그녀들의 허락도 없이 누군가가 죽여 버렸다. 죽어야 할 놈이 죽었을 뿐이긴 해도 복수를 남이 대신 해버리는 바람에 허탈했다. 그녀들의 피해를 보상할 주체가 사라져버렸다는 것도 문제였다. 인터넷에 올라 있는 그 많은 동영상 삭제의무가 있는 당사자가 사라져버렸기 때문이다.

현정은 정신이 아찔했고 장차 뭔가 엄청난 일이 일어날 것 같은 불길한 예감에 휩싸였다. 사토시가 죽었다는 단순한 사실 때문이 아니었다. 사토시를 죽인 그 기이한 방법 때문이었다. 어떤 여자가 사토시를 산으로 유인한 후 성기를 잘라서 죽였다는 것이었다. 그것은 성적인 원한을 가진 여자가 죽였다는 것을 강하게 암시하고 있었다. 그렇다면 혹시……?

현정은 규리와 의논해서 긴급회의를 소집했고 그 문제를 상의했다.

—아키히로 혹은 그의 여자친구가 나에게 사토시 살인누명을 씌우려는 것 같아.

아키히로의 여자친구가 현정의 자취방에 들어가서 무엇인가를 훔쳐 나왔다. 현정은 그 여자가 뭘 훔쳤는지는 몰라도 살인누명을 씌울 때 필요한 물품이었을 것이며 그것을 이용해 물증을 조작할 것이라고 예상했다. 사토시 고소취하를 들먹이며 현정을 겁줘서 자취방을 비우게 한 것도 물증조작에 필요한 물품을 훔쳐내려고 그렇게 유도한 것이 아니었을까 의심스러웠다. 현정은 자신의 짐작이 옳다고 확신했다.

─성기를 잘라서 죽인 걸 보면 충분히 가능한 시나리오야. 그렇다면 누명을 씌우려는 이유가 뭘까?

미정이 물었고,

─우리들의 몰카 제작에 배후가 있다는 얘기일 거야. 어떤 세력이 사토시를 시켜서 몰카를 찍게 했고 우리 모두가 알고 있는 사토시를 죽여서 몰카 수사를 할 수 없게 만들어버림과 동시에 몰카를 찍은 것에 대한 우리들의 복수로 몰아가려는 거겠지.

규리는 그렇게 짐작했다.

─그나저나 현정일 어쩌면 좋지?

미정이 걱정했다.

─현정이뿐만 아니라 우리 모두 놈들의 음모에 말려들지도 몰라.

영주가 말했다.

─현정이는 우리를 대표해서 사토시를 고소했다가 음모에 말려들었어. 그러니 우리가 도와야 해.

규리는 현정에게 도피를 권했고 자신들은 똘똘 뭉쳐서 현정을 돕자고 했다. 회원 모두는 동병상련의 심정으로 현정을 걱정하며 규리 의견에 동의했다.

현정의 예상은 적중했다. 사토시 사건을 맡은 나가노현 경찰본부는 현정을 의심하고 소재파악에 나섰다. 담당형사가 현정의 지인들을 찾아다니며 지난 행적과 행방을 묻더라는 소식이었다.

현정은 일단 도쿄를 빠져나가 몸을 숨겼다.

―현정이 혼자만을 타깃으로 삼은 것으로 봐선 우리들이 단체로 사토시 몰카에 대응한 것 때문은 아닌 것 같아. 또 다른 의도가 있는 걸지도 몰라.

사태를 예의주시하며 관련정보를 모으던 피해여성모임 회원들은 추이가 심상치 않게 돌아간다고 판단하고 다시 모여서 의논했다.

―아키히로와 그 여자친구를 집중적으로 감시하면 뭔가를 밝혀낼 수 있을 거야. 현정이 누명 벗길 방법도 생길 거고. 도쿄에 거주하는 회원들이 그 일을 맡기로 하자.

규리가 말했고 친구들은 고개를 끄덕여 동의했다.

―지금 상태에서 현정이가 경찰에 체포되면 모든 게 끝장이야. 꼼짝없이 살인누명을 덮어쓰고 말 거라고. 더 안전한 장소로 몸을 피해야겠는데 무슨 방법이 없을까?

미정이 걱정했다.

―우리가 돈을 모으고 회비를 보태서 경비와 일당을 지급하기로 하고 회원 두셋이 현정을 따라다니며 보호하는 건 어떨까?

그녀들은 남의 나라에서 온갖 설움을 당하면서 번 돈을 십시일반 모금하여 현정을 돕기로 했다.

―우린 현정이와 같이 일했으니까 경찰의 집중조사를 받을 거야. 차라리 현정이를 따라다니며 피해있는 게 좋을 것 같아.

현정과 같은 업소에서 일하던 두 여자가 동행을 자처했고 현정이 있는 곳으로 달려갔다.

피해여성모임 회원들은 귀와 눈을 총동원해서 현정의 자취방에 다녀간 여자와 아키히로의 정체를 밝혀냈고 얼마 뒤엔 그 여자가 실은 여자가 아닌 아키히로와 동일인이라는 사실을 밝혀냈다.

─내가 아키히로를 유혹해서 뭔가를 캐봐야겠어.

규리는 아키히로를 유혹하기로 작전을 세웠다. 렌터카를 몰고 가서 기다렸다가 아키히로가 차를 몰고 골목을 나올 때 접촉사고를 일으켰고 보상을 약속하며 몸담고 있는 업소 명함을 건넸다.

아키히로는 아름다운 규리가 수리비 대신 술을 사겠다고 하자 거절할 수 없었다. 규리는 아키히로를 몸으로 녹여서 다이치 엄마 관련 동영상 외에도 그의 휴대폰에 담긴 여러 자료를 빼돌렸다. 그 정보를 토대로 아키히로를 뒷조사하고 미행했다. 그래서 그가 여장을 하고서 슈이치의 여자친구 행세를 하며 은밀히 슈이치를 만나 뭔가 일을 꾸미고 있다는 사실까지 알아냈다.

그녀들은 슈이치와 아키히로가 무슨 일을 꾸미는지 알아내기 위해 총력을 기울였다. 생업까지 중단한 채 그 둘을 감시하고 미행했다. '니혼일심회' 사무실이 입주해 있는 건물 앞 버스 정류장에 다리 벌리고 앉은 여자가 그녀들 중 하나였고 그녀의 다리 사이로 보이는 검은 팬티 속엔 몰카가 숨겨져 있었다. 골프장에서 "나이스 샷!"을 외치며 골프카트를 타고 함께 움직이는 여자들 중에도 그녀들이 섞여 있었고 신발엔 보이스 레코더가 숨겨져 있었다. 슈이치 옆에 앉아 술을 따르는 여자도 그녀들 중 하나였고 슈이치가 카나미를 만나 손잡고 호텔에 들어가는 모습을 지켜보던 여자도 그녀들 중 하나였다. 슈이치가 하야시와 복지리를 먹고 있는 모습도 그녀들에 의해 사진이 찍혔다. 슈이치와 함께 일하는 검찰직원, 니혼일심회 회원 옆에서 술을 따르는 여자들 중에도 피해여성모임 멤버가 끼여 있었다.

규리는 아이러니하게도 아키히로를 통해 경찰수사의 동향까지 파악할 수 있었다.

그녀들이 확보한 증거들과 정황을 꿰맞춰 종합추리를 해보면, 음모의 중심에 니혼일심회 하야시 회장과 검찰수사관 슈이치가 있다는 것을 알 수 있었다. 사토시와 다이치, 아키히로는 그 둘의 지시로 움직이는 심복들이었다. 그들의 목적은 한국인 유흥업소 여성들이 몰카를 찍었다는 이유로 잔혹하게 사토시를 살해했다는 결과도출일 것이라는 추론이 가능했다. 그리고 사토시에게 그녀들을 소개한 다이치는, 그녀들이 한국인 남성을 시켜서 그 엄마에게 성적 능욕을 안기는 것으로 대신 복수했다는 시나리오를 완성함으로써 반한감정을 극대화한다는 계획이었을 것이다.

피해여성모임 멤버들은 그렇게 결론 내리고 모은 정보와 증거로 대응책을 마련해갔다. 현정이 오이신사에 나타나 경찰에 체포된 것은 규리와 그 친구들의 시나리오였다. 그렇게 하면 아키히로를 유인해서 함정에 빠뜨릴 수도 있을 것이라는 계산이었다.

─그런데 언니. 다이치는 어떻게 된 일이야?

현정이 물었는데 혹시 언니가 죽인 것이냐는 뉘앙스였다.

─내가 간이 좀 크긴 하지만 그처럼 무서운 여자는 아냐. 나는 다이치가 (원룸 문틈에 끼워져 있던) 자기 엄마 외도사진 때문에 화가 잔뜩 나 있을 때 전화해서 아키히로가 사진 속 남자 정체를 알고 있을 거라고 귀띔해줬을 뿐이야.

규리는 다이치에게 아키히로의 전화번호를 알려줬다. 다이치 전화를 받은 아키히로는 속이 뜨끔하고 당황스러웠고 자신은 모르는 일이며 누군가가 장난을 친 것 같다고 시침을 뗐을 것이다. 다이치는 그러나 누가 그 사실을 알고 그런 장난을 치겠느냐고 하며 솔직하게 아는 바를 다 말해달라고 집요하게 졸랐을 것이다. 아키히로는 모른다는데 왜 이러느냐고 화를 내며 전화를 끊었을 것이다. 하지만 다이치가 사실을 알면서도 모르는 척하며 전화해서 자신을 떠본 건 아닌지 의심했을 것이다. 왜냐하면 자신이 사토시 성기를 배달하라고 다이치에게 협박전화를 한 사실이 있고 다이치가 그 목소리를 기억할 것이라고 생각했기 때문이다.

다이치가 눈치를 챘다면 틀림없이 아키히로를 죽이려 할 것이었다.

─그렇다면 내가 선수를 쳐서 그놈을 먼저 죽여야 하는 것이 아닐까?

아키히로는 고민에 고민을 거듭했고 결국은 다이치를 살해하기로 했을 것이다. 사토시처럼 현정이 한 짓으로 꾸미면 될 거라고 생각했을 것이다. 현정의 칼로 범행을 하다간 현정의 지문이 지워질지도 모르고 예상치 못한 진범 흔적을 남길지도 몰랐다. 그래서 미리 훔쳐두었던 현정의 커터칼에 다이치 피가 묻은 칼날을 바꿔치기하는 것으로 증거를 조작했을 것이다.

─왜 다이치인가요?

아키히로는 처음에 슈이치로부터 다이치에게 사토시 성기를 배달시키라는 지시를 받고 그렇게 물었었다.

─다이치의 한국 파트너가 한국경찰에 체포됐어. 그건 곧 일본경

찰이 다이치를 수사하게 될 거라는 뜻이야. 다이치가 한국에서 한국 여성들을 모집한 비용이 우리 니혼일심회 자금인데 다이치가 수사를 받게 되면 우리 일심회 정체가 발각돼.

그러므로 다이치가 원정녀 몰카시리즈 제작에 관여한 죄로 그 엄마가 혹독한 보복을 대신 받았으며, 다이치 또한 보복 차원의 협박을 받고 사토시의 성기를 배달한 것으로 꾸며서 스스로 숨게 만들겠다는 설명이었다. 그렇다면 다이치가 없어져주는 것이 슈이치가 원하는 바일 터였다. 나중에 다이치를 죽인 사실이 발각되더라도 아키히로는 슈이치가 그것을 원하는 것 같아서 그랬다고 둘러댈 수 있을 것이었다.

상당한 실수가 있었지만 어쨌거나 현정에게 덮어씌울 물증은 만들어뒀고 증거도 남기지 않았으니 다이치 살인은 성공적이었다. 예상대로 슈이치와 하야시는 다이치 죽음에 당혹스러워하면서도 아키히로를 의심하지는 않았다. 아키히로의 충성심을 믿었기 때문이며, 다이치 살해혐의도 현정이 덮어쓰게 될 것이 뻔하므로 크게 개의치 않았다.

─그런데 언니는 다이치의 성기를 어떻게 확보했어?

그것을 묻는 현정에게,

─날치기를 했지.

규리는 그렇게 대답했다. 카나미가 다이치 원룸에 들어간 사실을 알고 집 앞을 지키고 있다가 카나미가 나오는 것을 보고 오토바이로 접근해서 그의 핸드백을 날치기했다. 규리를 도운 남자도 있다는 얘기였다. 핸드백엔 범행에 사용된 약물과 커터칼, 다이치의 핸드폰 등이 들어 있었다.

그것을 날치기당한 카나미는 크게 당황했다. 그러나 고민하고 있을 시간이 없었다. 그는 문구점에 달려가서 커터칼날을 구입한 후 다이치 원룸으로 돌아갔다. 바닥에 흥건한 다이치의 피를 칼날에 묻혔고 그것을 비닐봉투에 넣어서 달아났다.

다이치 엄마의 동영상을 공개한 것도 규리와 그 친구들이었다. 일본에서 자행된 하야시 일당의 음모를 유야무야 없던 일로 할 수는 없었다. 파장이 크면 역풍도 큰 법. 그들의 음모에 말려드는 척 숨죽인 채 그들이 '애국사업'이라고 부르는 그 공작의 성공을 마음껏 기뻐하고 자축하도록 내버려뒀다가 일시에 반격을 가해서 치명타를 입힌다는 계획이었다.

─언니, 이 원수 잊지 않고 두고두고 꼭 갚을게.

현정은 규리에게 농담 반 진담 반으로 고마움을 표했다.

─외나무다리로는 절대 다니지 말아야겠네.

규리는 현정의 농담을 유연히 받아치면서 당시 영주가 했던 말을 떠올렸다. 그놈들이 다이치 엄마를 끌어들인 것으로 볼 때 다이치도 사토시처럼 '이용 후 폐기대상'인 것 같다는 말이 그것이었다.

그 말을 듣는 순간 규리는 머릿속에 번쩍하고 불꽃이 튀는 것을 느꼈다. 그렇다면 누군가가 다이치를 죽이면 어떻게 될까? 다이치 엄마를 협박한 아키히로가 자연스럽게 다이치 살해용의자로 떠오를 것이다. 아키히로가 사토시를 죽인 진범이므로 현정의 누명은 벗겨질 것이며 아키히로를 이용해 그 배후에 있는 놈들의 흉계까지 폭로할 수 있을 거라는 생각이 들었다.

규리는 그 시나리오의 성공을 확신하고서 현정을 경찰에 체포되게 했고 대범하게 작전을 펼쳐서 완벽히 성공시켰다.

12.

어둠은 물러갔으나 아직은 안개가 자욱하게 남아 있는 아침 같았
다. 유우키와 스즈란은 아키히로를 살인 용의자로 쫓고 있으면서도
범행동기와 사건의 실체에 대해서는 전혀 감을 잡지 못하고 있었다.

흐릿하거나 불분명한 윤곽만 있고 실체가 보이지 않는 이런 경우
는 희귀했다. 보통의 살인사건은 왜 죽임을 당한 것인지에 대한 이유
부터 드러난 후 누가 범인인가를 밝혀내는 과정을 거치는데 이번 경
우는 범인은 아키히로인데 왜 그런 짓을 했는지가 밝혀지지 않고 있
었다. 뿐만 아니라 사건에 관련된 듯 아닌 듯 주변을 맴돌고 있는 슈
이치와 한국여성들은 또 무엇이란 말인가. 그들의 존재는 경찰수사
를 더욱 혼란스럽게 만들고 있었다. 사토시와 다이치를 죽인 것은 아
키히로인데 죽일 이유는 한국여성들이 갖고 있기 때문이었다.

유우키는 슈이치를 유의했고 그가 이 사건과 무슨 관련이 있는지
를 조사하고 있었다. 검찰수사관 신분이므로 조심스런 내사가 필요
했다. 슈이치가 근래 맡아서 수사한 목록을 구해서 훑어봤다. 대부분
자신의 상사인 검사 지시에 따라 수사한 것으로 돼 있었다. 그러나
최근 자신의 소관업무도 아닌데 경찰에 전화해서 사토시와 다이치

사건의 수사상황을 문의한 사실이 있음을 알게 됐다. 담당형사인 유우키나 스즈란이 아닌 가즈키에게 묻거나 더 윗선에 물었다는 점이 영 이상했다.

—사토시와 다이치 사건을?

유우키는 혼자 중얼거리며 고개를 갸웃거렸다. 아키히로와 친한 검찰수사관이 사토시와 다이치 사건의 수사상황을 문의했다는 것은 경찰 수사정보를 빼내 아키히로에게 귀띔했을 가능성을 말해주고 있었다. 덕분에 아키히로는 경찰수사 진행상황을 손바닥 들여다보듯 하며 대비할 수 있었고 수사망을 피해 유유히 도주할 수 있었을 것이다.

유우키는 내사 사실 노출을 감수하며 압수영장을 발부받아 슈이치의 전화 통화내역을 들여다봤다. 하야시와 자주 통화한 기록이 있었다.

—하야시는 또 뭘까.

유우키가 하야시에 대해 알아보려고 여기저기 부지런히 돌아다니고 있을 때였다. 휴대폰으로 모르는 번호의 전화가 걸려왔다.

—당신이 유우키 형사야?

—예, 그렇습니다.

—당신이 슈이치 수사관의 뒷조사를 하고 다닌다는데 사실이야?

—누구신지요?

유우키는 슈이치가 드디어 방어에 나섰구나 생각하며 물었다.

—나, 슈이치 수사관을 데리고 있는 도쿄지검 특수부 마사토 검사야. 슈이치 수사관이 내가 지시한 일을 하다가 너희 경찰 업무영역을

좀 침범했나본데, 그렇다고 감히 일개 형사가 검찰수사관을 내사해? 당신 옷 벗고 싶어?

─혹시 검사님께서 슈이치 수사관에게 사토시와 다이치 사건을 들여다보라고 지시하신 건가요? 그 이유가 뭔지 물어봐도 되겠습니까?

─응, 내가 지시했어. 당신들이 하도 헤매고 있기에 우리가 도울 게 없나 해서.

─아, 그렇습니까? 그렇다면 죄송하게 됐습니다. 전 또 우리 수사를 방해하려는 세력이 슈이치 수사관을 이용해 수사정보를 빼내려 한 것인 줄 알고…….

유우키는 이제 알았으니 내사를 중단하겠다고 최대한 공손히 말하고는 전화를 끊었다.

그 일이 있고 몇 시간 뒤였다. 유우키는 자신을 뒤따르는 검은 그림자가 있다는 사실을 깨달았다. 누군가가 미행을 하고 있었는데 한둘이 아니었다. 그들은 여러 명이서 여러 무리로 폭 넓게 흩어져 유우키를 감시했고 한쪽을 따돌리면 다른 쪽이 따라붙어서 다시 다른 무리를 불러 모으는 식으로 집요하게 미행했다.

유우키는 순간 생명의 위협을 느꼈다. 그들이 노골적으로 대놓고 따라붙는 것은 여차하면 사고로 위장해서 죽음으로 내몰겠다는 의지의 표현으로 봐야 했다.

유우키는 더 돌아다니다가는 언제 죽을지 모른다고 생각하고서 서둘러 청으로 복귀했다. 청사 가까이 갔을 때 뒤따르던 차들은 다 흩어져 사라졌다.

이때, 스즈란은 한국대사관을 찾아가서 현정을 만나고 있었다. 아키히로의 단독범행으로 잠정결론을 내리고 마무리 수사를 진행 중임을 솔직하게 말하면서 범행동기에 대해 아는 게 없는지를 물었다.

－공범이 아니라면 협조해줄 수 있잖아요.

스즈란은 여태까지 적대적이던 태도를 바꾸어 최대한 친절하려 애썼다.

현정은 예상했던 질문이라는 듯 비릿한 미소를 머금었다.

－힌트를 하나 줄까요? 당신들은 2건의 살인사건이 일본 유흥업소에서 일하는 한국인여성, 그중에서도 몰카에 찍힌 여성들 때문에 발생했다고 생각하고 있어요. 그 여성들이 몰카를 제작한 것에 대한 복수로 아키히로를 시켜 사토시와 다이치를 죽인 건 아닌지 의심한단 말이죠. 초점을 그쪽에 맞추고 수사를 진행하니 범인들이 뭘 노리는지 무엇을 원하는지 전혀 감을 잡지 못하고 있는 거예요.

현정은 그렇게 말한 후 휴대폰을 꺼내들었고 거기 저장되어 있는 음성파일 하나를 재생시켰다.

－이현정 그년을 죽이지 못하는 바람에 일이 이렇게 꼬인 것 아냐. 아키히로 그놈이 경찰에 잡히면 우린 모두 끝장이야. 그놈이 경찰에 검거되기 전에 우리가 먼저 찾아내서 반드시 죽여야 돼.

－아키히로가 경찰에 잡히더라도 절대로 입을 열지 못하도록 조치를 취해뒀어요. 아키히로를 찾지 못하고 있긴 하지만 우리 사업이 대박 났는데 뭐가 걱정이세요. 지금 다이치 엄마 동영상이 공개되면서 일본사회가 전부 분개하여 한국 놈들 박살내자고 전의를 불태우고 있잖아요. 또 원정녀 몰카시리즈 덕분에 세계 사람들 사이에도 한국

여자들은 원래 매춘기질이 있기에 위안부는 전쟁터의 매춘부일 수밖에 없다는 인식이 널리 퍼지고 있고요.

현정은 거기에서 재생을 멈추었고 그것이 하야시와 슈이치의 대화내용을 녹음한 것이라고 설명했다. 원한다면 파일을 전송해줄 수 있으니 음성분석을 통해 대조해보라는 말도 덧붙였다. 규리와 그 친구들이 하야시의 승용차에 도청장치를 설치해서 얻어낸 결과물이었다. 그녀들은 하야시가 날이 더운 날은 주차할 때 승용차 유리창을 살짝 내려둔다는 점에 착안하여 차 안에 도청장치를 설치했다. 소리가 있을 때만 자동 녹음되는 초소형 보이스레코더를 장대집게에 집어서 열린 유리창틈으로 밀어 넣었고 뒷좌석 틈바구니에 깊이 숨겨놓았다. 며칠 후 같은 방법으로 수거했는데 대어가 걸려 있었다.

─하야시와 슈이치요? 하야시가 누구죠?

스즈란이 물었고,

─하야시만 묻는 것을 보니 슈이치도 이번 사건에 깊이 개입됐다는 것을 일본경찰도 이미 파악을 하고 있었던 모양이군요.

현정이 예리한 눈빛으로 스즈란을 노려보며 말했다. 스즈란은 가슴이 뜨끔해서 움찔했지만 이내 표정을 관리하며 미소를 머금었고,

─슈이치에 대해 알아보고 있는 중이지만 아직은 조금밖에 파악하지 못했어요.

하고 인정했다.

─하야시는 니혼일심회 회장이고 슈이치와 아키히로, 사토시와 다이치는 회원인데, 슈이치는 하야시 심복 같은 존재예요. 이제 뭐가 어떻게 돌아가는지 감이 좀 잡히나요?

－글쎄요. 구체적으로 말을 해줬으면 좋겠는데…….

－하야시와 슈이치는 사토시와 다이치를 시켜서 일본 유흥업소에서 일하는 한국인 여성들의 몰카를 찍어 세계에 널리 퍼트리게 했고 아키히로를 시켜서 사토시와 다이치를 죽인 후 원정녀 몰카에 대한 한국인 여성, 즉 나의 보복살인으로 둔갑시키려 했어요. 아키히로가 한국인 남성 행세를 하며 다이치 엄마를 성적으로 능멸하는 동영상을 제작한 것도 한국인 피해 여성들이 한국인 남성을 시켜서 한 짓으로 꾸민 거고요.

－말도 안 돼.

스즈란은 크게 충격을 받은 모습으로 넋을 놓고 중얼거렸다.

－그러니까 니혼일심회 하야시 회장과 슈이치 검찰수사관이 사토시와 다이치를 시켜 원정녀 몰카시리즈를 제작했고 또 아키히로를 시켜서 몰카 제작 당사자인 사토시와 다이치를 살해하고는 마치 이현정 당신의 짓인 것처럼 꾸몄으며…….

스즈란이 사건을 재구성하는데,

－중요한 건 사건전개가 아니라 범행동기 아닐까요?

현정이 끼어들며 말을 끊었다.

－슈이치는 아키히로를 시켜서 한국인 행세를 하며 다이치 엄마에게 추악한 짓을 하게 했고 그 과정을 동영상으로 제작했어요. 그 동영상으로 다이치를 협박해서 사토시 성기를 미망인에게 배달하게 했죠. 슈이치가 왜 이런 짓을 아키히로에게 시켰을까요? 바로 일본인들의 한국에 대한 반감과 혐오감을 부추기려는 의도였어요. 아키히로가 한국남자 행세를 하며 다이치 엄마를 능욕한 동영상이 인터

넷에 공개된 후 벌어진 일본사회의 반응, 바로 그것이 그들의 목적이었단 말이죠. 슈이치가 자신들의 의도대로 됐다고 말하는 대목을 잘 기억하세요. 그것만 기억한다면 아키히로의 범행동기를 유추하는 건 어렵지 않을 테니까요.

현정이 다시 말했는데, 스즈란은 현정의 설명을 듣고도 납득이 가지 않는다는 듯 고개를 갸웃거리고 있었다. 현정은 자신의 말을 의심하는 거냐고 물었고,

─아뇨, 그런 게 아니라 우리 일본사람들의 극성을 이해할 수 없어서요.

스즈란은 어지러운 듯 머리를 감싸며 대답했다.

─비뚤어진 애국심이죠. 스스로 나라망신 제대로 시키는.

현정은 어금니를 사리물고 증오의 눈빛으로 스즈란을 노려보며 말했다. 당신 또한 그런 류의 일본인과 다를 바 없다는 얼굴이었다.

─당신은 그 많은 사실을 어떻게 알게 됐죠?

스즈란은 놀라운 능력에 감탄이라도 하려는 표정으로 물었다.

─내가 피해자니까요.

─경찰에서 수사 받을 당시도 그 사실을 다 알고 있었다는 얘긴가요?

─그건 아니죠. 석방 후에 알게 된 사실이에요.

─방금 들려준 녹취음성의 출처를 말해주세요.

스즈란이 말했지만 현정은 일본경찰을 믿을 수 없다며 답변을 거부했다. 지금까지 말한 것이 일본경찰에 공개할 수 있는 전부라는 말만 하고 먼저 자리를 떴다.

스즈란은 긴급상황이라고 판단했고 택시를 타고 다급히 도쿄경시청으로 향했다. 택시에 앉아서 전화로 경시청장 면담을 신청했고 청에 도착하자마자 곧장 청장실로 달려가서 긴급 정보보고를 했다. 하야시와 슈이치가 배후조종한 공작과 그 일환으로 진행된 살인사건을 잘못 터트렸다가는 일본정부조차 감당하기 벅찬 엄청난 사태에 직면할 것이라는 우려가 포함된 보고였다. 살인사건 해결보다 더 시급한 것이 하야시와 슈이치에 대한 조치라고 강조했다.

—이현정에게서 명확한 증거자료를 받았고요, 그녀에게 증거가 더 있는 것 같습니다. 다 내놓지 않는 것은 우리 경찰이 하야시와 슈이치 등을 감싸며 공작음모는 없다고 발뺌할 때에 대비하기 때문일 겁니다.

스즈란은 사태가 심각하다고 거듭 강조했다.

—그 여자가 증거자료를 더 갖고 있을 거라던 유우키의 예상이 옳았군. 이제 빠져 있던 퍼즐이 맞춰지는 것 같아. '살인용의자가 범행동기를 가진 한국여성들이 아니라 왜 일본인 아키히로인가'라는 의문은 풀렸다고 봐야겠지?

—지금 그게 문제가 아니라니까요.

—나도 알아, 얼마나 사태가 심각한지.

경시청장은 깊은 고민에 빠진 듯 굳은 표정으로 한숨을 내쉬었다. 그렇잖아도 위안부 문제로 일본이 세계의 외교적 따돌림을 받고 있는 이때 하필이면 위안부 피해국 중 하나인 한국 여성들을 상대로 파렴치한 음모를 꾸미고, 한국 여자들은 원래 매춘기질이 다분하다는 것을 증명해보이겠다며 그녀들을 함정에 빠뜨려 섹스동영상 몰카를 제작해 유포했다. 그것만으로도 심각한데, 그 여성들과 한국을 모함하기 위해 일본인이 한국인 행세를 하며 일본 중년여성을 상대로 성폭력을 행사하고 그 또한 동영상으로 만들어 인터넷에 퍼트리기까지 했다. 뿐만 아니라 원정녀 몰카시리즈를 제작한 사토시와 다이치까지 죽여서 일본 유흥업소에 종사하는 한국인 여성들의 보복살인인 것처럼 위장하려다가 실패했다. 진실을 모르는 일본인들은 한국과 한국인에게 극도로 분노하여 무지막지한 테러를 일삼고 있다. 이 사실들이 세계에 알려진다면 일본인의 파렴치한 국민성은 국제적 비난에 직면하게 될 것이고 일본 국격은 회복불능 상태에 빠질 것이다. 자칫하여 수습에 실패할 경우 국기(國基)마저 흔들릴 수 있는 심각한 사태인 것이다.

　―그들은 예의 공작음모를 '애국사업'이라고 부른다고 합니다. 그것이 애국이라고 믿는다는 뜻이 되겠죠. 하야시는 니시무라 신고 의원과 친분이 있는 것으로 밝혀졌습니다. 이번 사건이 신고 의원과 교감 하에 진행된 것인지도 알아봐야 합니다.

　스즈란은 정치세력이 배후에서 조종했을지도 모른다고 우려했다. 사토시가 찍은 원정녀 몰카시리즈 동영상이 퍼지고 나서 얼마 후 일본유신회 니시무라 신고 의원의 '일본의 한국인 매춘부' 망발이 있었다. 그것은 한국 위안부 여성은 매춘부였을 뿐 일본이 강제로 동원하지 않았다는 일본 우익인사들의 인식을 정당화시키려는 망언이었다.

　―내가 하야시를 만나 직접 물어봐야겠어. 그런 후 다시 얘기하는 게 좋겠어.

경시청장은 한참동안 고민한 후에 말했다. 그러고는 최대한 빨리 하야시에게 연락을 취해서 약속을 잡으라고 비서실에 지시했다.

하야시는 도쿄경시청에서 걸려온 전화를 받고 하얗게 질렸다. 일이 잘못된 게 분명했다. 그렇지 않고서야 경시청장이 왜 자신을 만나겠다고 할까. 그는 슈이치에게 전화해서 그 사실을 알렸고 대책을 상의했다.

─단서를 잡은 건 맞는 것 같은데, 그렇지만 아키히로가 잡히지 않았으니 결정적 증거는 없을 거예요. 아니라고 잡아떼면 증거가 없는데 어쩌겠어요. 일단 만나보고 나서 대책을 강구하는 것이 좋겠어요.

슈이치는 자기도 경찰 내사를 받고 있어서 경찰 정보를 빼내기가 쉽지 않다며 수사가 어디까지 진행됐는지도 알아볼 겸 경시청장을 만나는 것이 좋겠다고 조언했다.

─하지만 경찰이 증거를 갖고 있으면 어떡하지?

하야시는 만남을 피하고 싶은 속내를 털어놓았다.

─피하면 더 의심할 거예요. 만나보면 경찰이 무슨 증거를 손에 넣었는지도 알게 되겠죠.

슈이치는 경시청장이 직접 하야시를 만나겠다고 하는 것은 증거가 있어서가 아니라 떠보기 위한 것일 거라고 했다. 설사 증거가 있더라도 경찰은 하야시와 자신을 사법처리하지 못할 것이라고 자신했는데, 그것은 모든 일본국민이 일본 유흥업소에 진출한 한국여성과 그녀들을 돕는 한국남성이 사토시와 다이치를 죽였다고 굳게 믿고 있기 때문이라고 했다. 국민들의 반한감정이 극에 달한 때에 일본인의 범죄라고 발표했다간 그 역풍을 경찰도 감당할 수 없을 것이라는 얘기였다. 그러므로 경찰은 증거를 확보하더라도 사건을 덮으려 할 것이니 걱정 말라고 다독였다. 하야시에게는 그렇게 말해놓고 정작 슈이치 자신은 도주를 위해 대포차를 구입했고 짐을 싸서 차에 싣고 도쿄를 빠져나가고 있었다.

하야시는 슈이치의 의견을 받아들여서 경시청장을 만나러 갔다.

하야시를 만난 경시청장은 인사말과 서두를 생략한 채 이런저런 음모를 꾸미고 아키히로를 시켜서 사토시와 다이치를 죽이게 했는지, 일본 유흥업소에 진출한 한국여성들의 몰카를 찍어서 인터넷에 뿌리고 니시무라 신고 의원의 '일본거리에 한국인 매춘부가 우글거린다'는 망언을 증명해 보이려 했는지, 그 사실여부를 물었다.

하야시는 당황해서 낯을 붉혔다. 시침을 떼려했지만 경시청장이 모든 것을 알고 추궁하는 것 같아서 시인도 부인도 하지 못하고 손을 떨었다.

―어쩌자고 그런 무모한 일을 꾸민 거예요? 당신들이 살인누명을 씌우려 한 한국여성이 당신들의 공작 증거를 상당량 확보했다는 정보보고가 있었어요. 아키히로가 잡히면 그 모든 사실이 만천하에 공개된다는 뜻이에요.

경시청장은 몹시 분개한 표정으로 목소리를 높였다.

―나라에 충성하기 위해 한 일입니다. 아베 총리대신께서도 위안부는 매춘부라고 생각하고 계시고 우리 또한 같은 생각이니까요. 1997년 12월 발행된 '역사교과서에 대한 의문'이라는 제목의 회의록에 실린 아베 총리대신의 발언을 보면 '정말 한국은 소위 위안부 피해자들이 50년간 침묵하지 않으면 안 될 정숙한 유교적 사회였

나? 한국에는 기생하우스가 있어서 그런 일(매춘)을 많은 사람이 일상적으로 거침없이 하고 있다. 따라서 그런 일은 있을 수 없는 일이 아니라 그들의 생활 속에 깊이 녹아있다고 생각한다'라고 기록돼 있어요. 우리는 총리대신의 지도에 깊은 감명을 받고 스스로 돕기 위해 '애국사업'을 기획한 겁니다.

하야시는 공작에 성공했다면 아베정권에 큰 도움을 줄 수 있었을 텐데 실패하는 바람에 결과적으로 누만 끼쳤다며 고개 숙였고 면목 없는 표정으로 길게 한숨을 쉬었다.

-그것이 진정 애국이라고 믿는 건가요?

-한국은 위안부 문제를 왜곡하고 조작하여 국제사회에서 우리 일본을 고립시키려는 음모를 진행하고 있어요. 일본국민이라면 마땅히 저들의 음모를 분쇄하기 위해 총리각하를 중심으로 뭉쳐야 하지 않겠습니까? 국민 누구나 나라에 충성할 의무가 있고 외적의 공격으로부터 나라를 지킬 의무가 있는 것이니까요. 그런 의미에서 우리는 당연한 국민의 의무를 다했을 뿐이에요.

세계가 다 아는 진실, 일본군에 의한 위안부 강제동원이라는 수많은 증거와 숱한 증인에도 불구하고 일본인들만 그것이 조작된 역사라고 믿는 이유는 무엇일까. 일본정부의 철저한 진실은폐와 왜곡된 역사교육, 정치지도자들의 입에 붙은 거짓말에서 그 이유를 찾을 수 있을 것이다.

-그랬으면 완벽하게 성공하든가. 사태가 이 지경이 되어버렸으니 이제 어쩔 건가요? 당신들이 벌인 일이니 당신들이 잘 알 것 아녜요. 수습대책이 있나요?

경시청장은 범죄자에게 사태수습 방안을 묻는 어처구니없는 행동을 하고 있었다.

─아키히로 그놈만 찾아서 죽일 수 있다면 모든 죄를 그놈에게 덮어씌울 수 있는데…….

─이현정도 죽여서 그런 식으로 누명을 씌우려했나요?

─예. 그 여자가 사토시를 죽인 것처럼 물증을 조작해서 경찰에 넘기면 완벽히 성공할 거라고 믿었어요. 죽은 자는 자기방어를 할 수 없으니까요. 그런데 그 여자가 눈치를 채고 먼저 잠적을…….그러고 보니 아키히로 그놈이 처음부터 우리를 배신하고 그 여자에게 정보를 흘렸던 것 같아요.

─일단 알았어요. 내가 경찰 차원에서 대책을 마련해볼 테니 당분간 외출을 자제하며 내 연락을 기다려요.

경시청장은 그렇게 말하고 서둘러 자리에서 일어났다. 그 길로 공안조사청장을 찾아갔고 하야시와의 면담 결과를 보고했다. 자기 선에서는 수습 불가능한 사태라고 판단한 것이다.

─미친놈들이 아니고서야 어쩌자고 그런 어마어마한 일들을……?

공안조사청장은 너무 놀라서 낯빛이 파리해졌다.

─이현정이 증거를 더 갖고 있는 척하지만 허풍일 겁니다. 증거가 더 있다면 자신이 경찰에 구금됐을 때 결백을 증명하고 일찍 풀려나기 위해 내놓았겠지요. 그땐 없던 증거가 이제야 나타난 것을 보면 한국대사관이 최근에 확보한 자료일 겁니다.

─이현정과 아키히로 중 어느 쪽이 폭로하더라도 하야시와 슈이치가 자살을 하고 없다면 어떻게 될까?

공안조사청장이 말했다. 경시청장이 얘기하는 동안 뭔가를 곰곰이 생각하는 표정이더니 그것을 구상하고 있었던 모양이었다.

―하야시와 슈이치가 양심의 가책을 느끼고 스스로 목숨을 끊었다고 한다면 비난여론 확산을 막을 수 있고 공소권소멸 효과로 세계적 파문도 방지할 수 있으니 일거양득이라고 봅니다. 거기에 더해 아키히로까지 자살로 위장시켜서 죽일 수 있다면 이현정 쪽이 폭로하더라도 파괴력은 미미할 겁니다.

경시청장은 지금으로써는 그것보다 더 좋은 해결책은 없다며 공감을 표했다.

―하지만 아키히로의 행방은 묘연하고 공개수배를 할 상황도 아니라면서……?

―그러기에 드리는 말씀입니다. 우리 경찰의 한계를 공안조사청장께서는 뛰어넘을 수 있지 않겠습니까?

―나에게 짐을 떠맡기겠다?

공안조사청장은 못마땅한 표정이었다. 하지만 고려는 해보겠다며 여지를 남겨두었다.

경시청장과 헤어진 공안조사청장은 공안위원장에게 보고한 후 긴급 국가안전보장회의를 소집했다.

―이 사건의 실체가 외부에 알려지면 그 파문은 상상을 초월할 것입니다. 국가 도덕성에 치명상을 입는 것은 물론이고 정권도 유지하기 어려울 게 자명해요. 니혼일심회와 총리각하의 역사관이 일치하고 그들 스스로도 자발적 충성심에 저지른 짓이라고 말하고 있기 때문이지요. 그렇다면 우리는 이 시점에서 국가 안위를 위해 중대한 결

정을 하지 않을 수 없게 됐어요.

공안조사청장이 결연히 말했다. 사건에 관계된 자들의 영원한 입막음 조치를 단행하겠다는 뜻이었다. 나중에 책임을 지게 될 때에 대비하여 윗선 보고 없이 자신의 전권으로 이 일을 추진할 것도 분명히 했다. 후에 일게 될지도 모를 책임소재를 자신으로 한정하여 윗선을 보호하겠다는 뜻이었다.

－한국인 여성 피해자들이 여럿이라 비밀을 완전히 가두긴 불가능해요. 하지만 가담자들이 모두 사라진다면 비밀이 폭로되더라도 파문의 세계적 확산은 막을 수 있겠죠.

국가안전보장회의 위원들은 공안조사청장의 제안을 만장일치로 의결하여 힘을 실어줬다. 이키히로와 배후조종자들이 법정에 서는 것을 막아야 한다는 공감대였다.

13.

　현정과 규리는 일본정부와 경찰의 움직임을 예의주시했다. 여태까지 보인 그들의 습성으로 볼 때 그녀들이 진실을 밝히더라도 결코 사실을 인정하지 않을 것이며 진실을 묻으려 시도할 것이 뻔했기 때문이다.

　그녀들의 예상은 적중해서 일본경찰은 하야시와 슈이치를 체포하지 않고 있었다. 그것은 사건을 해결하려는 의지가 없다는 뜻이고 철저히 덮으려는 시도일 것이었다. 그녀들은 일본정부와 경찰의 뜻대로 되게 내버려두지 않을 작정이었다.

　―그것을 실행해야겠어.

　현정은 규리에게 전화해서 의미심장하게 말했다.

　―그래, 나도 지금이 적기라고 생각해.

　규리는 현정과 전화통화를 끝내는 즉시 누군가에게 전화했고 준비된 '그것'을 보도자료 배포업체에 넘기라고 말했다. 일본매체들이 과연 그녀들의 의도대로 따라줄 것인지에 대한 의문은 남았다.

　보도자료를 접한 일본매체들은 엄청난 진실 앞에 충격을 받았다. 그들은 경찰에 먼저 사실여부를 확인할 것인가 보도부터 할 것인가를 고민했다. 일부 언론은 그것이 공개될 경우의 파장을 염려하고 국가적 해악을 염려해서 경찰에 사실여부부터 문의했다.

일본경찰이 발칵 뒤집혔다. 일본경찰청장과 도쿄경시청장, 공안조사청장은 긴급 대책회의를 열고 보도가 나갈 경우 세계적인 나라망신이므로 무조건 막아야 한다는 데 공감했다. 그들은 모든 언론사에 긴급공문을 보내고 엠바고를 발령했다. 아직 진행 중인 비공개수사라는 이유를 댔지만 궁색했다.

일부 언론매체는 경찰과 공안조사청에 협조하여 보도를 자제했다. 그러나 많은 매체들은 자기들이 보도하지 않으면 제보자가 세계의 언론을 상대로 폭로해서 더 큰 이슈로 만들 것이라는 이유를 들어 경찰과 정부기관의 엠바고 요청을 거부했고 제보동영상을 내보내며 관련보도를 쏟아냈다.

제보동영상은 몰카 형태로 찍은 것이었는데 슈이치가 예약된 식당에서 카나미를 만나 식사하면서, 조작한 사토시 살해도구 물증을 경찰 손에 들어가게 하라고 말하는 장면이었다. 카메라는 화분 밑에 숨겨져 있었던 듯 물 받침대로 보이는 것에 렌즈가 절반가량 가려져 있었다.

　-슈이치: 이현정의 지문이 묻어 있는 게 확실하지?
　-카나미: 당연하죠. 어디에 갖다놓으면 좋을까요?
　-슈이치: 사토시 살해현장에서 멀지 않은 곳에 가져다 놔. 그런 다음에 그 장소를 내게 알려주면 내가 경찰에 신고할게.

익명의 제보자는 카나미라는 여성으로 변장하고 사토시를 살해한 아키히로와 아키히로에게 살인을 교사한 슈이치가 만나서 한국인 여성 이현정에게 살인누명을 씌우려 모의하는 장면이라고 설명했다.

배포된 보도자료에는 또 다른 음성파일도 함께 들어 있었다. 현정이 스즈란에게 들려주었던 바로 그 녹취음성이었다. 아키히로가 전화로 다이치에게 사토시 성기를 배달하라고 협박하는 녹취음성파일도 있었다. 또 여장을 한 채 현정의 자취방에 몰래 침입하여 뭔가를 훔쳐 나오는 모습의 카나미 사진도 있었다.

제보자는 사토시 다이치 살인사건의 배후에는 일본 극우 비밀단체 니혼일심회가 있으며 회장인 하야시와 회원이자 검찰수사관인 슈이치가 주도한 음모공작이라고 주장했다. 하야시와 슈이치는 사토시와 다이치를 시켜서 원정녀 몰카시리즈를 제작 유포하게 했고 아키히로를 시켜서 한국인 행세를 하며 다이치 엄마를 성폭행하게 했다. 또 아키히로를 사주하여 여장을 하고서 다이치와 사토시의 성기를 잘라 죽인 후 물증을 조작하여 한국인 여성에게 누명을 씌우려 시도했다. 이상이 제보자가 설명한 사토시 다이치 살인사건과 다이치 엄마 동영상 사건의 전말이었다.

보도를 지켜보던 일본정부와 일본경찰은 아연실색했다. 덮으려던 하야시와 슈이치의 범죄 과정이 만천하에 까발려졌다. 그야말로 쓰나미급 악재였다. 이제 그 불꽃이 어디로 튈지 아무도 예측할 수 없었다.

경시청장은 무엇보다 먼저 하야시와 슈이치를 빼돌려서 숨겨야 한다고 판단했고 하부에 그렇게 지시했다. 언론들이 그들을 찾아가서 사실여부를 확인하려 할 것이기 때문이었다. 그러나 슈이치는 물론 보도가 나간 후 하야시도 기자들을 피해 이미 연락을 끊고 잠적한 뒤였다. 가족들도 연락이 닿지 않는다고 했다.

세계 유수의 언론들도 도쿄발 긴급속보로 관련보도를 쏟아내고 있었다. 보도를 접한 세계인들은 충격을 금치 못한 채 일본정부와 경찰은 진실을 밝히라고 난리법석이었다. 일본 내 여론도 심상찮았다. 일본국민들은 더한 충격에 휩싸였다.

사태가 긴박하게 돌아가고 있을 때 도쿄경시청장은 공안조사청장을 찾아가서,

―세계의 비난여론을 잠재우기 위해 우리도 수사결과를 발표하며 일본인의 범죄라고 일부 인정을 하고 가야 하지 않겠습니까?

하고 물었다. 인정하지 않으면 세계적 비난이 걷잡을 수 없이 확산될 것이라는 우려였다.

―이현정의 짓이겠지? 그 여자가 생각보다 강적이었어. 증거가 언론에 배포된 이상 발뺌을 해도 소용없게 됐으니 일부, 아키히로 단독 범행까지는 인정하고 나머지, 하야시와 슈이치가 배후에 있다는 주장은 지금 확인 중에 있다고 발표해.

―한국인 행세를 하며 다이치 엄마 동영상을 찍어 인터넷에 뿌린 자도 일본인 아키히로라는 사실을 발표에 포함시켜야 할 겁니다. 그 것을 빼면 이현정 쪽에서 다른 걸 또 터트릴지도 모릅니다.

―하는 수 없지. 그렇게 해.

공안조사청장은 쓴 약을 먹은 표정으로 괴롭게 말했다.

도쿄경시청장은 여론에 떠밀려 어쩔 수 없이 일부 사실을 인정했

다. 중간수사발표 형식을 빌려서 사토시 다이치 살인사건은 아키히로 단독범행이라고 발표했고 그 얼굴을 공개했다.

─다이치 엄마를 협박하고 성을 제공받은 동영상도 아키히로가 제작했으며 동영상에 등장하는 남자는 아키히로입니다. 자세한 수사상황은 증거인멸 및 도주의 우려 때문에 다 밝힐 수 없는 것을 유감스럽게 생각합니다.

경시청장은 증거가 명백한 범죄사실에 대해서만 경찰이 발표할 수 있으며 하야시와 슈이치의 경우 현재 확인 중에 있다, 따라서 사실여부를 확인해줄 수 없다고 양해를 구했다. 경찰은 진실을 숨기려 한 적이 없으며 수사가 진행 중인 상황에 범인이 계속 증거를 인멸하고 있어서 수사발표를 할 수 없었다고 둘러댔다. 곧 모든 사실을 명명백백히 밝혀서 공개하겠다는 다짐도 했다.

일본 텔레비전과 언론매체는 긴급속보로 아키히로 혹은 카나미의 얼굴사진을 일제히 내보냈다. 사토시 다이치 두 살인사건과 한국인 행세를 하며 다이치 엄마를 협박하고 성을 유린한 용의자로 아키히로를 공개수배한다는 내용이었다. 사토시 차 보조석에 앉은 여자 모습과 여장을 한 카나미 모습이 나란히 비교되는 화면도 나갔다. 여장을 하고 살인을 저지르는 바람에 경찰수사가 난항을 겪었다는 사실도 보도했다.

일본열도 전체가 아키히로 혹은 카나미 공개수배 보도로 떠들썩했다. 보도를 접한 일본인들은 역시나 믿지 못하겠다는 반응을 보였다. 경찰은 아키히로가 한국과 아무 관련이 없는 순수한 일본인이라고 발표했기 때문이다.

다이치 엄마를 협박한 자는 자기 입으로 분명 한국인이라고 말했고 다이치 엄마 또한 다이치로 인해 고통 받은 한국인 여성들에게 사과하는 의미로 성을 바치는 것이라고 말했다. 동영상 속 가해자는 한국인 남성이며 피해여성은 일본인이었다. 한국인 남성에 의해 자행된 일본여자의 성적 유린에 분노하며 한국에 대한 적개심을 드러내던 일본인들은 그동안 세계의 각종 인터넷사이트를 돌며 한국인의 잔혹성을 폭로하고 야만적 행태를 고발했고 일본인이 피해자라는 인식을 확산시키는 데 열을 올렸다. 그런데 한국경찰도 아닌 일본경찰이 범인은 한국인이 아니라 한국인 행세를 한 일본인이라고 발표했다.

허탈함을 표출하는 일본인은 극히 소수였다. 나머지 대부분은 믿을 수 없으니 다이치 엄마가 직접 나와서 국민들 앞에 증언하고 모든 증거를 공개하라고 요구했다. 경찰은 다이치 엄마가 기자들 앞에 나서는 것을 원치 않아 증언은 곤란하지만 증거공개는 검토해보겠다고 했다.

일본인들이 믿는 구석은 일본경찰의 반격뿐이었다. 불법체류 유흥업소 종사 한국인 여성들이 아키히로라는 미친 일본인 하나를 매수해서 거짓말을 지어내고 조작된 증거들을 언론에 유포했다는 사실을 밝혀내서 일본인들의 명예를 지켜주길 바라는 간절한 마음이었다. 그들은 경시청 앞으로 몰려가서 서둘러 반박성명을 내고 반박자료를 내놓으라고 시위했다.

우리가 아는 한 '니혼일심회'라는 단체는 존재하지 않는다. 한국에서 온 매춘부들은 존재하지도 않는 유령단체를 조작해서 '일본우익 비밀단체'라고 주장하고 있다. 한국에서 온 매춘부들은 비열한 조작모함을 중단하라. 아울러 일본경찰은 매국노 아키히로를 신속히 검거하여 진실을 밝힐 것을 요구한다. 또 니혼일심회 조사에 착수해서 실존하지 않는 단체임을 증명해주길 바란다.

우익단체 연합의 이 성명은 방송 전파를 타고 뉴스로 보도됐다. 보도를 접한 일본인들의 반향은 폭발적이었다. 불법체류 한국인 여성들이 존재하지도 않는 단체를 배후세력으로 내세워서 일본을 모함하는 음모공작을 펼치고 있다는 주장에 동조했고 거리로 뛰쳐나와 '한국인들은 너희 나라로 돌아가라'라고 핏대 세워 외쳤다.

그러나 그런 일본을 바라보는 세계인의 시선은 결코 곱지 않았다. 니혼일심회의 존재 유무는 극히 일부 문제일 뿐이었다. 일본인들 눈에는 진실을 말하고 있는 다른 많은 증거들이 보이지 않는 모양이라고 비아냥거리는 논평들이 세계 각지에서 쏟아졌다. 일본국민들이 애써 진실을 외면하고 있다는 것이다.

14.

니혼일심회 하야시 회장의 시신이 발견됐다. 우치보리거리 옆 산
책로 정원수 밑에서였다. 자전거로 산책로를 달리던 사람은 낮은 향
나무 밑에 신발이 보이기에 혹시나 하고 다가가 봤는데 사람이 쓰러
져 있어서 신고했다.

119 구급대가 현장에 도착했을 때 하야시는 이미 숨이 붙어 있지
않았다. 사망한 지 네댓 시간가량 지났고 가는 철사로 감은 것으로
추정되는 자국이 목에 선명히 남아 있어서 타살로 보였다. 달무리 짙
었던 새벽에 흐린 달빛 아래에서 살해됐다는 얘기다.

부검의 소견으로, 직접적 사인은 경부압박에 의한 질식사였다. 철
사자국의 각도와 가해진 힘의 정도, 피해자가 반항 없이 단시간에 제
압된 점 등으로 비춰볼 때 하야시보다 키가 작고 젊으며 힘 센 남자
의 소행으로 보인다고 설명했다.

하야시는 살해되기 몇 시간 전 히비야거리에 있는 임페리얼호텔
을 나섰다. 차를 타지 않고 걸어서 어딘가로 갔다는 것이 목격자들의
증언이었다. 그는 왜 이 위험한 시기에 밤거리를 홀로 나섰을까. 잘
아는 사람을 비밀리에 만나기 위해서였을 거라는 것이 유우키와 스

즈란의 추정이었다.

이틀 뒤, 치적치적 짓궂게 비가 내리던 날이었다. 슈이치의 대포차가 도메이고속도로 도메이가와사키IC 근처의 교각 밑에서 발견됐다. 차 안에는 숨진 슈이치 시신 외에도 빈 술병과 먹다 남은 안주가 있었고 불에 탄 번개탄 재가 있었다. 유서는 발견되지 않았다.

유우키와 스즈란은 하야시가 살해되던 날 살해현장 근처로 슈이치의 대포차가 지나간 CCTV영상을 확보했고 하야시 살해 추정 시간대에 슈이치로 추정되는 인물을 우치보리거리에서 목격했다는 목격자 진술도 확보했다. 그것을 토대로 슈이치가 하야시를 살해한 후 자살했다고 잠정 결론지었다.

－이유는 뭡니까? 슈이치 씨가 하야시 씨를 왜 죽였다는 겁니까?

세계의 언론사 기자들은 일본경찰의 발표에 미심쩍은 눈초리를 보냈다. 사토시 다이치 살인사건 배후인물로 지목된 그들이 사건 무마를 위한 제3의 인물에 의해 살해되었을 것이라는 의심이었다.

－유서가 없어서 정확한 이유는 알 수 없지만 슈이치가 하야시를 살해하고 자살한 정황은 이의를 제기할 수 없을 만큼 뚜렷합니다. 제3의 인물에 의해 살해되었을 가능성은 없다고 봅니다.

유우키는 그 근거로 하야시가 살해되던 날 살해현장 근처에서 찍힌 슈이치의 대포차 CCTV영상을 제시했다. 영상이 희미하긴 하지만 운전자 생김새가 슈이치와 비슷하고 옷차림도 자살 당시 슈이치가 입고 있던 옷과 같다는 것이다. 슈이치가 자살한 대포차에 제3의 인물이 승차한 흔적은 전혀 없으며 부검 결과 기관지에서 번개탄 그을음이 나왔다. 그러므로 술에 만취한 상태에서 번개탄을 피우고 자살한 것으로 볼 수밖에 없다고 했다.

－정황상 슈이치 씨가 하야시 씨를 죽이고 자살했다면 양심의 가책 혹은 일본정부에 누를 끼친 것에 대한 뉘우침 때문일 것으로 짐작됩니다. 그렇다면 자신들의 행동을 반성하고 피해자들에게 사과하는 내용의 유서를 남겨야 하는 것이 정상 아니겠습니까?

세계의 언론사 기자들은 슈이치의 유서가 발견되지 않았다는 것은 자살이 아닐 가능성을 말해주는 것이라며 일본경찰 발표에 의구심을 표했다.

－자살이 아닐 가능성을 닫은 것은 아닙니다. 여전히 그 가능성도 열어두고 있지만 아직까지는 타살의 흔적이 전혀 발견되지 않고 있다는 뜻입니다. 참고로, 일본무사들은 명예를 목숨보다도 소중하게 생각하며 명예를 지키지 못했을 땐 할복하는 것이 무사도정신이라는 것을 말씀드립니다.

유우키는 슈이치가 뉘우침과 명예 때문에 극단적 선택을 했을 거라고 말했다. 동반자살을 거부하는 하야시를 죽이고 자기 목숨을 희생하여 니혼일심회의 명예를 지키려 했을 것이라는 뜻이었다. 유서가 없다고 해서 자살 가능성이 배제되는 것도 아니며 일본문화에는 자살 그 자체를 뉘우침의 표현으로 받아들이는 경향이 있기에 굳이 유서작성의 필요성을 느끼지 못했을 수도 있다고 덧붙였다.

취재 중인 기자들은 여전히 믿지 못하겠다며 고개를 갸웃거렸다. 그러나 슈이치의 자살을 반박할 물증이 없는 상태에서 더 이상의 의심은 무의미했다.

15.

끝인가 했더니 다시 시작이었다. 일본경찰과 일본정부는 또 한 번 한국여성들을 기만했다. 진실을 밝히겠다는 그들의 공언은 허언이었고 진실을 묻어 파문의 확산을 막기에만 급급한 모습이었다. 진심으로 사건을 대하는 모습은 눈을 씻고 봐도 찾아볼 수 없었다.

미정은 회의를 소집했고 현정까지 참석을 시켜서 대책을 강구했다.

—하야시와 슈이치가 죽으면 모든 것이 끝난다고 생각하는 모양이지?

현정은 일본정부 차원에서 사건 무마를 위해 그 두 사람을 죽였을 것이라고 강하게 의심했다. 죽은 자는 기소되지 않는다는 것을 악용했다는 것이다. 그렇다면 우리도 반격에 나서야 하며 아키히로를 세계의 기자들 앞에 세워서 진실을 밝혀야 한다고 열변했다.

—자기들끼리 죽이고 죽임을 당해서 다 죽었고 아키히로 하나만 남았어. 이 정도면 충분한 복수가 된 것 같으니 이제 그만하는 건 어떨까?

규리는 죄를 진 사람들이 충분한 대가를 치렀으니 전쟁을 끝내자는 뜻을 내비쳤다.

－일본 놈들 그 누구도 진실을 믿지 않고 죄를 인정하지 않는데 어떻게 용서를 해. 아직은 아냐. 일본정부가 진심으로 사죄할 때까지, 일본국민 전체가 진실을 믿을 때까지 밀어붙여야 해.

－용서받을 사람은 일본인들이 아니라 하야시와 슈이치, 사토시, 다이치, 아키히로였어. 그놈들은 자기들끼리 죽이고 죽임을 당해서 죗값을 치렀고 아키히로도 죗값을 치르게 될 거잖아. 우리 복수는 여기까지였어. 쥐도 도망칠 구멍을 열어두고 쫓으라 했어. 우리 외에도 일본에서 살고 있는 교포가 많아. 일본경찰과 일본정부를 더 궁지로 몰게 되면 결과적으로 그들이 피해를 입게 될 거야.

규리는 이만하면 충분히 진실을 밝혔고 일본인들도 겉으로는 믿지 않는 척하지만 마음속으로는 많이 부끄러워할 것이라며 현정을 설득했다.

－그래, 규리 언니 말이 옳아. 사건이 더 확대되면 사토시 몰카 이슈도 확대돼. 그러면 아직까지 그 존재를 몰랐던 한국의 우리 가족들까지 그것을 보게 될 거야.

회원인 장은영은 아직까지 자신들이 등장하는 몰카를 한국의 가족들이 보지 않은 동료들도 많으니 그들을 보호하는 의미에서 이쯤에서 마무리 짓자며 규리 의견에 동의했다.

－일본 놈들에게 본때를 보여줘서 못된 버르장머리를 고쳐주고 싶어.

그러나 현정은 여전히 강경했다.

－그놈들 천성인데 우리가 그런다고 고쳐지겠어? 똥이 더러우면 피하면 그만인 것을 굳이 똥과 싸워서 우리 몸에 똥 묻힐 필요가 있

겠느냔 말이지.

미정 또한 규리 은영과 같은 생각으로 말했다.

-언니들 뜻이 그렇다면야……

현정은 동료들 생각이 모두 규리와 같다는 것을 알고 수긍의 뜻을 비쳤다. 그렇지만 여전히 분은 풀리지 않는다며 눈물을 글썽였다. 아키히로만 잘 이용하면 일본정부와 일본국민들에게 확실한 진실을 증명해보일 수 있는데 여기서 멈추려니 억울했던 것이다.

-이렇게 하는 건 어떨까? 아키히로 있는 곳을 말해줄 테니 사토시가 찍어 유포한 몰카를 모두 내려달라고 일본경찰에 요구하는 거야.

은영의 아이디어였다.

-일본은 이제 그것이 자신들의 수치가 되었기에 정부차원에서 그것을 내리기 위해 모든 수단을 동원할 거야.

규리와 미정은 굳이 그럴 필요는 없을 거라고 말했다.

-자, 아쉬움은 여기서 접고 마음껏 웃자!

미정은 어쨌거나 최종승리를 선언했고 영주와 민지가 돌아오면 자축파티를 열자고 했다.

노토반도 미나미만의 한 작은 무인도 펜션에는 아키히로가 숨어 있었다.

배를 타야 들어갈 수 있는 섬이었다. 절벽해변에 차를 대고 차에 달고 온 3인용 작은 보트를 바다에 띄워서 낚시보트로 가장하고 섬에 들어갔으므로 사람들 눈에는 거의 띄지 않았다. 그렇지만 혹시나 싶어서 펜션 뒤쪽 갯바위 사이에 보트를 항상 대기시키고 신속히 도주할 만반의 태세를 갖춘 채 만일의 사태에 대비하고 있었다.

펜션 옆 사방 바다를 훤히 감시할 수 있는 등대 위엔 영주와 민지가 번갈아 올라가서 보초를 서며 낯선 선박의 접근을 감시했다. 완벽한 은신처였기에 아키히로는 어느 정도 안심할 수 있었다.

아키히로는 아침에 일어나서 창밖으로 펼쳐진 눈부신 바다를 바라보며 심호흡했고 방을 나왔다. 그런데 영주와 민지가 보이지 않았다. 등대를 바라보았지만 그곳에도 없는 것 같았다.

ㅡ어딜 갔지?

아키히로는 혼자 중얼거리며 펜션 주변을 둘러보았다. 아무도 없었다. 혹시나 싶어서 펜션 뒤쪽 바다가 내려다보이는 언덕으로 가보았다. 오솔길 계단을 내려가면 닿는 갯바위 사이에 숨겨놓았던 보트가 보이지 않았다.

ㅡ이크!

아키히로는 가슴이 무너져 내리며 눈앞이 깜깜해졌다. 급히 펜션으로 돌아가서 그녀들의 소지품이 있는지를 살펴보았다. 단 하나의 소지품도 보이지 않았다. 휴대폰으로 전화를 해보았지만 꺼져 있다는 안내멘트가 흘러나왔다.

여자들이 사라졌다는 건 곧 경찰이 들이닥칠 것이라는 뜻이었다. 그녀들이 아키히로의 보호를 해제하면서 경찰에 전화하지 않았다는 보장이 없었다.

16.

늦더위가 기승이었다. 저 멀리 해수욕장에서는 비키니 여성의 몸을 더듬는 늑대들의 눈빛이 검은 선글라스 뒤에서 반짝이고 있었다. 해변 백사장을 따라 남쪽으로 내려가면 해수욕장이 끝나며 갯바위들이 늘어서 있었고 바다는 깎아지른 절벽과 산에 앞이 가로막혔다. 그 절벽과 산의 경계를 이루며 해안도로가 고불고불 위태롭게 이어져 있었다.

그 해안도로를 차로 달리노라면 저 아래 갯바위가 넓게 펼쳐진 모습을 훤히 내려다볼 수 있었다. 갯바위와 갯바위 사이의 좁은 틈새엔 수영복 차림의 남녀가 달라붙어 있는 모습이 종종 목격되기도 했다.

갯바위지대를 지나면 절벽과 맞닿은 깊은 수심의 바다가 하얀 포말을 일으키며 출렁이고 있었다. 바로 그 절벽 위의 해안도로를 바삐 달리던 택배차량이 앞바퀴 펑크로 절벽을 굴러 떨어져 바다에 추락했다. 운전석에서 아키히로가 시신으로 발견됐다.

뉴스속보는 육지로 끌어올려진 택배차량에서 천에 덮인 시신을 꺼내 구급차에 옮겨 싣는 구급대원들 모습을 내보내고 있었다. 차량은 가나자와에서 도난신고가 접수된 것으로 밝혀졌다는 자막이 흘렀다. 이로써 사토시 다이치 살인사건 및 원정녀 몰카시리즈 관련자가 모두 시신으로 발견됐다는 보도였다.

–죽은 사람을 기소할 수는 없으니 여기서 수사는 종료될 겁니다.

인터뷰에 응한 경찰 고위관계자는 가증스럽게도 사건의 진실을 밝혀줄 것으로 기대했던 아키히로마저 죽어버려서 매우 안타깝다고 말하고 있었다.

–해결된 것 하나 없이 수사가 끝났네요. 우린 그동안 무엇을 했던 걸까요?

뉴스속보를 지켜보던 스즈란은 자괴감이 드는지 우울한 목소리로 말했다.

–수사를 해서 범인을 밝혀냈으면 됐지 뭐가 더 필요해?

유우키는 우린 할 만큼 했고 성과도 있었다며 스즈란을 격려했다.

–우리가 밝혀낸 건 극히 일부였고 나머지는 한국여자들이 다 한 거잖아요.

스즈란은 그녀들보다 못한 경찰인 자신이 한심한 모양이었다. 아니면 그녀들에게 지고 말았다는 사실에 패배감을 느끼는 것일지도 몰랐다.

–수사가 끝났으니 나도 짐을 싸서 소속으로 복귀해야겠지. 이제 그 대답을 해줄 때가 되지 않았어?

–우리 교제 얘기요?

스즈란이 물었고 유우키는 응, 하며 고개를 끄덕였다.

–수사가 이렇듯 찜찜하게 종결됐는데 긍정적인 답변이 가능할까요?

스즈란은 침울한 목소리로 말했다.

-그것과 우리 교제가 무슨 상관이야?

잔뜩 기대하고 있던 유우키는 더없이 실망한 표정이었다.

-우리가 사귀게 된다면 얼굴 볼 때마다 이번 사건을 떠올리게 되겠죠. 그때마다 우린 더없이 초라한 실적과 한심한 이 결과를 되새기며 부끄러워하게 될 거예요.

스즈란은 이번 사건수사는 자신의 경찰생활에서 가장 치욕적이었고 회의감마저 든다며 울상을 지었다. 때문에 이 치욕을 빨리 씻고 싶은데 유우키를 만나면 그게 안 될 것 같아 불안하다고 했다.

-우리가 한 일을 생각해봐요. 우리는 진실을 밝히는 수사를 한 것이 아니라 진실을 묻는 작업을 했어요. 이제 어떤 공을 세워도 자랑스러울 수 없는 경찰이 된 거라고요.

스즈란이 다시 말했다.

유우키는 공감한다는 듯 묵묵히 고개를 주억거렸고 부끄러운 표정으로 눈을 내리깔았다. 일본을 위한 어쩔 수 없는 선택이었지만 경찰로서 양심의 가책과 수치심을 느꼈다. 앞으로 양심의 가책 없이 진실이라는 단어를 사용할 수 있을지 의문이었다. 진실을 말할 수 없는 경찰이라니. 장차 치명적 결함이 될 것 같은 예감이었다.

며칠 후 현정은 한국행 비행기에 몸을 실었다. 엄마가 돌아왔고 아버지와 함께 귀농을 준비 중이라는 소식이었다.

굿바이, 일본!

내게 영감을 준 것은 일본의 아베 신조 총리와 극우인사들이었다.

"한국에는 기생집이 있어서 그런 일(매춘)을 많은 사람이 일상적으로 거침없이 하고 있다. 따라서 그런 일(매춘)은 당치않은 행위가 아니고 그들의 생활 속에 정착되어 있다고 생각한다."

이보시오, 아베! 아들이 엄마랑 섹스하고 아빠가 딸을 겁탈하고 남매가 한 침대에서 뒹구는, 근친상간 내용이 주류를 이루는 AV의 나라 일본 총리가 할 말은 아니지. 입장을 바꾸어서, 다른 나라 정상이 "일본에는 가족이 이성으로 보이는 유전자가 있어서 가족끼리 섹스하는 내용의 AV가 아무 거부감 없이 일상적으로 거침없이 제작·유통되고 있다. 따라서 그런 일(근친상간)은 당치않은 행위가 아니고 그들의 생활 속에 정착되어 있다고 생각한다"라고 말한다면 당신은 옳은 말씀이라고 박수치겠는가!

위의 아베 망언에 '(그러므로) 위안부는 전쟁터의 매춘부'라는 일본

유신회 히라누마 다케오의 망언을 이으면 딱 맞아떨어진다. 아베가 엉터리 논리를 펴면 아첨꾼들이 망언으로 뒷받침하는 것이다.

이 소설은 픽션의 범주 안에 있다. 따라서 등장하는 여성들은 실제의 그녀들과 상관없다. 그럼에도 불구하고 소설을 소설이라고 다시 밝히고 픽션을 픽션이라고 다시 밝혀야 하는 이유는 일본 총리 아베와 일본 극우인사들 때문이다. 그들은 소설을 허구가 아닌 사실로 읽히게 하는 재주를 가졌다. 어째서 그럴까. 속이 훤히 들여다보이는 얄팍한 수작이 픽션과 만나면 리얼리티를 얻기 때문이다. 부정에 부정을 더하면 긍정이 되는 것과 같은 원리이다.

슬프게도, 일본 국민들은 교활한 지도자를 선택했고, 그 지도자는 '고노 담화 검정'이라는 미명 하에 위안부 강제동원을 인정하고 사죄한 담화의 진정성 훼손을 시도했다. 더욱 슬프게도, 우리는 교활한 지도자를 선택한 나라 일본의 이웃나라이다. 그들은 이웃을, 함께 살아가야 할 대상이 아닌 짓밟고 짓뭉개고 모함해서 쫓아내야 할 대상으로 생각하는 것 같다. 이웃을 다 없애고 혼자 살겠다는 생각을 가진 사람이 이웃에 살고 있다면, 특히 어둠을 경계해야 한다.

이 소설은 그래서 '탄생할 수밖에 없는 필연'을 가졌다.

－2014년 7월
조광우

19호

초판 1쇄 인쇄 2014년 7월 20일
초판 1쇄 발행 2014년 7월 25일

지은이 조광우
펴낸이 김연홍

펴낸곳 아르테미스
출판등록 2013년 6월 10일 제2013-000176호
주소 서울시 마포구 성미산로 187
전화 02-334-7147 **팩스** 02-334-2068

ISBN 978-89-98241-39-1 03810